与謝野晶子の源氏物語

上

光源氏の栄華

与謝野晶子

角川文庫 15118

与謝野晶子の源氏物語　上　光源氏の栄華

目次

章名	頁
花散里（はなちるさと）	一五三
須磨（すま）	一六五
明石（あかし）	二〇七
澪標（みおつくし）	二四七
蓬生（よもぎう）	二七三
関屋（せきや）	二九三
絵合（えあわせ）	三〇一
松風（まつかぜ）	三一五
薄雲（うすぐも）	三三五
槿（あさがお）	三六一
乙女（おとめ）	三七九
玉鬘（たまかずら）	三八九
初音（はつね）	四一九
胡蝶（こちょう）	四二九
蛍（ほたる）	四四一
常夏（とこなつ）	四五三

挿画／梶田半古画、縮刷合本『新訳源氏物語』
（鶴見大学図書館蔵）より。

序文

上田　敏

源氏物語の現代口語訳が与謝野《よさの》夫人の筆に成って出版されると聞いた時、予はまずこの業が、いかにもこれにふさわしい人を得たことを祝した。適当の時期に、適当の人が、この興味あってしかも容易《たやす》からぬ事業を大成したのは、文壇の一快事だと思う。それにつけても、むらむらと起こるのは好奇心である。あのたおやかな古文の妙、たとえば真南蛮《まなばん》の香を炷《た》いたようなのが、現代のきびきびした物言いに移された時、どんな珍しい匂《にお》いが生じるだろう。玫瑰《まいかい》の芳烈なる薫りか、ヘリオトロウプの艶《えん》に仇《あだ》めいた移り香かと想像してみると、昔読んだままのあの物語の記憶から、所々の忘れ難い句が、念頭に浮かぶ。

「野分《のわき》だちて、にはかにはだ寒き夕暮の程は、常よりも、おぼし出づること多くて」という桐壺《きりつぼ》の帝の愁いより始め、「つれづれと降り暮らして蕭《しめ》やかなる宵の雨に、」大殿油《おおとなぶら》近くの、面白い会話、「臨時の祭の調楽に、夜更けて、いみじう霰《あられ》ふる夜」の風流、「入りかたの日影《ひかげ》さやかにさしたるに、楽の声まさり、物の面白き」舞踏の庭、「秋の夜のあはれには、多くたち優《まさ》る」有明月夜《ありあけ》、「三昧堂《さんまいどう》近くて、鐘の声、松の風に響き」わたる磯山陰の景色が思い出され、「隠れなき御匂ひぞ風に従ひて、主知らぬかと驚く寝覚めの家々ぞありける」と記された薫大将《かおるのだいしょう》の美、「扇ならで、これしても月は招きつべかりけり」と戯れる大君《おおいぎみ》の才までが、覚束《おぼつか》ないうろおぼえの上に、うっすりと現れて、一種の懐かしさを感じる。ことに今もしみじみと哀れを覚えるは、夕顔《ゆうがお》の巻、「八月十五夜、くまなき月影、隙《ひま》多かる板屋、残りなく洩《も》り来て」のあたり、「暁近くなりにけるなるべし、隣の家々、あやしき賤《しず》の男《お》の声々めざましく、あはれ、いと寒しや、ことしこそ、なりはひにも頼む所少なく、田舎のかよひも思ひがけねば、いと心細けれ、北殿こそ聞き給へや」とあるには、半蔀《はじとみ》・几帳《きちょう》の屋内より出でて、忽《たちま》ち築地《ついじ》、透垣《すいがい》の外を瞥見《べっけん》する心地する。華やかな王朝という織物の裏が、ちらりと見えて面白い。また「鳥の声などは聞こえで、御獄精進《みたけそうじ》にやあらむ、ただ翁びたる声にて、額《ぬか》づくぞ聞こゆる」は更に深く民衆の精神を窺《うかが》わしめる。「南無《なも》、当来の導師」と祈るを耳にして、「かれ聞き給へ、この世とのみは思はざりけり」と語る恋と法との境目は、実に主人公の風流に一段の沈痛なる趣を加え、「夕暮の静かなる空のけしき、いとあはれ」な薄明かりの光線に包まれながら、「竹の中に家鳩といふ鳥の、ふつゝかに鳴くを聞き給ひて、かのありし院に、この鳥の鳴きしを」思うその心、今の詩人の好んで歌う「やるせなさ」が、銀の器に吹きかける吐息の、曇ってかつ消えるように掠《かす》めて行く。つまりこういう作中の名句には王朝の世の節奏《リトム》が自ずから現れていて、ことに作者の心から発する一種の靭《しな》やかな身振《ジエスト》りが読者の胸を撫《な》でさするために、名状すべからざる快感が生じるのである。

源氏物語の文章は、当時の宮廷語、ことに貴婦人語にすこぶる近いものだろう。故事出典その他修辞上の装飾にはずいぶん、仏書漢籍の影響も見えるが、文脈にいたっては、純然たる日本の女言葉である。例えば冒頭の「いづれの御時にか、女御《にようご》更衣《こうい》あまたさぶらひ給ひけるなかに」云々《うんぬん》の語法は、今もなお上品な物言いの婦人に用いられている。雨夜の品定めに現れた女らしい論理が、いかにもそれに相応した言葉で、畦織《うねおり》のように示されたところを見れば、これはほとんど言文一致の文章かと察しられる。源氏物語の文体は決して浮華虚飾のものでない。軽率に一見すると、修飾の多過ぎる文章かと誤解するが、それは当時の制度習慣、また宮廷生活の要求する言葉遣いのあることを斟酌《しんしやく》しないからである。官位に付随する尊敬、煩瑣《はんさ》なる階級の差等、「御《おん》」とか、「せさせ給ふ」とかいう尊称語を除いてみれば、後世の型に囚《とら》われた文章よりも、この方が、よほど、今日の口語に近い語脈を伝えていて、抑揚頓挫《とんざ》などという規則には拘泥《こうでい》しない、自然のままの面白味が多いようだ。

しかも時代の変遷は自ずから節奏の変化を促し、旋律《メロディー》は同じでも、拍子《テムポオ》が速くなる。それゆえに古《いにしえ》の文章に対《むか》う時は、同じ高低、同じ連続の調子が現れていても、何となく間が延びているため、とかく注意の集中が困難であり、多少は努力なくては、十分に古文の妙を味わえない。古文の絶妙なる一部分を詞華集《アントロジー》に収めて、研究翫味する時は、原文の方がよかろう。しかし全体としてその豊満なる美を享楽せむとするには、一般の場合において、どうしても現代化を必要とする。与謝野夫人の新訳はここにその存在の理由を有していると思う。

したがってこの新訳は、みだりに古語を近代化して、一般の読者に近づきやすくする通俗の書といわんよりも、むしろ現代の詩人が、古の調べを今の節奏に移し合わせて、歌い出た新曲である。これはいわゆる童蒙《どうもう》のためにもなろうが、原文の妙を解し得る人々のためにも、一種の新刺激となって、すこぶる興味あり、かつ裨益《ひえき》する所多い作品である。音楽の喩《たと》えを設けていわば、あたかも現代の完備した大風琴をもって、古代聖楽を奏するにも比すべく、また言葉をかえていわば、昔名高かった麗人の面影を、その美しい娘の顔に発見するような懐かしさもある。美しい母の、さらに美しい娘 O matre pulchra filia pulchrior (Hor. Carm. i 16) とまではいわぬ。もとより古文の現代化には免れ難い多少の犠牲は忍ばねばならぬ。しかしただ古い物ばかりが尊いとする人々の言をいれて、ひたすら品をよくとのみ勉《つと》め、ついにこの物語に流れている情熱を棄てたなら、かえって原文の特色を失うにも到ろう。「吉祥天女を思ひがけむとすれば、法気づきて、くすしからむこそ侘《わび》しかりぬべけれ」。予はたおやかな原文の調べが、いたずらに柔軟微温の文体に移されず、かえってきびきびした遒勁《しゅうけい》の口語脈に変じたことを喜ぶ。この新訳は成功である。

明治四十五年一月

序文

文学博士　森　林太郎（鷗外）

源氏物語を現代の口語に訳する必要がありましょうか。この問題を解決しようと試みることは、この本の序文として適当だろうかと思われます。

単に必要があるかと申しますのは、詳しくいえば、時代がそれを要求するかということになりましょう。それは迂闊《うかつ》なわたくしにとっては、難問題でございます。

わたくしはそれを避けて、必要か不必要かという問題を、わたくしの歯の立つ方角に持って行きたいと思います。どういう方角かというに、わたくしは問題をわたくし個人の上に移してしまいたいのでございます。

現代の口語に訳した源氏物語がほしいかと、わたくしが問われることになりますと、わたくしは躊躇《ちゅうちょ》せずに、ほしいと申します。わたくしはこの物語の訳本を切に要求いたしております。

日本支那の古い文献やら、擬古文で書いた近世人の著述やらが、この頃沢山に翻訳せられます。どれもどれも時代が要求しているのかも知れませんが、わたくしのほしいと思う本は、そのうちにあまり多くないのでございます。中にも近世人の書いた、平易な漢文を訳した本なんぞは、わたくしは少しもほしく思いません。

わたくしのほしいのは、古事記のような、ごく古い国文の訳本でございます。それからやや降って、物語類のうちでは、源氏物語の訳本が一番ほしゅうございます。

しかしそのわたくしのほしがる訳本というのは、ただ現代語に訳してあるだけでいいと申すのではございません。わたくしはあまやかされている子供のような性質で、ほしいといっていた物を貰《もら》っても、その品のよしあし次第で、容易に満足しないのでございます。

そのわたくしでもこの本には満足せずにはいられません。なぜと申しますに、源氏物語を翻訳するに適した人を、わたくしどもの同世の人の間に求めますれば、与謝野晶子さんに増す人はあるまいと思いますからでございます。源氏物語が congen《コンジエニ》-ial《アル》 な人の手で訳せられたのだと思いますからでございます。

こういう意味で、わたくし個人としての立場からは、現代語の源氏物語を要求しています。そしてその要求がこの本で十分に充たされたのでございます。

最後にわたくしは、なぜ物語類のうちで、特に源氏物語を訳してもらいたかったかというわけを一言申し添えたいのでございます。

わたくしは源氏物語を読むたびに、いつもある抗抵に打ち勝った上でなくては、詞《ことば》から意に達することが出来ないように感じます。そしてそれが単に現代語でないからだというだけではないのでございます。ある時故人松波資之《すけゆき》さんにこのことを話しました。そうすると松波さんが、源氏物語は悪文だといわれました。ずいぶん皮肉なこともいうお爺《じい》さんでございましたから、この詞をあまり正直に聞いて、源氏物語の文章を謗《そし》られたのだと解すべきではございますまい。しかし源氏物語の文章は、詞の新古は別としても、とにかく読みやすい文章ではないらしゅう思われます。

そうして見ますれば、特に源氏物語の訳本がほしいと思っていたわたくし、今、晶子さんのこの本を獲《え》て嬉《うれ》しがるわたくしと同感だという人も、世間に少なくないかも知れません。

明治四十五年一月

桐壺

いつの時代であったか、帝《みかど》の後宮《こうきゅう》に多くの妃嬪《ひひん》達があった。この中に一人、陛下の勝《すぐ》れた寵《ちょう》を受けている人がある。この人はきわめて権門の出身というのでもなく、また今の地位が後宮においてさまで高いものでもなかった。多くの女性の嫉妬《しっと》がこの人の身辺に集まるのはいうまでもない。この人よりも位置の高い人はもとより、それ以下の人の嫉妬は甚だしいものであったから、この人は苦しい、悲しい日を宮中で送っていた。その上くよくよと物思いばかりをする結果病身にさえなった。陛下は二十になるやならずの青年である。恋のためには百官の非難も意に介せられない。いよいよ寵愛《ちょうあい》はこの人一人に集まるさまである。この人も百方嫉視の中に陛下の愛一つをたよりにして生きている。この人の父は大納言であったが、もう死んでいない。残っている母親はものの分かったえらい人で、この娘のために肩身の狭いことのないようにと、常に心掛けていたが、時には後家の悲しさ、両親の揃《そろ》った家の娘にくらべて心細い場合がないでもなかった。この時の妃嬪の位は、女御《にょうご》といい、更衣《こうい》というのであった。この人は更衣であるが、住んでいる御殿の名によって呼ばれるので、その時の桐壺《きりつぼ》の更衣というのはこの人の呼び名である。陛下と桐壺の更衣の間に一男子が生まれた。美しい玉のような皇子である。陛下の第一男は右大臣の娘の女御の腹で、将来の儲君《ちょくん》たることに誰も疑いを持っていない。臣下から多くの尊敬を払われているが、更衣の腹の若宮の美貌《びぼう》には及びもつかない。陛下はその母を思うごとく、第二皇子を愛し給うことは非常なものであった。それを知った右大臣の娘の弘徽殿《こきでん》の女御は、わが子の上に不安を感ぜずにはいられない。第二の皇子が皇太子となるのではあるまいかと思わずにはおられない。この女御は陛下が十二、三で即位された時もっとも初めに妃に上がった人であるから、陛下が重んぜらるることも他の妃嬪とは同一のものではない。桐壺の更衣については社会の非難も百官の諷諫《ふうかん》も何とも思われぬ陛下も、弘徽殿の女御にばかりはお憚《はばか》りにならずにはいられないのである。この女御との間には皇女などもあった。桐壺という御殿は内裏《だいり》の東北隅にあって、陛下の御居所の清涼殿《せいりょうでん》は西南にある御殿であるから、更衣が宿直《とのい》に上がったり朝になって下がって行ったりするのには多くの女御更衣達の住んでいる御殿御殿の縁側や廊下を通らねばならないのである。これらの女性に付いている侍女らは、桐壺の更衣にあらゆる意地の悪いことをした。憫然《ふびん》に思われて陛下

は後涼殿《こうろうでん》という清涼殿の隣の御殿をもう一つ桐壺の更衣の休息所に与えた。この時も後涼殿にもといた更衣に甚だしく恨まれたのである。若宮の三歳の時の袴着《はかまぎ》の儀式は、一の皇子の時の式に劣らず花やかに営まれた。こんなことにつけても口のうるさい世間は賞《ほ》めようとはしないけれども、若宮を知っている者は美しい容貌《ようぼう》や怜《れい》悧《り》な性質に皆驚いていた。その年の夏である。更衣はまた患いついた。実家へ帰って保養をしたいといっても陛下はお傍を離そうとはなさらない。それに一つは近年の桐壺の更衣はひっきりなしに病気をしているから、陛下は別にお驚きにもならなかったのである。

「まあどうなるか、もう少し宮中にいて養生をしてみるがいいではないか」

といっておられた。そのうちに更衣の病気はばたばたと悪くなって来た。母親はもう打ち捨てておくわけには行かない。泣きながら陛下のお許しをとって、いよいよ更衣を退出さす運びになった。若宮は宮中へとどめておく都合である。陛下は更衣を外へ出したくはないがやむをえないと思っていられる。特に桐壺の更衣をして輦《れん》車《しゃ》に乗るを許すというような宣旨《せんじ》を下しなどして、自ら慰めようとしていられるのであるが、帳中に入って、美しい人の重い病にやつれた顔を見ては、どうしてもわが傍を離したくないという思いばかりが胸をついて湧《わ》いて来る。

「死ぬ時も二人はいっしょに死のうとは、いつも二人の約束していたことではないか。私の心持ちを察してくれるなら私を残しては内裏を出られないはずだ」

こんなだだもおいいになるようになる。

「死期のせまった私だと思うとただいまのお別れの苦しいことはいいようもございません。私は生きたい、生きていたい」

病苦を忍んで陛下にいった更衣の言葉はこれである。更衣は実家へ下がった。この夜一睡することもお出来になれないのは陛下である。侍臣を後から後から更衣の邸《やしき》へ病者の容体を聞きに遣わされたが絶世の佳人桐壺の更衣はこの夜の夜中過ぎに死んでしまった。更衣にいいようもない深い深い愛を持っていられた陛下は前後不覚にお悲しみになった。東山《ひがしやま》で更衣の遺骸《いがい》の火葬になる日、勅使が立って、死んだ人に従三位《じゅさんみ》を贈られた。更衣をもう一階高い女御の位に生前出来なかったことを陛下は残念にお思いになって、女御相当の位階を贈られたのである。こんなことさえも妬《ねた》ましがってとやかくという女性もあった。また、死んでみると可哀《かわい》そうな者であるなどと思う人もあった。弘徽殿の女御などは死んだ今でも憎み続けている。陛下は若宮が母の喪のために宮中を出て見ることの出来なくなったことをお悲しみになって、常に昵近《じっきん》の女官などを様子を見せに遣わされた。ある日、秋近い冷たい風の吹く夕方に、また靫負《ゆげい》の命婦《みようぶ》という人をお使いにやられた。

「私はあまり長命《ながいき》をしていて、若盛りの娘に先立たれるというような恥さらしの女ですから、どなたにお目にかかるのも恥ずかしくてなりません」

顔馴染《なじみ》の命婦に更衣の母はこういった。命婦は来てみるといまさらながら気の毒さに物もいえなかったが、ようやくのことで、陛下の、

「暫《しばら》くの間自分は夢ではないかと思っていたが、時日が経つままそうではないということが分かって来た。世界の中で死んだ更衣について深い悲しみをしているのは、私のほかにはあなたしかない。悲しい人同志が時々逢って、昔の話などをしてみたいから、宮中へ来るがよろしい。若宮も寂しい家にいるかと思うと気にもなるから、一日も早く宮中へ入るように計らうがよろしい」

というお言葉を伝えた。そして言葉をまたついで、

「こう陛下はおいいになりながらも、お悲しみのあまりにしまいにはお泣きになって、よくお言葉が伺われませんでした。私も陛下が悲しみを出来るだけ隠そうとしておいであそばすのを知っているものですから、そのまま参りました」

といって、持って来た陛下のお文を母刀自《ははとじ》に渡した。陛下のお文には若宮を思う愛情が溢《あふ》れている。けれど母刀自は悲しさに終《しま》いまで読むことは出来なかった。刀自

は命婦に悲しいことをさまざま話した。

「死んだ連れ合いがいつも、この娘は宮中へ差し上げるのだと申していて、臨終の時にも、自分が死んだといっても遺志を継いでそう計らうようにといったものですから、しっかりした者も付いていないでそういう中へ出すのはどうかとためらいながら差し上げました。ところが陛下の特別の御寵愛を娘は受けるようになりましたので、結構なことだと悦《よろこ》んでいましたが、そのために人の恨みを買って悲しい結果を見ます」

というような愚痴もいった。命婦はいろいろと慰めて帰った。清涼殿へ行ってみると、最愛の人にお死に別れになったうら若い陛下は、まだ寝所へお入りにならずに、命婦の返事を聞こうと待っていられた。

「あまり月がいいから」

といって陛下はこの夜更けまで起きていられたのである。命婦はそのお心持ちをおとおしく思った。命婦は若宮がもう寝《やす》んでおいでになったので、お目にかかれないかったことから、いろいろと彼《か》の家の有様を陛下にお話しした。亡夫の遺言によって女を宮仕えに出したと母刀自のいったことなどもお話しした。

「可哀そうに、死んだ父親は娘は后《きさき》になる資格があると確信していたのであったろうが、短命で死んではそのかいがない。しかしまだ若宮が残っているのであるから、若宮がもし位にでも即《つ》くと、死んだ生母に皇太后《こうたいごう》の位を贈ることも出来ようと、老人は孫の若宮のことでも楽しみにして生きているであろう」

などと陛下はおいいになった。こんな晩でも弘徽殿《こきでん》では当てつけに管絃楽《かんげんがく》の遊びをしている。陛下が悲しみに囚《とら》われておいでになることは月日が経っても少しも変らない。お食事などもはかばかしく進まない。政治をお執《と》りになることも怠りがちになる。前には桐壺の更衣のために、唐《もろこし》の国の玄宗皇帝の代にあった乱のような騒ぎが起こらないかと心配した百官達は今はまた更衣の死んだために陛下のお身に不慮のことがあって、国家の大事になりはしまいかと心配するようになった。それから少し時日が経って後、若宮は宮中へ帰られた。翌年、皇太子をお立てになるにつけても、陛下は第二皇子をと切にお思いになるのであるが、百官の排斥にあうことが危ぶまれるので、そう思うことさえ陛下は秘《かく》しておられた。皇太子に立たれたのは弘徽殿腹の一の皇子である。故更衣の母は孫の宮が太子に立つことの出来なかったのを見て万事運命が決まったように落胆して失望のあまり病気になって死んでしまった。外祖母の死んだのは若宮の六歳の時のことである。宮中にいて七歳で諸種の師について学問を始められたがいうまでもなく聡明《そうめい》な資質が何の上にもよく現れた。後宮の女性は皆この小皇子を愛した。

「母親のない子であるから可愛《かわい》がっておやりなさい」

とおいいになって、陛下は弘徽殿などへも若宮をおつれになることがあった。悪鬼《あっき》羅刹《らせつ》でも、見ては微笑《ほほえ》まずにはいられないであろうと思われるような、若宮の容貌であるから弘徽殿の女御さえ憎むことは出来なかった。若宮は学問はもとより諸種の技芸の上にも天才の面影が見えるのであった。その時分高麗《こま》の国の人で、人相見の名人がこの国へ出て来た。陛下は若宮をお世話役の右大弁《うだいべん》の子のように見せてこの高麗人の旅館へ人相を見せにやられた。

「王者の相である人であるが、そうなると不祥のことが起らぬとも限らない。一天下の政柄《せいへい》を執る人になるかと思うとそうでもない」

と相人《そうにん》はいった。陛下は若宮を外戚《がいせき》の後援《うしろだて》のない心細い一皇族としておくよりも、人臣に列せさせて、一国の政権に携わる人にしようと思われるのであったから、いよいよ学問に力を入れさせた。親王にするといつも天位を望んでいはしまいかという疑いを受けるであろうとも、一方では将来が危険に思われるので、いよいよ元服の上は臣下に下して源氏の姓を与えようと決めておられた。陛下は若宮の母の更衣のことを今も忘れる折がない。少しは慰みになろうかと新しく女御更衣をお召しになっても、お気に入る人はない。桐壺《きりつぼ》の更衣の死後世の中に佳人というものはないと陛下は歎息しておられた。もう新しい妃嬪を求めようとはせられなかった。ところが先帝、即ち陛下とは従兄弟《いとこ》に当たる方の第四の皇女は勝《すぐ》れた美人であるという評判があった。陛下にお仕えしている老典侍《ろうてんじ》で、先帝の時も宮中にあった人で、今もその后《きさき》の宮へ出入りしている人が、

「私は先帝様の四の宮をお小さい時からお見上げしておりまして、ただいまでも時々お目にかかりますが、お亡くなりになった桐壺の更衣に似た人は三代の宮中にいて沢山の女の方を見た目にも見ることがありませんでしたが、その四の宮様ばかりはあの更衣に似ておられると思います。もう一人とない美人でいらっしゃると私は存じあげています」

と、ある時陛下に申し上げたので、陛下はお心を動かされて、先帝の第四皇女入内《じゅだい》のことを御母の后の宮に懇切に交渉された。

「恐ろしいこと、弘徽殿の女御というしたたか者のいる宮中へ姫宮を差し上げられようか、桐壺の更衣の死んだのも弘徽殿の女御の嫉妬のせいだともいうではないか」

と后の宮はいっておられた。陛下へはいいようにいいのばして、お受けをしようと

もせられなかったのであるが、そのうちに后の宮は亡くなられた。四の宮がただ一人その宮におられると消息を聞かれた陛下は、

「宮中へ入って女御に列するということが面倒に思われるなら、ただ皇女のお一人として私の女の子といっしょの取り扱いをさせようから」

とまた熱心に入内を勧められるのであった。四の宮に仕えている人や、また母方の親戚《しんせき》の人や御同腹の兄君の兵部卿《ひょうぶきょう》の宮などは、母宮のことばかりを思っておいでになって御病気でも出ると悪い、宮中にはまた華やかな空気が流れているからお気のまぎらしにもなるであろうから、入内をおさせした方がいいだろう。と、こう意見が一致して、先帝の第四皇女は当帝の女御の一人になられた。そして藤壺《ふじつぼ》という御殿にお住みになることになった。誠に典侍がいった通り、藤壺の宮と故更衣とは、不思議なほど容貌が似ておられた。これは身分の尊貴なることにおいて申し分がない。いかに陛下が殊寵《しゅちょう》を加えられても非難の為手《して》がない。陛下は死んだ人のことを忘れるというのではないが、この宮の入内されてから、悲しい心のまぎれさせられることは大きかった。烈《はげ》しい恋といっても忘れることの出来る時があるのははかないものである。近いうちに源氏をお名乗りになる若宮はいつも陛下のお傍去らずに付いておいでになることであるから、陛下がもっとも多くお行きになる藤壺などへ

は毎日のようにお供をせられる。童男であるから簾中《れんちゅう》の出入りも勝手に許されるのである。若宮は四の宮の美しいお顔をお見になることもあった。後宮に上がっている人は、皆多少美貌の自信ある女性であるが、もう今では皆相当の年配になっている。中年に近い女性が多い中に、ようよう十六になられた花のような皇女の交じられたのであるから、際立《きわだ》って美しいことが誰の目にも付く。若宮は三歳で別れた母君の顔はよく覚えておられないが、典侍が、

「藤壺の宮様は、あなたのお母様に正写《しょううつ》しでございますよ」

とよくいう言葉はある感銘を与えて、若宮に藤壺にばかり遊びに行きたい、四の宮に親しくなりたいという心を起こさせた。陛下もこの二人には特別の深い愛情を持っていられるのであるから、藤壺の宮に、

「睦《むつ》まじい者の一人だと思って見てやって下さい。失礼だなどと思わないで可愛がってやって下さい。この子の母親とあなたとはよく似ていたから、この子もあなたの顔によく似ている。母子といっても似合うから」

などといわれた。若宮も、父帝の多くの妃嬪《ひひん》の中でも自分はこの宮にもっとも敬意と同情を持っているということを何かにつけて見せたいものだと思っていた。そうなってみるとこの若宮に対していったん憎しみが緩んだ弘徽殿の女御はまた若宮を

憎み出した。この若宮の美貌は非常なものであるから、世の人が皆渾名《あだな》して光君《ひかるきみ》と呼んだ。藤壺の宮もまたこの若宮と相並んで陛下の寵愛が深いので、光君と対にして輝く日の宮と渾名された。若宮は十二で盛大な儀式のもとに元服されて一人前の男子になられた。この時陛下はこれを母なる人に見せたならと人知れず泣いておられた。その頃の左大臣で関白である人が陛下の御妹の内親王を妻にして生ませた一人の姫君のあったのを、この元服の夜から若宮の配偶とすることになっていた。しかし若宮はもう宮でもない、親王でもない。人臣の一人源《みなもと》の某とこの日から名乗らねばならないのである。その相談も受けながら一の皇子の皇太子の妃にも上げないで、この君に娘を配した左大臣は物好きといえば物好きである。陛下は左大臣の好意を悦《よろこ》んでおられる。源氏の君はその夜左大臣邸に行った。左大臣は当世に威勢並びない藤原氏の最高の権者である上に、陛下の御妹を妻にし、最愛の皇子を婿にしたのであるからますます羽振りがいい。皇太子の外戚《がいせき》であって来るべき時代に政権を執るべき右大臣の勢いなども、この左大臣に比べるとみじめなものであった。左大臣は息子が沢山あるが、姫君と同じ皇女腹のはその頃蔵人《くろうど》兼少将になっていた。有望の青年であるとは誰の目にもつく人柄であったから、左大臣と右大臣との仲はあまりよくないが、よそのものにするには忍びないと見えて右大臣は弘徽殿の女御の妹の四の君の婿にこの人をした。そして左大臣が源氏の君を大切にするにも劣らず、この若い婿をいたわっている。源氏の君は元服の後も陛下がお傍に多くお置きになるので、ゆるりと左大臣方へ行っていることも出来ないのである。心中では左大臣の娘は美しいが、さまでなつかしい人ではない、藤壺の宮のような人を恋人にしたいとまたしても思うのであった。それが一転して若い心に藤壺の宮その人が恋の対象になって来たようである。陛下は源氏の君の宮中の宿直所《とのいどころ》として母のいた桐壺を給された。母君に仕えていた侍女はそのまま源氏の君のお付きとしているようにも命ぜられたのである。また故更衣の実家の邸も普請をされて新しい家になった。陛下の下命でされたことであるから善美を尽くしてあることはいうまでもない。源氏の君の私邸として二条院と名付けられた。源氏の君はこんな所に恋しい人といっしょに住んでいたならなどという歎声を漏らすこともあった。

帚木

源氏の君は世間に沢山型のある好色男とは違っていた。この頃は中将である。いたって真面目《まじめ》につねに宮中の宿直所に起き臥《ふ》しているのであるが、左大臣の娘の葵《あおい》の君には外に恋人でもあるように疑われていた。源氏の君は同輩の若公達《わかきんだち》が、軽薄な恋を事としているのを苦々しいことと思っているが、自身も稀《まれ》には常軌を外れた恋に憂き身をやつすこともないではなかった。梅雨の降り続く頃のある夜のことである。源氏の君の宿直所に来ている人もふだんよりは少なくて静かであった。席にあるのは葵の君の兄の頭中将《とうのちゅうじょう》ばかりである。仲のいい二人は宵からいっしょに書物を読みなどしていたが、それにも飽きて頭中将は源氏の君の手紙などを載せた棚の傍へ来た。

「ここに沢山ある誰かの手紙をお見せになりませんか」

といった。

「あまり御覧になっても面白いものじゃないでしょう、つまらない女の手紙なんか」

「そうあなたがいうとなお見たくなる。飾りのない露骨な愛情が書いてあるのでしょうから。女のただの手紙なら私だってそれ相当にやったりよこしたりする者もあるから珍しくないのですから」

と中将は熱心にいう。ほんとうの大切な恋の手紙はこんな人目につく所へ置くはずはないのである。実はどうでもいいと思っている源氏の君は、頭中将の引き出して読むに任せた。

「ずいぶんいろんな女のがある」

などと頭中将はいっている。手紙の主をいい当てるのもあるが、手紙によるとそれでもないのにそうだろうと間違った疑いを入れるのもあった。

「私よりあなたこそこんなものは沢山お持ちでしょう。少し拝見がしたいものですね」

と源氏の君はいっていた。話はそれから女の品評《しなさだめ》に移った。

「完全な女というものは少ないということをやっとこの頃私は知った。ただちょっとした才の見えるようなのは沢山あるようですが、いよいよ文学なら文学に勝れた能をと思うと、その選に入るものは甚だ少ない。親が付いていていいことばかりを

世間へ知らせようとつとめている娘の噂《うわさ》などは、けっしてほんとうだと思って釣り寄せられてはいけません。それはなるほど富と暇が多いのだから、一芸ぐらいは勝れたことも出来るようになるでしょうけれど、それによってほかの万事をいいと推定してはきっと失望しますよ」

こういってなぜだか頭中将は溜息《ためいき》をついた。

「しかしともかくもそんな女は一つだけでもとりえがあるのだけれど、それもない女があるだろうか」

「そういうのには誰が欺されるものですか。人は大抵一芸ぐらいのとりえはあるものですよ。完全な人が少ないのと同じように何一つ出来ないというのもまた沢山はないものですよ。しかし何といっても最上の身分の人は保護者なり介添え人が多いから悪いといっても普通の悪いのとは違う。その次ぐらいの身分の女に到って初めて個性を見ることが出来るのです。いろんな種類はこの階級にあるのですよ。そのまた下の階級の女のことなどは研究しても面白くないでしょう」

と頭中将はいう。女性についての智識を誇るようであるから、源氏の君はもう少しこの話の続きを聞いてみたくなった。

「上中下とあなたはいうが、その上中下なるものは何を標準にして分けるのです。

家柄はよくっても今は零落している人とか、あまりよろしくない家柄でも今は高官になって羽振りのいい人とかがあるから」

と源氏の君のいっている時、ここへ入って来たのは、左馬頭《さまのかみ》某と、式部丞《しきぶのじょう》藤原某の二人である。この二人は名高い好色男である。頭中将はちょうどいい折であると、悦んで二人を迎えるのであった。そして今まで話していたことを語った。左馬頭は、

「いくら今はいい身分になっても、もとの家柄の悪い人は、世間のその人に対する感情が違います。またもとはいい家柄だった人でも零落して不如意な日を送っては心までが卑しくなってくるものですから、この二つなんぞはむろん中の階級へ入れるのです。地方官といって卑しめられていても、その中には区別がいろいろとあって中の階級に入れても恥ずかしくないようなのがあります。今の位はさまでなくても、家柄もよし、貧しくない家の娘で、不足のない教育をされているのも沢山あるでしょう。こんなのが宮仕えに出て思わぬ僥倖《ぎょうこう》にあうこともあるでしょう」

という。

「つまりそれでは富のあるのがいいわけだ」

といって源氏の君は笑った。

「いい家に出来のよくない娘のあるのは、どうしてこんな低能児が生まれたのであ

ろうとあさましく思われますが、いい家にいい娘のあるのは当然のことだと思うから別に珍しくもありません。しかし私などのようなものはそういう上の階級のことはあまりいう資格がありません。下の階級の家に意外なとりえのある女を発見した時は、それがすでに一つの興味になって、男はより多く心を引かれることでしょう、ねえ、君」

といって左馬頭は式部丞の顔を見た。

「そうですね」

こういった式部丞は、友は自分の妹のことをそれとなくいっているのだと早合点しているのである。源氏の君は心の中で、左馬頭が何をいうやら、上の上という階級の女というのさえ、人の心を引く人は少ないではないかと思っている。真っ白な着物の上にゆるやかに直衣《のうし》だけを引きかけて灯影《ほかげ》に横になっている十六歳の源氏の君は女にしてもみたいように美しい。誠にこの人の相手には上の上の中を選《よ》り抜いてもあきたらないであろうと見えるのである。女の品評はいよいよ進んだ。左馬頭は多弁の男である。実質を尊ぶ話になるかと思うと、また、

「身なりなどにも構わず、一家の経済の運用というようなことばかりを主にしている女は細かい人情が分からないであろうから、面白くないでしょうよ」

ともいう。

「男のいうままになっている女を愛しているのは満足の多いことのようだけれど、自分がちょっと傍を離れるとどんな誘惑にもかかるだろうと思われてたよりない」

ともいう。

「男の愛が少し薄くなったといって尼になったりするのは、わざとらしいやり方です。そんな人に限ってきっと信仰も確かじゃない。尼になって髪を切ったことをすぐ後悔する。そうかといって嫉妬心《しっとしん》のない女を妻にすると男というものはいい気になって外に恋人がこしらえたくなります」

などと勝手な議論もする。

「要するに恋人としては目立つ才のある女がよろしいが、妻として一生添うのには才よりも情の濃い女がよろしい」

こんなことはわかり切ったことであるが、頭中将はしきりに感心して左馬頭のいうことを聞いていた。そのうち話は抽象論から具体論に移って来た。話し手は相変わらず左馬頭である。

「ずっと以前のことですが、私の通っていた女があったんです。むろん顔などもあまりよくはありません。若い時のことですから、これくらいの女を一生の妻に決めようとは思いません。他にも通って行く所をこしらえなどしていたのです。その女は嫉妬深い女なんです。時々私は自分のようなものをこんなに思ってくれないでいればいいなどと思いましたが、この女の私に尽くしたことは非常なもので、私に捨てられまいと勉強もすれば、また一方では、私のために世間体もつくってくれました。私はその時、この女は私のことをこんなに愛しているのだから、何か一つ懲らしてやったなら困りものの嫉妬深い性質を直すことが出来るだろうとそう思って、いつものように少し薄情な仕打ちをしてみせて、その女の恨んだ時に、そんなにやかましい嫉妬をするのなら別れよう。別れる気なら嫉妬でも何でもするがいい。行く末長くいっしょになっていようと思うなら嫉妬がましいことはいわないでいるがいい。そのうち自分もそれ相当な出世はするつもりだから、辛抱さえしていれば糟《そう》糠《こう》の妻は他にないわけだ。とこういったのです。そうすると女は冷笑して、あなたの出世を待つのはいくら長い時間がかかっても辛抱するが、浮気な心の直るのをいつという際限なしに見ているのは苦しいことです。こんなことになったのは今ちょうど別れる時が来たのでしょうよ。と疑い深い調子でいうのでしょう。私はいい出したからだと思ってずいぶんひどいことをいってやりました。腹が立って辛抱がしきれなかったと見えて、私の手を引き寄せて、口の所へ持って行って歯でうんと噛《か》みました。私も私です、それではいよいよ今日限りだ、こんな目にあわせて恨むこともないだろうと嚇《おど》しますと、泣きまして、長い間辛抱したかいもなしに別れの時が来ましたっていいました。こんなことを双方でいってもほんとうに別れようなどとは思ったのじゃありません。しかしいい折だから、懲らしてやろうと思って、わざと長い間その家へ行きませんでしたが、ある冬の霙《みぞれ》の降る寒い晩でした。浮いた恋をしてうかうかしたことをいっているのがしみじみくだらなくなって、前の女の所へ行ってみる気になりました。少しきまりが悪いが、こんな寂しい晩に行けばきっと恨みも一度は解けるに違いない、などと勝手なことを思って行ったのです。行ってみると私が今にも来るような用意がしてあって着物が火あぶりに掛けてまでありましたが、肝心の女はいません。どうしたのかと聞くと今日からお父様のお家の方へおいでになったというのです。私は何だか力が落ちましたが、それでも女が私を思っていることだけは確かに分かったものですから、いよいよいい気になって、どうだ嫉妬はやめるかなどという手紙をやりなどして相変わらず女と争っていました。そのうちにその女はあまり心を痛めたせいでしょう、病気になって死んでしまいました。その時ばかりは私は心の底から後悔をしました。一生の妻にする女はほんとうはそれくらいに男を思っているものじゃないとならないわけですからね、嫉妬くらいは大目に見てやるのでした。その女は心もしっかりしていて、手工《しゅこう》などもうまいものでした」

と話した左馬頭は悲しそうである。

「そんな女こそ妻のいい標本だろうに。惜しいことをした」

頭中将《とうのちゅうじょう》は同情してこういっている。それからまた左馬頭は、もう一人同じ頃情人にしていた浮気な型にはまったような女のことを話した。源氏の君は二つの話の女ともあまり感心の出来ぬ女であると思っていた。この時頭中将が、

「私もお恥ずかしい話だけれど一つ話がある」

といい出した。源氏の君もこれには熱心に耳を傾けた。

「ある時一人の恋人が出来たのですが、初めは一生面倒を見ようとまで思っていなかったのだけれど、馴染《なじ》みが重なって行くうちにいい所があって捨てられない女だと思っていました。女の方でも私をたよりにしていました。たよりにするには私はこんなのだからあきたらない所があるだろうと思う時もあったが、この女は少しも恨んだりなんぞはしないのです。たまに行ってもたまに来た人のようにはしない。隔てがましいことなんか少しもないのです。私もその心持ちがふびんですから行く末の約束なんぞもしました。父親も母親もない女だったものですから、私一人をた

よりにしていることがよく見えていました。こんなにおとなしい性質なものですから、私はいい気になって恨みはしないだろうと暫《しばら》く行かないでいた頃、妻がその女のことを知って、妻の方から何だかひどく嚇すようなことをいってやったのです。私はそんなことは少しも知らなかったのです。ずっと後に聞いたのです。そんな悲しい思いをしていることとも知らず、その人のことを忘れないでいながら、ついたよりもしないでいると、その時ばかりは思い余ったと見えて手紙をよこしました。女の子供も一人あったのです。撫子《なでしこ》の花を封じて、他のことは書かずに、この花に似た子を忘れずにいて下さいとそれだけの手紙でした。催促をされて私も久しぶりで行って、いろいろと機嫌をとってやりました。何だかもの悲しいというようで、時々溜息《ためいき》などをつくのですが、別に恨みをいおうともしません。この様子を見て私は安心して暫くまた行かないでいるうちに、この女はどこへ行ったか行方が知れなくなってしまいました。まだ生きているなら苦労をしているでしょうよ。この女なんかは、私の方に十分愛情があるのだから付きまとうようにさえすればそうもならなかったでしょうがね、女の子も可愛《かわい》い子でしたから、どうかして見つけたいと思っていますが分かりません。打ち明けて思うことがあるならあるといってくれたなら私は私で恨んでいますが、女の方では私のことを忘れることも出来ないで苦しい思いを毎日しているでしょう」

と頭中将はしんみりと語り終わった。

「式部丞《しきぶのじょう》の所に面白い事実があるだろう」

と頭中将はいった。

「私どものような下の下の階級の者にあなた方がお聞きになって面白い話があるものですか」

と式部丞は首を振った。

「そんなことをいわないで、一つでもいいから恋の閲歴を聞かし給え」

　こう責めるのは頭中将である。

「それでは一つ珍しいお話をいたしましょう。私が大学生だった時のことです。賢女というものの例になる女を見ました。その女はちょいとした博士などは恥ずかしいような学者で学問の上では私などの相手ではありませんでした。それはある博士の娘で、私がそこへものを習いに行っているうちに生じた関係でした。親の博士にその関係を知られて土杯《かわらけ》を持ち出して白楽天の議婚の詩を吟じられた時は恐縮しました。その女は私を教育しようと思っていたのですね。間がな隙《すき》がな学問のことばかりをいっていました。手紙なども皆漢文です。私も先生を雇っているようなもので便利がいいものですから切れもせずにやっていました。ほんとうは女にはそう学問はいらないものですがね」

といって式部丞は話を切った。

「面白い女だ」

と頭中将はいった。後をいわそうと思っているのであろうと思いながら式部丞は得意である。

「久しく行かないでいまして、ある日ちょっと寄ってみますと、いつもの座敷の中へ私を入れないのです。嫉妬を起こして私を苦しめてやろうと思っているのか、ちょうどそれなら別れる口実になっていいなどと私は思ったのです。しかしえらい賢女ですもの、嫉妬なんかするどころじゃありません。襖子《ふすま》の中から声を張り上げて、風病の重きに堪えかねて、極熱の草薬を服用いたしましたれば、口辺に臭気がありますゆえ御対面はいたしません、御用はこれにて承りましょうと、こういうのです。私は返事も出来ないじゃありませんか、ただはい、はいといって帰ろうとすると、口辺の臭気の失《う》すべき時においでなさいと、気の毒だと思ってかいっていました」

式部丞のこの話は公達《きんだち》方に、

「嘘《うそ》だろう」

と笑われた。

「も少しいい話はないか」

と頭中将がいうと、

「これより珍しい話は知りません」

といって式部丞は出て行った。それからも、頭中将と左馬頭《さまのかみ》との間にいろいろの女についての議論があった。源氏の君は話を聞きながらあの人こそは完全な女性であろうと切実に感じられたのは、藤壺《ふじつぼ》の宮その人のことであった。翌日は天気が変わって久しぶりの晴天であった。源氏の君は内裏《だいり》を出て左大臣の邸へ行ったが、

「今晩ここは中神《なかがみ》の通り路になります。二条院もその方角ですから、どこか他へ行って、お泊まりにならなければいけません」

迷信の深い家来の一人がいった。

「せっかくゆるりとしようと思って来たのだからこれからまたよそへ行く気にはならない」

と源氏の君はうるさがったが、朋輩の一人の紀伊守《きいのかみ》の家で、中川の川ぶちに新築された家がありますから、そこへおいでになるといいという者があったので、源氏の君は行ってみてもいいという気になった。

「そんな気楽な所があるなら行ってもよい」

といった。実はそんなに考えないでも源氏の君の行って泊まる家はないでもないのであるが、たまに来たのに他の女の家へ行くのは葵《あおい》の君に対して忍びない所もあったのであろう、源氏の君は早速紀伊守を呼んで、

「おまえの家へ方除《よ》けに行って泊めてもらおうと思う」

といった。紀伊守は誠に面目あることだといって主君の前は下がりながら、

「少し困るのは私の親の伊予介《いよのすけ》の家の女達が、卜者《うらないしゃ》に何かいわれて、その家にいずに、皆私の家に来ているので、狭い所ではあるし不都合がないかと心配する」

と陰《かげ》でいっているのを聞いた源氏の君は、

「それがいいのだ、女が沢山来ているのは賑《にぎ》やかで私は好きだ。その女達のいる几《き》帳《ちょう》の後ろへでも一晩泊めてもらえばいい」

などと冗談をいっていた。紀伊守は早速使いを家の方へやって万端の設備をさせた。源氏の君はそっと左大臣家を出て、四、五人の供で中川の家へ来た。家の中央の寝殿の東向きの座敷に源氏の君の座はこしらえてある。蛍が沢山飛んでいて、川の水を引いた庭作りもよい。家来達は下を水が通っている廊の間で酒を勧められている。源氏の君は紀伊守の妹は器量自慢の女であることを前に聞いたことがあるので、見

たいものだと思っていると、この寝殿の西の方に女達のいるけはいが聞こえる。襖子の傍へ寄ってみたが、灯のともっている明かりだけがさしていて何も見えない。しかし女のするひそひそ話は聞こえる。

「あんまり早く御本妻がお決まりになったのであっけないことね。けれど隠しごとだってお嫌いの方ではないそうよ」

などといっている者もある。源氏の君は藤壺の宮にあるまじき恋をして文などを送ることがこんな人達に噂《うわさ》されているのを聞いたらと思わず身が縮んだ。陛下の弟の式部卿《しきぶきょう》の宮の姫君に送った源氏の君の歌なども話の種になっている。源氏の君が座に帰って横になってると、紀伊守の子などが可愛い姿をして御簾《みす》の前を通る。内裏などで源氏の君の顔見知りの子もある。紀伊守の弟も交っている様子である。沢山の中に十二、三の上品な顔をした子もいた。源氏の君は傍へ来た紀伊守にあれは弟か、あれは息子かなどと問うた。紀伊守は上品な顔の子のことを、

「あれは死んだ右衛門督《うえもんのかみ》某の子でございます。末子ですから可愛がられていましたが、親に死なれてからは姉の縁で私の家に来ております。宮中へ出仕させたらためにもなるだろうと思いますが、それもその運びにはなりません」

と話した。

「可哀《かわい》そうな話じゃないか、あの子の姉さんがおまえの継母《ままはは》か」

「そうでございます」

「それは似合わしくない継母だ。更衣に上げたいとか右衛門督がいっていたようだが、その娘はどうしたろうと、いつか陛下からお話のあったことがある。その人が伊予介の後妻になっているのか。運命というものは分からないものだ」

「不意にこういうことになったのでございます。運命は妙なものですが、その中にも女の持っている運命というものは一段気の毒なもので、自分の意志とはまるで違ったことにもなるんでございましょう」

「伊予介は大切にするだろう」

「主人のようにいたします」

「どこにいる、その女達は」

「別の家屋の方へやったのですが、そのうちにおいでになったのでまだ少しはこの寝殿にも残っておりましょう」

と紀伊守はいっていた。家来は皆酒に酔って寝てしまった。源氏の君は寝入られないので耳を立てているとこの北の襖子の向こう側に人がいるらしい。さっきの話の人の隠れている所かも知れないと思って、そっとその襖子の傍へ寄ってみた。先ほ

どの子供の声で、

「姉さんはどちら」

といっている。

「ここですよ。お客様はもうお寝《やす》みになって私はおいでになる所に近いかと心配していたが、それほどでもなかった」

と今の子供の声によく似た声でいうのが聞こえる。

「廂《ひさし》の間《ま》でお寝みになりましたよ」

と弟がいう。姉と弟はそれからなるほどお美しいかただとか、私も昼なら見るのだけれどなどと話しするのが聞こえていた。弟はその間の端の方で寝るらしい。女はすぐこの襖子を出た所あたりに寝ているようである。召使いの中将が早く傍へ来て寝てくれないと心細いなどと女はいっていた。暫くして源氏の君はそっとその襖子に手を掛けてみると、あちらから掛け金はしてなかった。開けた所には几帳《きちよう》が立ってある。暗い灯の光で着物などの入った箱などが沢山置いてあるのが見える所を通って、人のいると思った所へ入って行くと、果たして一人小さくなって女は寝ている。女は顔の上に掛けていた夜着を源氏の君が取るまで待っている。召使いの中将が来たのだと思っていた。

「中将を呼んでおいでになったから、私が人知れず思っている心が通じたと思って来ました」

と源氏の中将は女にいった。女は恐われるように、

「あっ」

と声を立てたが、口の所へかけた夜着がさわって外へ声が聞こえない。

「不意にこんな不作法な恋をしかけるとお思いになるでしょうが、私は久しい前からあなたを思っていて、その話をしたいためにこういう機会をつくったのです。決して浅い恋じゃありません」

とやわらかな調子で男はいう。

「それは人違いでしょう」

と、やっと女はいった。継娘《ままむすめ》と間違えられたと思ったらしい。源氏の君は女の困っている様子に面白みを感じるのであった。

「人違いなどをすることもないのです。あなたはいい加減なことをおいいになる。少しお話がしたいのだから」

こういって源氏の君は小柄なこの女を抱いて自分の寝所の方へつれて行こうとした。ちょうどそこへ中将という女が来た。

「おい」

と源氏の君はその女に声をかけておいて襖子を閉めて、

「明方にお迎えにおいで」

といった。中将は男が男であるから騒ぐこともどうすることも出来なかったのである。女は終夜泣いていた。暁方にはまた襖子の所まで源氏の君は送って行って別れた。襖子をさっと閉めた時源氏の君の心はやるせない気がしたのであった。このちこの女にはどういう方法で文をやろうなどということも気になってかえり見がちに中川の家から帰った。勝《すぐ》れたこともないが、中の階級としては誠に趣のある女であったと思って、その後も甚だしく恋しかった。源氏の君はある時紀伊守《きいのかみ》を呼んで、

「いつか話していた右衛門督の息子を手許《てもと》へつれて来て欲しい。そうした上、宮中の出仕もさせてやろうよ」

「結構なことでございますが、ともかくも姉に当たる人に相談いたしまして」

と紀伊守はいっていたが、それから四、五日してその子供をつれて来た。紀伊守は好色男であるから、若い継母に追従してこの子を可愛がっている。源氏の君はいろいろとこの子供を悦ばせるようなことをいって、それから手紙を姉に渡してくれといって渡した。源氏の君に優しい言葉を沢山かけられて夢中になって悦んでいた小《こ》

君《ぎみ》は、何の考えもなしに姉の所へその文を持って来た。その翌日源氏の君の所へ行くといって小君が傍へ来た時、姉は、

「ああいうお手紙は見る人がございませんとおいいなさい」

と教えた。

「そんなことはないはずのようにおっしゃったけれど」

と弟はいう。何もかもこんな子供に打ち明けておしまいになったのかと姉は悲しかった。小君が行くと源氏の君は、

「返事は」

と催促された。小君は仕方なしに姉のいった通りをいった。

「おまえは何も知らないのだろうけれどほんとうは私の方が伊予介よりは姉さんと古い仲なのだ。私を捨ててあんな老人の良人《おっと》をあの人は持ったのだ」

と源氏の君はこんなことを小君にいい聞かせた。子供は嘘とは思わない。何故そんなお気の毒なことをしたのであろうと、それからは姉の心事を疑った。源氏の君がこの頃始終忘れず心にかかるのはこの女である。悲しがっていたこと、せめてこれきりの縁だと思ってくれと泣いたことなどが思い出される。どうかしてもう一度逢いたい。と恋に心の乱れた源氏の君は方除けをせねばならぬ日を待ちかねて、宮中

からただちに中川の家へ来られた。紀伊守は、

「水を沢山庭に引いただけがお気に入ったのでございましょう。私どもは水のおかげで面目をほどこします」

などといっている。源氏の君は小君に今夜行くことは昼のうちから話してあった。女は源氏の君の心が嬉《うれ》しくないことはないが、自分のような者がわれからこんな運命の渦中に投ずるのは愚かなことだと思っている。この夜は中将という女の部屋へ早くから隠れていた。小君は源氏の君の心を受けて姉を捜しに来たが見つからない。やっとのことで女部屋の中で姉を見た小君は泣かんばかりであった。

「ちょっとでいいからお目にかかってあげて下さい。どんなにあなたは恨まれているか知れない」

　頼むようにいう。

「そんな余計なことは決して決して子供は考えてはなりません」

と姉は酷《きび》しく弟を叱《しか》りつけた。こうはいいながらも心の中では、人の妻にならない娘時代であって、源氏の君ほどの人に思われてたまにもせよ情のある言葉を聞くことが出来たならと、出来ないことも考えられる。どうしても姉の心は動かし難いと、

いいにくい思いをして、小君は源氏の君にいった。

「姉さんの隠れている所へ私を案内してくれないか」

「それでも女達が沢山おりますから」

「そうか」

失望の極、源氏の君はただこういっただけである。どうにかして女の心を動かそうと手段を考える余裕もなかった。小君を傍へ寝させて、

「姉さんは私を嫌っても、おまえだけは私の味方だと思うよ」

こんなことを悲しい声でいっていた。

空蟬

「私は今までこういうふうに人にされたことがないから恥ずかしくって死んでしまいたいような気がする」

と源氏の君がいうと、小君はひどく感じて寝ながら涙をこぼしている。可愛い子供だと源氏の君は思っている。横に寝ている手ざわりの髪の少ないこと、小柄なことなどが恨めしい人によく似ていた。源氏の君は堪えがたいような悲しみを持って夜の明けきらないうちに中川の家を出た。女も決して平気でいるのではない。しかも並みひととおりにお気の毒だぐらいに思っているのではない。それからは今までたびたび来た手紙も来なくなったことが、どんなに寂しい悲しいことであったか知れない。しかしいつまでもああして人の妻の自分にはらはらさせる振舞いをされるようでも苦しい恋しいと思う人に恨まれもせずに余韻長くその胸に自分というものを残しておきたいと、こんなことを果てしなしに思っては溜息《ためいき》をついていた。源氏の君は女を恨みながらも、どうしてもそのままに忘れることは出来ない。おかしいほ

どそのために心をつかって、

「あんなにするのだからと思ってみても、どうしても私にはあの人のことが忘れられないのだ。恋しい心は自分の理性でどうすることも出来ない。哀れなものじゃないか。同情してくれるならどうかしてもう一度逢《あ》うようにはからってくれるがいい」

と、こんなことをまた小君にいった。小君はこのことを自身の大きな責任であるように思って、子供心に機会を待っている。そのうちに紀伊守は任国へ下った。中川の家に残っているのは女子供ばかりである。ある日の夕方小君は自分の車に源氏の君をいっしょに乗せて、家の中に連れ込んだ。源氏の君はこんな年端も行かないものを力にして、危うい恋の橋を渡ることをためらいもしたが、思い返そうなどとはもとより思いもしない。家へ入っても小君は子供のことであるから、出迎える者もないから都合がいい。源氏の君を東の妻戸の所に立たせておいて、自身は南の方の座敷の格子の戸を開けさせて中へ入った。

「何故こんなに早くから戸が皆おろしてあるの」

「お昼過ぎから西の君様がおいでになってごいっしょに碁をお打ちになってますから」

小君にこう答えるのは召使いの女である。これを聞いた源氏の君は、西の君というのは紀伊守の妹に違いない。あの人と二人碁を打って向かい合った所が見たいものだと思って隠れていた妻戸の陰を離れて、簾《すだれ》の重なった間へそっと立った。小君が入った格子はまだ閉めてないので、その間から西の方を見ると中がよく見える。碁を打っている傍には灯が置いてある。柱に隠れるように身を寄せているのが恋しい人だとまずその人が目についた。赤い単衣《ひとえ》の綾《あや》の着物を重ねて着ている。上の着物は何だかよくは見えない、ほっそりとした小柄で、つつましそうに碁を打っている手が痛々しいほど痩《や》せてみえる。一方の人は東向きに座っているのであるから真正面に見える。白い羅衣《うすもの》の上に海のような色の袿《うちき》をひきかけているが、胸などもよく打ち合わされていない。紅《あか》い袴《はかま》の紐《ひも》の結び所まで白いたわたわとした肌が見える。顔立ちははっきりとして愛嬌《あいきょう》が十分ある。髪も長くはないが濃いふさふさとしたもので、とにかく美人である。しかし落ち着きもなければ、品なども多くあるのではない。横向きの人は袖《そで》でもってほとんど見ることが出来ないほど顔を隠しているが目を放さずにじっと見ていると、顔全体が想像されないこともない。目が少し腫《は》れぼったいような目で、鼻にも癖がある。どちらかといえば醜い方の女である。しかしその態度がいかにも上品で一方の美しい女よりも数段勝ったなつかしい所が見えるのである。源氏の君は継娘の方をよく笑ったりなどする騒がしい女だと思いながらも、何だか自分のものにしてみたいような気もせぬではなかった。小君が来た。

「いつもいない人が来ているものですから、姉の傍へ行って話しすることも出来ないので困ります」

という。

「その人は今晩帰って行くかどうか、せっかく来たのにその人のために逢えないようなことはないだろうか」

「そんなことはないでしょう。あの人が帰ったら私にはかりごとがあります」

と小君は十分成算のあるらしいことをいうのである。碁はもう済んだらしい。

「若様はどこへ出ていらしったのですか、もうお閉めしますよ」

とこういって侍女の一人は開いた格子をがたがたと音させている。源氏の君としめし合わして小君はまた中へ入っていった。皆寝た様子である。暫くして嘘寝《そらね》をしていた小君はそっと起きて灯をよけるために屏風《びょうぶ》を広げて、源氏の君を奥へ導いた。静かな夜の空気の中に、香で薫《た》きこめた着物を重ねた源氏の君が入って行ったのであるから、神経の鋭敏なものにはすぐそれと気がつく道理である。女はいつやらの夜で懲りさせてから源氏の君の何ともいわなくなったことを嬉《うれ》しいこと禍《わざわい》の恋の手から逃れたことと思いながらも悲しくないことはない。この頃は夜も昼も源氏の君の幻を見ている。今晩も碁が済んでからこちらで泊まった継娘がよく寝入った傍で、寝返りがちにいると、やわらかい着物を着た人が寝床の所へ寄って来るけはいがした。この刹那《せつな》に女は生絹《すずし》の単衣を一枚着たままで、そっと寝床を抜け出た。源氏の君はただ一人で寝ているのに安心して傍に寄った。よく寝入っているのがその人に似合わぬ不思議なことと思うとこれはその人でない。恋しい人の今までいた寝床はもぬけの殻になっていた。源氏の君は口惜しいと思いながらここにいるのが宵に見たあの色の白い女ならもっとよく見たいという心も起こったのである。この女は何の深みも趣もない女とは初めからよく分かっていたが、ただ若々としているのが憎くもなかった。源氏の君は方除けに二度この家に来たことも、今夜忍んで来たこともあなたに逢いたいためだといって聞かせた。

「恋というものは忍んでいる所に趣があるのですから、人にさとられないようにね」

こういう源氏の君の心中は今晩もまたどこかへ隠れた気の早い恋人にこの関係を知られたくないと思うのである。

「私は手紙もお上げ申せません。人眼もありますから」

と女はいう。

「私の所へ来る小君という子に手紙なんかはことづてよう。そして二人ともなるべく人に覚られないように気を付けましょう」

源氏の君はこう言って寝床を抜け出した恋人が脱ぎ捨てて行った薄衣《うすぎぬ》をそっと持って出て来た。小君を起こして、戸を開けさせて外へ出ようとすると、

「夜中にはどこへおいでになります。誰です、も一人ごいっしょなのは」

という者などがあって胸を冷やすことばかりが多かった。小君をいっしょに車に乗せて二条院へ帰って来た源氏の君は、

「姉さんはいなかった。また隠れてしまったのだ。私というものは伊予介《いよのすけ》よりもよくない運命を持っているのだ」

と小君にいって持って帰って来た小袿《こうちき》を身体の下へ敷いて寝た。小君が姉の傍へ行った時、

「何というあさましいことをするのでしょう。あんなことをするのは忠義じゃない。あの方に自身を侮らせるようなものです。私は女達に知れないで済むようにと思って、あなたがよけいなことをするたびにどんなに気を遣うかしれない。馬鹿です、あなたは」

こう罵《ののし》られた。それでもその小君が源氏の君の手で、

うつせみのぬけがらの衣人香《きぬひとが》すれこいしく悲しぬけがらの衣

と書いた紙の端を持っているのを見て、その紙を弟から貰《もら》って、

蟬の羽は朝も夕《ゆうべ》も露に濡《ぬ》るうき恋に泣く女の如く

とそっと書いた。

夕顔

源氏の君が六条の君に通い始めた頃のことである。内裏《だいり》を出てそこへ行く途中、以前下がった大弐《だいに》の乳母《めのと》が重い病をして尼になったのを訪ねようと、五条にあるその家へ来た。大門を閉めてあった。家来が家の中へ息子の惟光《これみつ》を呼びに行っている間、源氏の君の車は大路の真ん中に立ててあった。源氏の君は珍しい気がして下《しも》京《ぎょう》の街を車簾《くるますだれ》の中からあちらこちらと見回していた。乳母の家の隣に新しい檜垣《ひがき》をめぐらした一軒の家がある。窓の上げ戸を四、五間《けん》押し上げて、白い涼しそうな簾が掛けてある。その簾の所へ若い女が代わる代わる来て大路を覗《のぞ》く。さっきからじっとして動かぬ車を覗く。源氏の君は家来の数も少なくし、車の装飾《かざり》などもわざと質素にして来ているのであるから誰ということが分かろう気遣いはないと、こう思って、その見つけない家の様子をなおじっとうかがっていた。門も門らしいものではない。押せば開く編格子のようなものがあるばかりで、その横の塀のような所に青々とした蔓草《つるくさ》が一面にまつわっていて白い花が気持ちよく沢山咲いている。

「上様などはあまり御覧にならん花でございましょう。あれが夕顔でございます。あの花はこういう所の家に限って植えるのでございますから」

と供の一人は源氏の君にいうのであった。そういえばその辺の小さい家、倒れかかった古家の軒などには皆この草が白い花を懸けている。

「綺麗《きれい》な花であるのに可哀《かわい》そうな運命を持っている。一房折って来るがいい」

と源氏の君がいうと、その供は檜垣の家へ入って花を折ろうとした。中はさすが風流な造りの戸口などがあってそこへ美しい十二、三の女の子の、生絹《すずし》の単衣《ひとえ》の上に紅《あか》い袴《はかま》をつけた見よい姿をしたのが出て来て、

「これへ載せておあげあそばせ。提げておいでになるとかたちの悪い花ですから」

といって白い扇を渡した。その供が編格子のような門から花を持って出た時ちょうど惟光が家の中から来るのに逢《あ》ったから、供はそれを惟光の手から主人にささげてもらった。

「門の鍵《かぎ》の置き所がちょっと知れなかったものでございますから何とも申し訳のない失礼をいたしました。もっとも何を見てもどれが誰様やら見分けのつく人のいる所ではないのではございますが」

とこう惟光は挨拶《あいさつ》した。大門は開いて源氏の君の車は引き入れられた。この家には

乳母の息子やら娘やら婿やらが沢山集まっていて、皆源氏の君のお見舞いを喜んだ。病人の尼は起き上がって、

「私は病気の重い時、命をまだ惜しいように思っていましたのは、もう一度あなたにお目にかかりたい望みがあったからでございます。尼になったおかげで病が少し軽くなりまして、こうしてまたお逢いすることが出来ましたから、私はもういつでも仏様のお迎えを悦んでおうけいたします」

というのである。

「そんな心細いことはいわないで、私がもう少し高い位になるのも見てから死ねば心残りもなくていい世界へも生まれられるじゃないか」

と源氏の君は涙をこぼしながらいった。沢山の乳母の中で一番親しく思っていたのであるから真心から祈るのであった。尼は泣いてばかりいる。息子や娘は思い切って尼になりながら未練らしく見えるようなことはよして欲しいと思っている。源氏の君の志で僧達に祈禱《きとう》を始めさせるはからいもあった。源氏の君は帰ろうとしてさっき隣から花を載せて来た扇を惟光に燭《しょく》を持たせて見た。白い扇が黄ばんで見えるまで香で薫きしめたものである。

心あてにそれかとぞ見るしら露の光そえたる花の夕顔

という歌が書いてある。手跡も上品なものであった。惟光に、

「隣に住んでいるのは誰ということを聞いたことがあるか」

と源氏の君は聞いた。例の好奇心が動くのだと惟光は思いながら、

「この四、五日、母の所に、こうしておりますが、病人にばかりかかっておりますので何も近所のことなんか存じません」

といった。

「おまえは冷淡なことをいう。私の例の物好きだと思うのだろうけれど、私は何だかこの扇が気に入った。あの家にいる男を呼んで、住んでいる女はどんな人か聞いてみてくれないか」

こういわれるので、惟光はその家の中へ入って、一人の男を呼び出して尋ねたが男の主人は今田舎へ下っている、女主人は若くって風流人である、その人に宮仕えをしている姉妹があってよくこの家に来ると分かったことはそれだけであった。源氏の君は惟光の話を聞いて扇の歌を書いたのはその女主人の姉妹で宮仕えといってもあまり立派な宮仕えの人でもないであろうが、気の利いたことをすると、少なか

らず心がひかれた。翌朝六条の帰りにその家の前を通った時、源氏の君はその押し上げた窓が目についた。今まで始終通った所であるが、それからは往き来にこの家が源氏の君の心にかかるようになった。久しぶりで惟光が来た。他聞を憚《はばか》るように傍へ寄って、

「あの後、隣のことを知っている者を呼んでよく問い質《ただ》しましたが、しかとしたことをいおうといたしません。何でも五月頃から来ている人がある様子ですがそれは家の中の者にも誰ということが分かりませんなどと申します。私も時々垣の間などから見ていますと若い女達の影が、なるほど沢山見えます。簡単は簡単なものですが皆宮仕え風をしている所を見ると、主人がその中に一人いるに違いございません。昨日は夕日が家の中に射していたのでよく様子が見えましたが、手紙を書いていた女の顔は美しいものでございました。何だか思い沈んでいるようで女達の中には泣いている者もございました」

といった。源氏の君はほほえみながら聞いていた。

「様子をさぐる手段になると思いましてちょっとしたことを機会に私が手紙をやってみましたところすぐ返事が来ました。若い気の利いた侍女もいるようです」

と惟光がいう。

「まあもう少しの間、その侍女を相手に文なんぞやるがいい、このまま誰だか分からないでしまうのは残念だから」

と源氏の君はいっていた。今その女のいる家などからいえばいわゆる下の下の階級であるが、またその中に意外なことがひそんでいるかも知れないと思うのに興味があったのである。空蟬《うつせみ》の君の夫の伊予介《いよのすけ》が任国から上って来た。旅中のやつれで顔色が焼け、醜くなった伊予介を見た時、源氏の君はいいようもない良心の苦痛を覚えた。今度伊予介は娘に結婚をさせて細君はつれて下るそうだという噂《うわさ》を聞くとまた源氏の君はいまさらのように胸騒ぎがして、どうかして今一度逢いたいと小さい小君を責めていたが、姉である人の心はその方に傾こうとはしない、ただ文の返事などのなかに、哀れな心持ちを見せているのみであった。一方では藤壺《ふじつぼ》の宮に対する恋の煩悶《はんもん》がこの頃ではいっそう甚だしく源氏の君の心にまつわっていた。六条の君も長い間心尽くしをしたはてにわが物にした恋人であるが、今になってみると以前に予期したほどの心の満足はえられない。この人は今年二十四であるから源氏の君よりは八つの年上である。惟光はまた隣の話をしに来た。

「まだ誰ということが分かりません。多勢いる女達が、皆暇そうで、道に車の音がするると窓のあるあの所へ廊下を走って渡って見に出たりする時などは確かに奇観でございます。この間供の沢山随《つ》いた車の通った時、童女が急いで奥の方の座敷へ行って、左近《さこん》様、右近《うこん》様、中将様がお通りですといいますと、女達の中で落ち着いた所のあるのが一人、騒がしいこととか何とかいって出て行きました。皆見たいと見えてぞろぞろとその後から他の女達は行きましたが、誰が通る、誰さんが行くといっているのを聞くと、どうもそれが頭中将《とうのちゆうじよう》様の家来の名のようでございました」

こう聞いた源氏の君は、その女達が大騒ぎしたという車の主が、いよいよ頭中将であったかどうかということが知りたかった。もしかすると行方が知れなくなったと頭中将が歎いていた情人であるかも知れないと思うのであった。主人に悦ばれようとする惟光《これみつ》はそのうちに源氏の君をその女の所へ通わすようにした。隣の母の家にいる惟光はむろん知らない顔をしている。源氏の君は女を誰ということも問おうともせず、自分の方もあくまで身分をつつんでいた。行く時はただ二人ぐらいの供をつれるのである。惟光が源氏の君の家来である関係上気づかれることを恐れて隣へ寄ることもしない。女の方では怪しいことに思って朝の帰りに人をつけてやりなどもするが、男のする方法はそれよりもいっそう巧妙なものであった。源氏の君は不思議なほどこの女に心を引かれた。一日の昼の間別れているのも苦しいほどに思って、毎日毎日行く所はかつて白い花の夕顔が少女《おとめ》のようになびいて咲いていた五条の家である。狩衣《かりぎぬ》の軽々しい装束もそのためにわざわざ作らせたのである。顔なども包んでいるので女の方では昔の神話の事実を見るようであると悲しんでいた。源氏の君も何のためにこれほど名を隠しているのか女をはかっているのかがわれながら分からぬ時もないではなかった。こちらで真面目でない限り女が仮り住みのような今の所からまたどこかへ移って行くとも分からぬ。その時にそれまでの縁だとただ思ってしまわねばならない。決してそんなはかない恋で終わろうとは思わないのであるから、いっそ二条院へつれて行こうかと思う時もあった。

「どこかへいっしょに行って、そこで遊んでゆるりと話をしましょう」

と源氏の君は女にいった。

「あなたは名も何も隠しておいでになるのですものごいっしょに他の所へ行くなんか、恐いよう」

と娘らしい調子で女は答えた。源氏の君はもっともなことだとおかしくて、

「ほんとうにどちらかが狐なんでしょうよ。だってそれでもいいではありませんか。欺《だま》されていらっしったらいい」

という。自分の方からこんな勝手なことをされながら自分をたよろうとしている女の心を源氏の君は可愛く思った。それにしても頭中将の話の女の性格によく似てい

るなどと思う。八月の十五夜で、明るい月の影が粗末なつくりの屋根から中へ射して家の中が隅々までよく見える。源氏の君はこんな所で寝るのが珍しくて面白かった。夜明け近くなると近所の人達が起きていろんな話をするのが聞こえる。

「今年は心細い。田舎商売にも出られそうでない」

などといっている者もある。こんな話の聞こえるたびに女は恥ずかしいと思う様子である。しかし虚栄心の多い女であったなら身も世もないほど苦しがるであろうが、この人は隣でいっていることは別世界の言葉で、自分らの生涯とは交渉のない言葉であると聞いているらしいのがかえって奥床しい思いをさせた。唐臼《からうす》の音もする。遠くで砧《きぬた》の声も聞こえる。虫も耳の傍で鳴くように直ぐ下の庭で沢山鳴く。こんなことまでも源氏の君の心に面白いと思われるのは、女に対する愛情がなみなみでないためであることはいうまでもない。白の袷《あわせ》を着て薄紫の上着を重ねて華やかでない装いがしっくり身体に合ってしなやかである。格別勝れてはいないが美しい人である。物をいう調子が誠に男の心を引く。

「この近い所に私の知った家があるのです。そこへ行って一日気楽にあなたと話がしたい。こういう家で逢っているばかりでは私は苦しくって仕方がない」

「あなたのおっしゃることはあまり急で、私はどうしたらいいか」

と女はうつむきながらいっている。二人は未来の世まで変わらないでいましょうなどと源氏の君がいっても、女は一点の疑いもさしはさまない。源氏の君はもう人が何と評判を立てようともかまわぬという気になって、この女君を外へつれ出すため車を家の中へ入れることを命ずるのであった。近所では御嶽精進《みたけそうじ》をしているのか年寄らしい祈禱《きとう》の声がしだした。

「あの人の仏様を拝んでいるのを私達の菩提心《ぼだいしん》を起こす動機にして仏に帰依《きえ》して、来世も変わらない夫婦になれることをお願いしましょうね」

とこう源氏の君がいうと、

「そうね」

となつかしそうに女は答える。二人の乗った車の後ろには右近という侍女も乗った。近い所に某院といって七、八代前の帝の御隠居所であって、今は官有物になっている大きな家がある。源氏の君はそこへ車を着けさせた。荒れた門に忍草《しのぶくさ》が沢山茂って生えていて、それから露がぽたりぽたりと落ちて来る。

「私はまだ恋人といっしょにこんな所へ来た経験はない。あなたは」

と源氏の君はささやいた。女は顔を赤くして、

「私だって」

といっていた。心細いといって女はこの大きい家へ入ることを恐ろしがっている。あの小さい家に今の今までいたのであるからそうも思うのであろうと源氏の君は思っていた。院の預かり官がこの若い人を非常に大切にあつかうので、女にも右近にもこの人の誰であるかが明らかになった。

「お供が少ないようでございますが、お邸《やしき》の方へ人を遣《や》りまして、家来衆を呼んだものでございましょうか」

と預かり官はいう。

「そんな心配には及ばない。人の来ない所と思ってわざと厄介になりに来たのだから」

と源氏の君はいって、誰にも自分の来ていることをいうなと堅く口留《くちど》めをした。女をつれて初めてこういう所へ来た源氏の君は他にすることもない、ただいつまでもいつまでも変わらないでとこんな約束ばかりをして時を送った。昼に近い頃源氏の君は戸を自身の手で上げた。庭の荒れていることは驚くばかりである。恐ろしい気がするほど木が大きく繁っている。縁側に近い庭の植込みは秋の野のように茫々《ぼうぼう》と草が伸びている。廊下を隔てた別の家屋の方に預かり官などは住んでいるらしいが、ここは人影を見ようとしても見られない。源氏の君はまだ自身の口から名を明かし

たのではない、女が恨んでいるのももっともであると思って、

「いつやら夕顔の花を貰《もら》って、あの隣の家へ入った車の人は私でしたよ」

その時は源氏の君であろうと思われて歌を詠みかけなどされたのであったから、こういったのである。

「源氏の君ってあなたのような方、名高い方だけれど」

と女は笑いながらこう戯れた。実はこの古い家の中で見る源氏の君の美しさはひとおりのものではないのである。

「あなたも誰の子だというくらいのことは明かしたっていいではありませんか」

こういうと、

「私は名なんぞはない海人《あま》の子」

と女は答える。惟光が主君の後を尋ね当てて出て来た。気の利いた彼は菓子などまで用意して来た。今までかなり長い間知らぬ顔をしていたことについて右近に責められないかと思って惟光は傍へはよう来ない。この院の夕方はたとえようもないほど静かである。奥の方は暗いから恐いと女がいうので簾《すだれ》の傍へ座を設けて寝ていた。女の心は次第に打ち解けて来るようである。離れまいとじっと傍に寄っている。早く戸を下ろして灯をつけさせた。誰に気兼ねもないただ二人の差し向かいが珍しく

面白いにつけ六条の君の重苦しい所にこの柔らかみを加えたらなどと若い貴人はこんな場合にも他の恋人のことが胸に浮かんだ。少しばかり寝入ったと思うと枕《まくら》のすぐ上の所に美しい女が来て、

「私はあなたに恋をしているのに、こんな格別いいこともない人をここへつれて来て私のいる所で愛しておいでになるのが怨《うら》めしい」

とこういって夕顔の君を起こそうとする。何かの魔が来たのだと驚いて目を開くと、灯がふっと消えた。源氏の君は恐ろしいような気がして太刀を抜いてそこへ置いて右近《うこん》を起こした。この女も恐ろしいと思うようで直ぐ傍へ来た。

「今晩はあちらで男達が泊まり番をしているはずだから起こして灯をつけさすようにいってくれ」

「どうしてあちらまで参れるものでございますか。暗いのでございますもの」

「子供のように」

と笑いながら源氏の君が手を叩《たた》くと家の中で山彦が起こる。泊まり番の人には聞こえないと見える。女君はどうすればいいかというように慄《ふる》えて、汗もしとどになっている。

「君様はどんなお心持ちでございましょう」

と右近が源氏に聞く。気が弱くって昼間さえも恐がっていたのだからと思うと可哀そうでならない。

「私が人を起こして来る。もう少しおまえはこの人の傍へ寄っているように」

といい置いて、源氏の君が西の戸口から出ると、その時廊下の灯もまたふっと消えた。宿直《とのい》をしていたのは預かり官の息子と二人の供とだけであったが皆よく寝入っていた。源氏の君に呼ばれて男達は起きた。

「灯をすぐつけて持って来い。こんな場所にいるにも似合わない、あまり気を許して寝ていたではないか。惟光《これみつ》が来ていたのはどうした」

「参っておりましたが格別御用もなさそうだからといって帰りました」

こう源氏の君に答えるのは預かり官の息子で内裏の滝口の武士である。まだ十時過ぎであるらしい。風が吹き出して来た。源氏の君がもとの所へ帰ってみると、女はさっきのままの形で寝ている。右近はその横に俯臥《うつぶ》しになっている。

「そう恐がってはいけない。こんな所は狐などがいて人を嚇《おど》すものだ。私がいるのだから安心していればいいじゃないか」

といって源氏の君は右近を起こした。

「私よりも君様が」

と息も絶え絶えに右近がいった。

「そうだ」

夕顔の君の身体を動かしてみると、ただなよなよと動くばかりで息もしない。魔に魅いられたのだと思って源氏の君はどうしたらいいかと溜息をつくばかりであった。あちらから灯を持って滝口が来た。几帳を寝床の傍へ引き寄せておいて、

「こちらまで持って来い」

といったが、習慣上滝口は上段の間に進んで来られないのを叱るようにいって灯を近くへ運ばした時、さっき夢で見た女がそのままの姿でそこに現れて、すぐまた消えてしまった。どうしてみても女はもうもとには帰らない。冷たく冷たくなるばかりである。

「生きてくれ。私に悲しい目を見せないでねえ」

源氏の君は泣きながらこういうのであるが、女の身体は次第に死骸《しがい》らしくなって来る。滝口をまた呼んで、

「すぐ惟光のいる所へ行ってここへ来るようにいって来い」

といいつけた。そして惟光の兄の僧もいればいっしょに来てもらうようにともいった。源氏の君はこの恋人を死なすことの悲しいのとともに自分もどうなるやらと恐

ろしくてならない。右近も恐がって石のようになって傍に寄っている。片手で恋人の遺骸を抱いている源氏の君は惟光の来るまでの時間を千年も経つように長く思われるのであった。やっとのことで鶏が鳴く頃に惟光が来た。夜中でも暁でも大抵の時は傍にいる男が今日に限っていなかったのであるから、顔を見ては憎い気にもなる、なつかしい気にも、頼もしい気にもなる。今まで強そうに見せていた心もゆるんで、惟光の前で源氏の君はとめどもなく泣いた。それから女の死んだことを話した。

「ひょんなことを承ります。前から御病気でおありになったのでございますか」

「そんなことは少しもなかった」

こういって泣く源氏の君の姿の美しさはいっそう人を感動させて惟光も泣き出した。どうすればいいかということになっても皆若い。こんな経験のある者は一人もない。ようやくのことで惟光が、

「この院にいる者には隠しておくほうがおよろしゅうございます。ともかくもここを出てまいりましょう」

と意見を述べた。

「そしてどこへ行く」

「あの五条の家へお送りしてもただ女達に泣き騒がれるばかりでございましょうから、それよりも私の知った尼の住んでいる寺が東山《ひがしやま》にございますから、ひとまずそこへ私がお供してまいって、よろしいようにはからいましょう」

夜明けのどさくさまぎれに上むしろにくるんだ美人の亡骸《なきがら》は車に運ばれた。物の間から黒い髪の見えているのが悲しかった。終わりまで見とどけたいと源氏の君は思うのであるが、

「上様は早く私の馬に召して二条院へお帰りにならなければいけません」

と惟光が手を振って制するのでやむを得ない。惟光は東山の某尼の庵室をめざして遺骸と右近を乗せた車の後ろから歩いて行った。源氏の君が二条院へ帰ると侍女達は、

「どちらからのお帰りでございますか。お気持ちがお悪そうでございます」

という。源氏の君は惟光があゝいっても何故いっしょに行かなかったのであろう。もしあの人が蘇生《そせい》した時自分が傍にいなかったなら、捨てて来たように思って恨むであろうと思うと胸も張り裂けるようである。頭が痛む。自分も死ぬのではないだろうかと思う。昼になっても寝間を出ない源氏の君に侍女達が粥《かゆ》でも召し上がるようにと勧めている時、内裏から陛下のお使いが来た。頭中将《とうのちゅうじょう》も見えた。

「昨日一日どこへおいでになったか知れなかったので陛下が御心配あそばしました」

とお使いはいう。頭中将にちょっと話があるといってそばへ呼んだ源氏の君は、

「私の乳母《めのと》が五月頃から病気をしていてしきりに私に逢《あ》いたいといっているのを聞いたものですからちょっとその家へ寄ったのですが、折悪しく私がいる時に召使いの病気していた者が死んだのです。そんな意外なことで私も穢《けが》れに触れた身体になって禁中へ出仕も出来なくなったわけですから、あなたから陛下によくその事情を申し上げて下さい」

といった。

「承知しました」

といって、また頭中将は、

「穢れにお触れになったって、誰の穢れですか。ただいまのお話はほんとうのように思われない」

といったが、源氏の君はあくまで前にいったことに間違いはないといっていた。実はこの人に対しても良心は疚《やま》しさを感じないこともないのである。これは十中の八、九まで死んだ恋人は頭中将の旧《もと》の情人であることが知れていたからである。それか

らは誰が来ても病気であるといって源氏の君は逢わなかった。夜に入って惟光が来た。

「もうだめか」

「さようでございます」

と惟光も泣く泣くいった。

「いっしょに行った女は」

「あれは今朝は自殺もしかねない様子でございましたが、私がいろいろと慰めました」

という。

「私はぜひもう一度行って焼くまでに死骸を見ておきたい。馬に乗ってそっと行く」

暫《しばら》くして源氏の君はこういった。思いとどまりそうでないことを知った惟光は主人の意に従って馬を引き出させた。東山まではずいぶん遠い。河原の広い所へ出ると、十七日の月は空にあるが光がとどかないようで供の持った松明《たいまつ》の灯がただほのかに赤く見えるだけである。源氏の君は恐ろしいとも何とも感じない。胸はかき乱されるようで悲しみに満ちていた。尼寺へ着いて、戸の間から中を見ると二、三人の僧が無言の伽《とぎ》をしていてその中に泣き声の悲しい女が一人いる。清水寺《きよみずでら》はここからは左手に見える。そこには灯が多くともっていて参詣の人もあるようである。老尼の子である僧が、暫くすると重い声で経を読み出した。源氏の君は身体中の涙が一度に流れ出すように感じた。中へ入ってもなお泣き続けていた。しかしどの僧も尼もこの人を誰ということは知らない。死んだ人の相愛の良人《おっと》であるというだけを合点しているばかりであった。惟光《これみつ》が急がすので源氏の君は右近に優しい慰めの言葉を残してまた庵室を出た。二人の寝る時に上に掛けて着た源氏の君の紅い単衣《ひとえ》をそのまま遺骸になった恋人が着ていたことがいつまでもいつまでもうら若い貴人の胸をそそる悲しさの種になった。涙に目も曇って、源氏の君は帰り途の加茂川《かもがわ》の傍で落馬した。惟光は川の水で手を清めて、

「南無《なむ》観世《かんぜ》音菩《おんぼ》薩《さつ》」

と清水寺の方を向いて合掌した。自分がしかとした男であったなら主人を諫《いさ》めてこんな所へおつれするのではないであろうにと、惟光は心を痛めていた。この日から源氏の君は重い病気になった。ほとんど三十日ほど陛下はもとより多くの人に心遣いをさせた病の快くなりかけに、源氏の君は死んだ恋人のかたみのように思って二条院へ呼んだ右近に亡き人の身の上をくわしく話させた。

「お父様は三位《さんみ》中将でいらっしゃいました。一人娘であの君様のことばかりを苦労にしておいでになりましたが、御自身も短命でおなくなりになりましたのです。頭中将様がまだ少将であった頃、縁があって通っておいでになりましたが、昨年の秋の時分でしたか御本妻の方からうるさいことを申してまいりました。君様は気が弱い方だものですからそれをお恐ろしがりあそばして、西街の乳母の家へ皆をつれて隠れておいでになりました。そこも見苦しい家でございましたからお困りになってある郊外の方へ行こうとなさいましたが、方が悪いので、暫く方除けにおいでになったのが乳母の娘の家のあすこでございました」

「その人のことなら私も聞いた。女の子が一人あると頭中将がいっていたがその子はどうしたの。私はその子を育てたい気がする」

と源氏の君はいった。

「そうしてお上げあそばせば姫様はどんなにお幸福か知れません。お子様だけは西街の乳母の所においでになっていたのでございます」

右近はまた思い出してさめざめと泣いた。ほう、ほう、ほうと鳴くものがある。これは庭の竹の中へ来る家鳩である。この鳥があの院にもいたのを、あの人が気味悪がったことを源氏の君は思い浮かべた。

「若々しい人だったがいくつだったの」

「十九におなりでございます。私はあの君様の乳母の生んだ娘で、母が死にましてからは三位様が君様とおなじように私の面倒も見て下さいましたのでございます。そんなことを思いますと生き残っている気もいたさないのでございます」

右近は源氏の君に仕え馴《な》れて来るにつけても、この二条院に男君とごいっしょにおいでになったならと死んだ主人のことばかりを思うのであった。空蟬《うつせみ》の君の弟の小君《こぎみ》は今でもいつも傍へ来ているが、前のように源氏の君のことづけを持って帰ることもないので、女はいよいよお懲りになったのだとはかなくも思われるのであった。それに御病気であることなどを聞いては胸を痛めずにはいられなかった。

御病あそばせるよし。お尋ねいたさぬを何故ぞともいい給わぬはさびしきものに候。胸かきみだしさまざまの祈りに仏の御名となえおり候ことも知らせ給わじ。あなかしこ。

珍しく空蟬の君の方からこんな手紙を送って来た。これも恋しい人の一人であると源氏の君はすぐに返事を書いた。涙のこぼれるようなことを沢山書いてやった。

こんなことをしながらも女は、もう一度過《あやま》ちを重ねようなどとは決して思わない。そのうちに伊予介の娘は蔵人少将《くろうどのしょうしょう》を婿にしたそうである。夕顔の君の四十九日の法事は叡山《えいざん》の法華堂《ほっけどう》で営まれた。その時源氏の君の書いた願文《がんもん》は悲しい悲しいものであった。五条の家に残った女達はそれとなく気を引いてみたが惟光が知らぬらしいので、通って来た人は地方官の息子か何かで前の夫の頭中将に憚《はばか》ってそっと田舎へつれて下ったものと女主人のことを思っていた。ちょっとしたたよりぐらいはしてくれてもよさそうなものとまたしても、右近は残った女達に恨まれていた。右近は夕顔の君の亡くなったことをいったなら自分の過ちのように皆に騒がれるであろうと思うとどうしてもそれを知らせてやる勇気がなかった。それに源氏の君も今になって自分の名を出したくないという心のあるのも知っていたので、聞きたい姫君のたよりも聞くことが出来ないで月日が経って行く。源氏の君は夢にでも今一度死んだ人の恋しい面影が見たいと思っていたが叡山で法事のあった翌晩ほのかな夢であったがその人を見ることが出来た。二人のいたのはやはりあの院であった。伊予介は若い妻をつれていよいよ十月一日に任国へ下った。

過ぎにしも今日別るるもふたみちに行く方知らぬ秋の暮かな

こう独り言をいうのは源氏の君であった。この人の十六の歳の恋はこういうものであった。

若　紫

瘧《わらわやみ》を患っている源氏の君に、

「北山の某々寺という所にえらい坊さんがいます。その人は去年の夏瘧の流行《はや》った時にもまじないで沢山癒《なお》しましたから、あなたも試しに呼んでごらんになるといいでしょう」

といった人があったので早速使いを立ててその坊さんを呼んだのであるがもう老体でとても京までは行くことが出来ないという返事を聞いて来た。それではそっとその山へ行ってまじないをしてもらおうと、源氏の君は四、五人の供をつれて出掛けることにした。京を出たのは朝の早いうちである。同じ北山といってもその寺のあるのはだいぶ奥の方である。三月のつごもりであるから京はもう盛りが過ぎているが、ここでは花の真っ盛りである。源氏の君はこんな山の中などへは初めて来たことであるから景色が珍しい。その坊さんの持っている寺は小さいみすぼらしいものである。山の巌《いわ》の中に坊さんが座っていた。源氏の君はまじないをしてもらっている間縁の端へ出てその辺を眺めるのであった。ここは山のもっとも高い所になっていて山のあちらこちらに建てられた寺などは皆下に見下ろされる。ちょうどこの寺の下に当たる所に構えは他の寺と同じ小柴垣根であるが、目立って新しい広い家がある。家と家のつなぎには屋根のある廊下などがある。庭も立派であるのを見て、

「あの家は誰が住んでいる所だろう」

と源氏の君は独り言のようにいうと、

「あれはあの何々僧都《そうず》が二年前から籠《こも》っている家でございます」

と家来の中にいう者があった。

「あの人はこの山に住んでいるのか」

と源氏の君はいっていた。何々僧都は権門の出身であって名高い人である。見ていると家の中から美しいお稚児《ちご》などが出て来て仏に供える水を汲《く》んだり、花を折ったりしている。

「あの家に女がいる」

と誰かがいい出した。

「まさか何々僧都が女といっしょにいるということもないだろう」

「でも確かに女がいる」

と口々に家来達はいう。山をつたわって下りて覗《のぞ》きに行く者もある。

「病気のことなどは忘れておいでになるがいい」

と坊さんがいうものであるから、源氏の君は寺を出て後ろの山をそぞろ歩きしていた。

「こんな景色のいい所に住んでいる人は何も思うことはないだろうね」

源氏の君は家来を見てこういった。

「こんな所などはそういい景色というほどのものではございません。諸国にある風景のいい場所をお目にかけたら絵などをお描きになる御参考になることでございましょう」

と一人がいうと、それについて皆が富士山がいいとか、何々の嶽《たけ》の景色がいいとか、また西国《さいごく》の何の浦をお目にかけたいとかいう。

「近い所では播州《ばんしゅう》の明石《あかし》の浦の景色がよろしゅうございます。別段変わった景色でもございませんがただ海を見渡した趣が何とも知れずのんびりとしているのでございます。明石と申せばあすこに建っている先の播磨守《はりまのかみ》入道の家は大層な立派なものでございますよ。娘があるからああいう家を建てたのだそうですが、あの男はよほどの変わり者というのでございましょう。大臣の子孫で、近衛中将《このえのちゅうじょう》にまでなっていたのを、厭《いや》になったといって辞職して、自分から望んで播磨守になって行ってそこでまた下役人と衝突を起こしなどしたものですから、面目がないといって坊主になった人です。坊主になってからは浮世ばなれた山の中へでも入ればいいのですが、それでは妻や娘が可哀そうだといって、そういう所に住んでいるのだそうです。財産も沢山持っているそうでございます。そして仏学の方も中々研究しているようですが、確かに変わり者でございます」

というのは今の播磨守の息子の良清《よしきよ》である。

「その娘はどういう女なのかね」

と源氏の君は聞いた。

「いい女だそうでございます。これまでの国主などがいろいろといって所望したそうですが自分がこんな身の上に落ちたのさえも先祖に申し訳がないのに娘を地方官ぐらいにやってなるものじゃない、陛下のお傍へ上げるのが望みだからと、そればかりを頑固にいい張っているのだそうでございます。自分が死んで望みがとげられないようになったら海へ入って死んでしまえと遺言をしているそうでございます」

その娘に心を掛けている良清はまたこういった。源氏の君は面白い話だと思うのであった。もう夕方近くなって来たが今日は瘧が一回の震いも来なかった。

「まったくおまじないが利いたのでございましょう。早速お帰りになるとよろしゅうございます」

と家来はいったが、

「今晩はもう一晩ゆるりとお加持をしてそれからお帰りになる方がよろしいでしょう」

とその坊さんがいうので、源氏の君はこの山寺で泊まることになった。こんな経験はまだないので源氏の君は面白いことに思ってまた山の中を見て歩いた。山のことであるから夕暮の靄《もや》が沢山下りているからあまり目立たない。いつの間にかさっき見た美しい小柴垣のそばへ来たので、ほかの家来達は上の寺へ帰して惟光《これみつ》と二人で家の中をそっと覗いた。その庭に面した西向きの座敷にいるのは四十くらいの上品な尼様で美しい姿をしたお付きの女が二人ほどと、女の童《めわらわ》などが出入りしている。ちょうどそこへあちらから走って来た女の子が一人あった。白や黄の着物を沢山重ねて着たこの子の顔はさっきから見ていた女の童などと同じようなものではない。大きくなったらどんなに美人になるであろうと思われる顔立ちで、髪は後ろに扇をひろげたようにゆらゆらと靡《なび》いている。泣いた顔を赤くして立っているのである。

「何を怒っておいでかい」

といって顔を見上げた尼様の顔が、その子の顔にどこか似た所があるから尼様の子であろうと源氏の君は思うのであった。

「いぬきが雀の子を逃がしてしまったのよ。籠《かご》の中に入れてあったのにねえ」

と悲しそうに女の子はいった。

「またあのそそっかしやがそんなことを致しましたの。馴《な》れておりましたのに可哀そうでございますね。あんな小さいものは鳥などにすぐ食べられてしまいましょう」

こういって一人の女は立って行った。この人のことを少納言の乳母《ばあや》さんと皆がいっている。

「あなたはほんとに赤さんだねえ。私が病気で今日明日も知れないのに、それが分からないで雀などで大騒ぎをしておいでなのだね。まあここへいらっしゃい」

と尼様がいうと、その子は前へ行って座った。年は十二くらいと見える。顔が光るように綺麗である。つくづくとその子の顔を眺めながら魂が傍へ飛んで行くように思うのは、この顔が藤壺《ふじつぼ》の宮に似ているからであると源氏の君は自身ながら思った。尼様は可愛くてならないようにその子の髪を撫《な》でなどしていたが、はらはらと涙をこぼして、

「こんな人を置いて、私は心が残らないで死ねようかねえ」

と独り言のようにいった。

「そんな心細いことをおっしゃるものではございません」

傍にいる女が泣きながらこういう。そこへ来たのは主人の僧都《そうず》である。

「今日に限ってあまり端近い所に出ておいでになるではありませんか。この上の寺へ源氏の君が瘧《わらわやみ》のまじないをさせにおいでになったそうですが、お微行《しのび》でおいでになったものですから、私は今まで知らないで御訪問もしませんでした。すぐ手紙でも上げようと思います」

といっている。座敷の簾はすぐ下ろされた。源氏の君が上の寺へ帰ると間もなく僧都の弟子が使いに来て惟光に面会したいといった。用事は、この山にお泊まりになるならばぜひ自分の寺へおいで下さるようというのであった。源氏の君はさっき見た女の子のこともくわしく知りたく思って僧都の寺へ来た。同じ寺といっても上の寺とことは雲泥の相違で美しい所が源氏の君を迎えるためにいっそう綺麗に装飾されてある。その上にも寺の空気は清浄である。源氏の君は自分のような罪の深い者は早く出家してこんな住居をしたいという気にもなるのであった。そう思って熱い涙をこぼした。それにつけてもその罪の源の恋しい人に面影のよく似た子供のことが聞きたい。

「ここにおいでになる尼様はどういう方ですか」

と突然源氏の君は僧都に聞いた。

「あの尼でございますか、あれはずっと以前に亡くなった按察使大納言《あぜちのだいなごん》の未亡人で私の姉に当たるのでございますが、この頃は病気をしてこちらへ参っておるのでございます」

と僧都はいった。

「按察使大納言にはお嬢さんがおありになったということですが」

源氏の君は大抵想像が当たるであろうと知らぬことを大胆にいってみた。

「たった一人、娘がございまして、大納言は陛下にお上げしたいなどといっておりましたが、そのうちに死んでしまいましたから、姉が一人でいろいろ心配しておりますうちに兵部卿《ひょうぶきょう》の宮様が通っておいでになることになりましたが、宮様にはもう一人奥様がおありになるものですから姪《めい》は苦労ばかりして死んでしまったのでございます」

僧都は目をしばたたきながらこういった。兵部卿親王は藤壺の宮の兄宮である。女の子は尼様の孫であって兵部卿の宮の子であることが分かった。父方の関係で藤壺の宮に生き写しなのかと思いながら、それならば身分にも申し分がない、今のうちから貰って、思うように教育して妻にしたならというような思いが起こらないでもない。

「忘れがたみというようなお子さんがなかったのですか」

確かに知りたいと思って、またこう聞いた。

「その子供もまた女でございます。ちょうど死にます前に生まれたのですが、不幸な娘で、姉はその子供のことばかりを心配しているようです」

「妙なことをいうようですが、その女のお子さんを私が頂くことが出来ないでしょうか、尼様にそうおっしゃって下さいませんか。年が釣り合わないなどという御心配はいらないのです」

とこんなことを源氏の君はいった。

「しかしまだまったくの子供でございますよ。そう私がいっても祖母の考えのあることですからともかくも話をいたしてみましょう」

こういってそれから僧都は仏堂に暫くの間することがあるから失礼をするとあちらへ行った。もうよほど夜が更けたようである。

冷たい山風が吹いて滝の音も昼よりは激しく聞こえる。弟子僧が小声に経を読むのが何だかもの凄《すご》く聞こえて来るので家来達も寝られぬらしい。源氏の君は尼様の所へ行って話をしてみようと、間に立てた屏風《びょうぶ》の所へ来て人を呼んだ。

「先ほど僧都にお話をした姫様のことについて尼様のお返事を伺いたく思うから」

と源氏の君はいった。女が尼様にそういうと、

「何だろう。あの子のことをもっと大きい娘とでも思い違いしていらっしゃるのではないだろうか」

　こういいながら尼様は源氏の君の傍へ出て来た。

「お母様のおありにならない姫様のことを以前聞きまして、母なしの私は人ごとのように思われませんで、機会があったらあなたにお話しして、そんな人同志のいっしょになることをお許ししていただきたいと思っていたのです」

と源氏の君はいった。

「何かお間違いになっていらっしゃるのでござりましょう」

とばかり尼様の方ではいっていた。山の木や草の花が錦《にしき》を広げるように夜が明けて来た。いろいろの鳥の声もする。この珍しい景色に源氏の君は恍惚《こうこつ》として病気のことなどは忘れてしまうようである。京からは迎えの人が来た。勅使も来た。左大臣の息子達も来た。皆口々に病気の快《よ》くなったことを祝うのであった。僧都は山の料

理の珍しいものばかりで御饗応《ごきょうおう》をして酒を勧めるのであった。

「陛下が私の病気を案じていられますからこんどはゆるりとしてはいられませんが、この桜の盛りのうちにもう一度来たいと思います」

と源氏の君はいっていた。姫様は子供心に源氏の君を美しい人だと思って、

「私のお父様の宮様よりはずっとお立派だわね」

などと女達にささやいていた。

「それではあの方のお子様におなりあそばせよ」

「そうね」

と姫君は無邪気にうなずくのであった。源氏の君はその翌日山の寺へ使いをやって文を送った。僧都への文の中にも姫君のことについてお力を煩わしたいと書いてある。尼様へのにはそのことばかりが書いてある。


夫婦二人の年齢の相違などは第二の問題として姫君を預け給わらば何よりも嬉しかるべく候。

などと書いてある。別に小さく紙を折った文があった。

北山の桜の面影はいかにしても我身を離れ申さず候。夜の間に嵐《あらし》が吹かずやと、そのようなることも心にかかり申し候。

これは姫様へという心であろうとうなずかれた。尼様からは孫娘のことなどは遠い将来のことと思っておりましたに、またわざわざそのことを仰せられて痛み入るというような返事で、僧都の返事のなかにもその通りのようなことが書いてある。源氏の君は自身の心がよく先方に分からないことを残念に思って、二、三日してから惟光《これみつ》を北山の寺へやったのであるが、その時の返事も同じようなことで、尼様の病気が少しよければ京の家へ帰りますから、そこからくわしいお返事はすると、こんなことを聞いて来た。この頃藤壺《ふじつぼ》の宮が少し御病気におなりになって実家《さと》へ帰っておられた。源氏の君は陛下が少なからずそれを心痛しておられるのを、お気の毒に思いながら、このような時に逢っておかないと逢う時がないというようなそぞろ心になっていた。前のことはあさましい夢であると思い、ともすれば、思いの種になるその過ちは再び重ねまいと思っておられた宮は、ある夜王命婦《おうみょうぶ》の手引きで忍んで来た源氏の君を見て運命というものの悲しさにお泣きになった。上品な女性のやわらかみをあくまで持たれた宮は、こんなお心持ちでいながら源氏の君の心を引くことが多かった。

「私はまれまれにこうしてあなたと寝て見る夢の中の人になって消えてしまいたい」

といって源氏の君は声を立てて泣いた。

「いくら夢の中の人になって消えても、世間の噂《うわさ》にいつまでも私のような因果者は残るでしょう」

宮もこういって涙を袖《そで》で拭《ふ》いておられた。文などはいくら王命婦の手まで届けても、宮は御覧にならないということである。宮はそんなことなどで病もはっきりとしない。幾度陛下のお使いが来ても実家にばかりおられたのであったが、そのうちにいよいよ身体がふだんの身体でないことが分かって来た。暑い間は片時も起きていられなかった。三月になると誰の目にもつく。

「いくらお謹み深いといっても、今まで陛下に申し上げないでおいであそばすとはずいぶんでございますね」

などとお付きの女達はいった。物怪《もののけ》などがついていて初めのうちは分からなかったというように陛下へは申し上げた。お付きの者もむろんそう思っている。王命婦一人はさらに大きい煩悶《はんもん》の加わって涙がちに日を送っておいでになる宮を見て、自身の罪の一通りでないことに気がついて吐息をついていた。北山の寺に行っていた尼様は病がよくなって京の家へ帰って来た。源氏の君からは姫様のことについて折々手紙を送ったが、返事はいつも同じことで、まだ子供だからとばかりいうのであった。しかし藤壺の宮のことばかりでいっぱいになっている源氏の君の心は、ほかのことにそう熱心になることは出来なかった。ある晩月の景色が面白いので気を引き立てて六条の君の所へ行こうと出掛けたその道すがら、大きい家の荒れたのを指さして、

「これが死んだ按察使大納言の家でございます。先日私がちょっと寄ってみましたが尼様の病気がまた悪いようで気の毒でございます」

といったのは惟光である。

「そんなことだったらはやく私にいえばすぐ訪ねるのだった。今日寄ってみよう」

といって源氏の君はその家へ入った。

「御病気のことを始終気にかけているのですが、私が御相談申し上げることを御冷淡に思っていらっしゃるので来にくかったのです」

と源氏の君は少納言にいった。尼様はもうよほど弱って自身で対面は出来ないそう

である。

「姫様が私に代わって源氏の君に御挨拶《ごあいさつ》の一つも出来るほどであったら」

病床で尼様のいっている声が聞こえる。

「たびたび申していることですが、私が姫様を頂こうとしているのは決してあさい心持ちでではないのです」

といって、また源氏の君は、

「姫君にちょっとでもお話がしたいと思います」

といった。

「姫様はもうよくお寝《よ》っていらっしゃるのでございますよ」

少納言がこういっている時、あちらで、

「お祖母《ばあ》様。源氏の君がいらっしゃったのですってね。覗いてごらんあそばせよ」

という姫様の声がする。

「あれ姫様」

と誰かが制している。

「いつかお山にいた時、源氏の君を見たので気分が癒ったたってお祖母様がおっしゃったからさ」

と可愛い声はまたいった。源氏の君は少納言が辛《つら》がっているのが気の毒であるから、それが耳に入らぬ顔をして見舞いをくれぐれも述べて帰った。翌日また使いをやると、尼様の病気がよくないので、これから北山の寺へ行く所だということであった。哀れなことだと源氏の君は聞いて思った。十月に朱雀院《すざくいん》へ陛下が紅葉見の行幸があるはずで、その日の舞楽の舞人に源氏の君も選ばれたので、稽古《けいこ》などのために暇がなくて暫く按察使大納言《あぜちのだいなごん》の未亡人の便りも聞かないでいたが、思い出したので山の寺へ手紙をやると、僧都の返事だけを使いが持って帰って来た。それは、

前月二十日に姉は相果て申し候。これこそ世のことわりとは存じながら悲しみ罷《まか》りあり候。

こんなのであった。どんなに姫様が寂しがっているだろうと思って源氏の君は涙をこぼしていた。尼様の忌が明いたので残った女達が京の家に帰ったということを聞いて源氏の君は尋ねて行った。少納言が出て来て姫様の哀れなことなどを話して、

「宮様のお邸の方へおつれになるそうでございますが、姫様のお母様が死ぬまでそればかりは厭《いや》だといっていらしったのでございますから私達もその気になれないの

でございます。あちらでは沢山女王様《にょおう》がおありあそばすのですから、姫様がその中へお交りになってうまく行きますかどうですか。いっそお小さいうちか、も少しお年が行ってるかどちらかだといいのでございますがね、今が一番困る時でございます。あなた様が御親切におっしゃって下さいますのはちょうど幸いなことと存じますけれど、あまりまだお子供らしくっていらっしゃるのですから、嘘《うそ》にもそんなことは望まれないと私達は諦めております」

といった。

「何故そうお思いになるのだろう。年齢などはどうでもよいじゃありませんか、姫様と私は前生に何かの因縁があったのだと信じるくらい私は姫様のことが忘れられないのです」

源氏の君は真面目にこういった。姫様は祖母を恋しがって泣きながら横になっていたが、遊び相手の子供が、

「直衣《のうし》を着た方がいらっしゃいますよ、きっと宮様でしょう」

といったので急に立ち上がって、

「乳母《ばあや》、直衣を着た方ってお父様でしょう。どちらにいらっしゃるの」

といって乳母の傍へ来た。

「こちらへいらっしゃい」

といった声は父の宮でなくて源氏の君であることが分かったので、姫様は子供心にはっと思った。

「あちらへ行こうよ、私は眠いのだもの」

と少納言にいっている。

「私の膝《ひざ》の上へ寝たらいいでしょう」

と源氏の君はいった。

「こんなあか様ですから」

といって、乳母は姫君を源氏の君の傍へ押し寄せた。この無邪気な人が可愛くてならないので、源氏の君は、

「人が少なくて広い家はお寂しいだろうから私が泊まり番をしよう」

といって帰らない。そして姫様の傍へ寄って、自身の家に面白い絵のあることや、おいでになったら雛遊《ひいなあそ》びばかりしていましょうなどと気に入るようなことばかりをいっていた。それからは毎日日が暮れると惟光《これみつ》を泊まり番にやっていた。ある夜左大臣の家に行ったのであるが、葵《あおい》の君は例のような人であるからすぐには対面もしない。仕方なしに琴を鳴らしなどしている所へ惟光が来た。

「あの家へ行かなかったか」

と源氏の君がいうと、

「参りましてございますが」

と惟光はいいにくそうにいう。

「何か変わったことがあったか」

「明日姫様が急に宮様のお邸へおいでになるといって、あすこでは着物を裁ったり縫ったり大騒ぎをしております」

といった。源氏の君は残念でならないが一方はその人の父であるから仕方がない。そうかといって宮の邸へ行ってからわざわざ儀式を立てて貰うのも人目にけばけばしい、小さい人を一人隠したとてそんなに罪にもならないであろうと、源氏の君は今晩のうちに兵部卿《ひょうぶきょう》の宮の姫様を二条院へつれて来ることを考えた。

「私は夜明けにここを出るから供の用意などさせておいてくれ」

と源氏の君はいった。その夜明けにやはり惟光も馬に乗ってお供の中にいた。門を叩《たた》くとあまり思慮のない者がすうっと開けた。

「御主人も来ていらっしゃるのです」

先に立った惟光が少納言にこういった。

「何故《なぜ》こんなに早いお帰りでございましょう」

少納言は源氏の君を女の家からの帰り路だと思っている。

「宮様の方へおいでになるそうだから、その前に一言いっておきたいと思って」

と源氏の君はいった。

「まあどんなに実のあるお返事をなさいましょう」

といって乳母は笑っていた。

「こんなに朝になったのにいつまで寝ている」

こういって源氏の君は几帳《きちょう》の中へ入った。ほんとうはまだなかなか明るくはならないのである。姫様は何も思わずに寝ていたのを抱き起こす人があるので、宮がお迎えに来られたのだと思っている。

「私が宮様のお使いで来たのです」

という声で気がつくと傍にいる人は父親ではない。驚いて泣こうとすると、

「私が恐い者ですか」

といって源氏の君は姫様を小脇《こわき》に抱いて出た。女達は皆ただあきれるばかりである。

「折が悪うございます。明日宮様がおいでになった時、申し上げようがございませんから、今日だけはお許しあそばせ。御縁があったら四、五年後にごいっしょにお

なりあそばせばいいではございませんか」

　こんなことを源氏の君は耳にもかけない。

「女達は後から来てもよろしい」

といって車に姫様を乗せてしまった。仕方がないから少納言も着物を着更えて、昨夜縫った姫様の着物を提げて車に乗った。二条院は近いからまだ明るくならないうちに着いたので西御殿の方に車を寄せて下りた。ここは客に逢う座敷になっているのであるから女達は一人もいない。惟光などがいろいろと几帳や蒲団《ふとん》を出しなどして源氏の君のおいでになる所をこしらえた。

「私は少納言の所へ行って寝るのよ」

　さっきからものに魘《うな》されたように泣き声も立てられないでいた姫様はこういった。

「もうあなたは乳母といっしょに寝てはいけないのですよ」

と源氏の君にいわれて姫様は泣き寝入りに寝てしまった。乳母は眠ることも出来ない。宮がおいでになった時の始末も心にかかる。何といってもお母様やお祖母様に早くお別れになったのが御不幸であるのだと悲しんでいた。夜が明けて来たのでそこらを見まわすと家の中はいうまでもないが庭の砂なども玉のように美しい。男の家来が御簾《みす》の外へ用を聞きに来る。昼前になって起きた源氏の君は姫様の実家の女達は夕方になってから呼び寄せた方がいいといって、女の子供の小さいのばかり来るようにと東御殿の方へ呼びにやると、可愛い女の童《めわらわ》が四人来た。姫様はこう近い所でじっと見れば見るほど、綺麗な人である。絵や遊び道具を取りにやって見せなどして源氏の君はこの人の機嫌ばかりをとっている。二、三日そうして内裏へも行かずに西御殿にばかりいた。字や絵をいろいろ書いて源氏の君が見せた中に紫の紙に、

　　ねは見ねどあわれとぞ思うむさし野の露わけわぶる草のゆかりを

と書いたのが気に入ったか姫様は手に持ってじっと見ている。

「あなたも書いてごらんなさい」

と源氏の君がいうと、

「まだ上手に書けないのですもの」

と顔を見上げていう。

「上手でなくても書き馴《な》れないといけませんよ。悪い所があったら私が教えてあげるから」

「そう」

といって姫様は片手で隠しながら書いている。

かこつべき故《ゆえ》を知らねばおぼつかないかなる草のゆかりなるらん

ふっくりした大様な手跡である。実家の方では翌日迎えに来られた兵部卿の宮に、少納言が姫様を継母にかけるのが厭さにどこかへ隠してしまったといった。宮は山の僧都の所へ尋ねにやりなどされたが少しも手がかりがなかった。そのうちに追々と実家から姫様の方へ人が集まって来た。姫様は源氏の君のいない夕方などに祖母を恋しがって泣くこともあるが、父宮とは小さい時から別にいたのであるからそれほど恋しいとは思わないらしい。

末摘花

源氏の君は夕顔《ゆうがお》の君に別れた時の悲しい心持ちを月日が経っても忘れられない。葵《あおい》の君といい六条の君といい、皆自尊心の強い女で、その人のような柔らかみはゆめにもない。どうかして特異な身分でない家の娘の中に、美しい不足のない人を見つけたいものであると、懲りもせずにそんなことを思っていた。それであるから女の噂《うわさ》にはよく耳を傾ける。評判のいい女も大抵源氏の君から一度やる手紙で靡《なび》いてくるのでかえって気乗りがしない。そんな時にはいつも空蟬《うつせみ》の君の奥床しい心持ちをなつかしいことに源氏の君は思うのであった。源氏の君の左衛門《さえもん》の乳母《めのと》という人の娘が大輔《たいふ》の命婦《みょうぶ》といって宮廷にいる。浮気なこの甚だしい女であるがちょっと面白い所もあるので、源氏の君も曹司《ぞうし》へ呼んで用をさせたりなどすることもあった。母親は今筑前守《ちくぜんのかみ》の妻になって九州の方へ行っているので、父の兵部大輔《ひょうぶのたいふ》の所を親元にして御奉公をしているのであった。何かのついでに、

「常陸《ひたち》の宮様が年取ってからお生みになった姫様は、宮様もお亡くなりになってか

らは、いっそう御窮迫していらっしゃいます」

とこんなことをいった。

「可哀《かわい》そうなことじゃないか」

といって源氏の君はいろいろとその人のことを聞いた。

「私もどういう御性質でいらっしゃるかというようなことはよく存じませんですよ。ただ琴を弾くのが好きでいらっしゃるということだけを知っているのでございます」

と命婦はいう。命婦の父の大輔は常陸の宮の長子であるが、今は別れて住んでいる。命婦は継母の所を嫌って、宮中を出るといつも祖父の常陸の宮邸へ行っているのであった。

「琴は上手でいらっしゃるだろう。常陸の宮様はそういうことの上手な方だったから」

「あなたが上手だと思ってお聞きになるほどの名人でもありませんよ」

「そうでもないだろう。おまえは私の好奇心を誘おうと思ってわざとそんなことをいうのだ。ぜひこの春のうちに実家《さと》へおいで、私がおまえの所まで行って姫様の琴を聞くから」

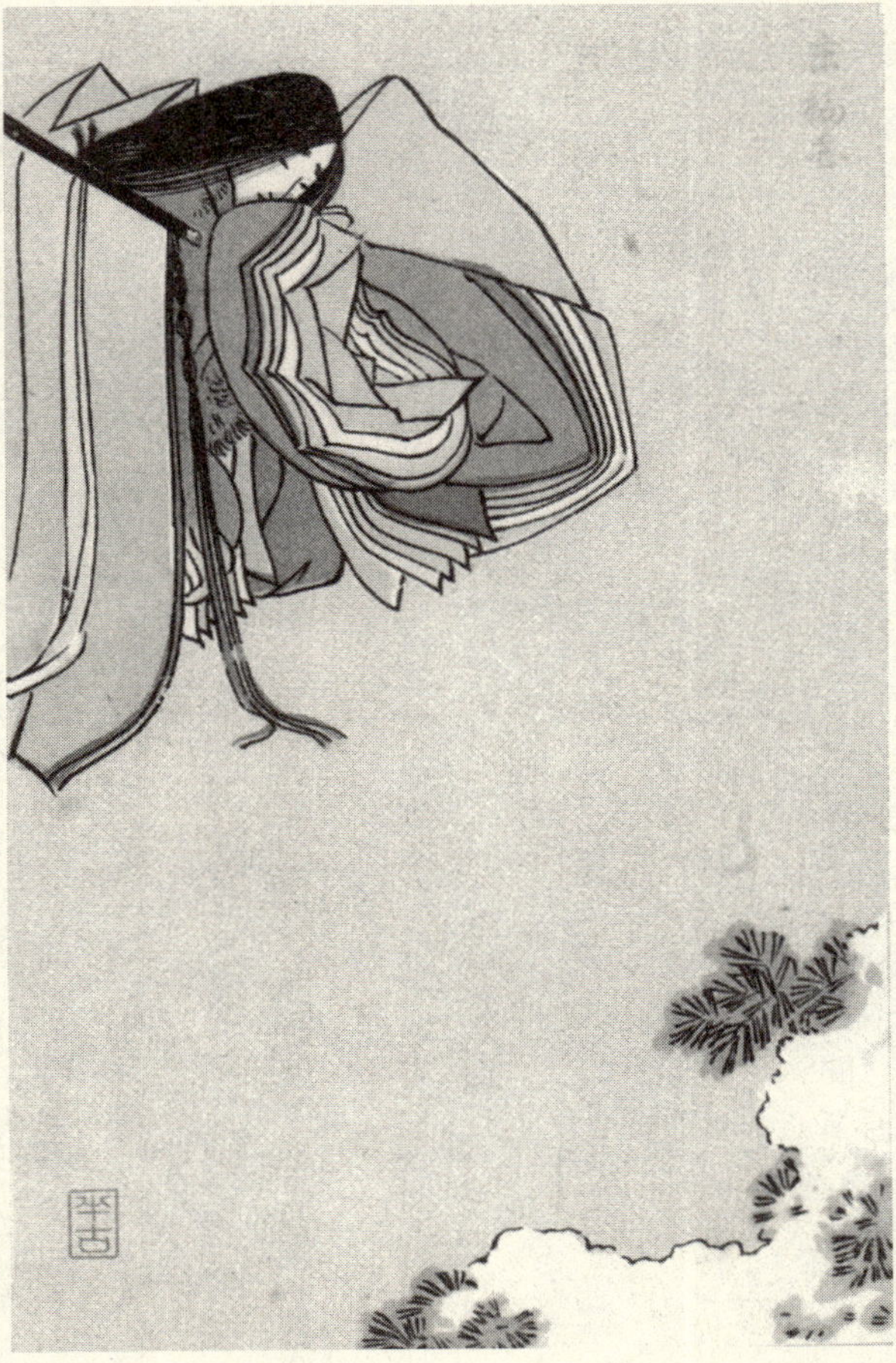

こう源氏の君は熱心にいった。命婦はこんなことをいい出さねばよかったと思いながら、ちょうど暇もあったのでそれから暫《しばら》く日が経ってから宮中を出た。そうすると源氏の君はすぐその家へ来た。

「こんな晩などは琴の音の出ないものですよ」

朧月夜《おぼろづきよ》の外を眺めながら命婦が困ってこういった。

「そんなことをいわないで姫様のお傍へ行って一声だけでも聞けるようにおはからい」

と源氏の君がいうので仕方なしに命婦は自身の居間へ源氏の君を置いて廊下のあちらの姫様の方へ行ってみると梅の香がするからといってまだ戸も閉めないでいた。ちょうどいい折であると命婦は思うのであった。

「昔の小説にでもありそうな朧月夜ですから、こんな晩にお琴が伺えたならと思って参りました」

命婦がこういうと、

「そんなに上手の琴じゃないのに」

といいながら姫様はすぐ琴を出させて弾いた。どう思って今頃は聞いていらっしゃるだろうと胸に動悸《どうき》を打たせているのは命婦である。それほどの上手でもないが琴ばかりは親の遺伝などでよしあしのあるものであるから、源氏の君はこの琴の音をさまで聞きにくくも思わなかった。邸《やしき》の非常に荒れているのを見渡して、昔の小説にもこんな所に身に沁《し》む話が出来るものであると思って姫様の傍まで行ってみようかとも源氏の君は思った。命婦は琴をすぐやめさせて帰って来た。

「あまり少しだから、どんな上手かどうかよく分からないじゃないか。せっかくここまで来たのだからもう少し近くへ案内しようとは思わないか」

「そんなことが出来るものでございますか」

と命婦が手を振っていった。源氏の君もその人の身柄を思ってあまり軽々しいことをしてはならないと思って帰ろうとした。

「陛下があなたのことを実直過ぎて困るとよくおっしゃいます。何も御存じないから」

と命婦は笑っていった。

「こんなことが浮気なら、おまえなどは何というのだろう」

冗談をいいながら源氏の君は外へ出た。中の御殿の傍まで行ったら、よそながら姫様の様子を見ることも出来ようかと、垣根の少し折れ残った所に身を隠すようにして寄って見ると、もとから立っている男が一人ある。誰だか知らないが姫様に懸《け》想《そう》をしている男があるのだと思って抜き足にそっとそこをどこうとすると、その男が源氏の君の傍へ寄って来た。

「一人がけをしようと思って私をおはぐらかしなすったから、わざわざお送りして来たのですよ」

こういう人は頭中将《とうのちゆうじよう》である。源氏の君の後をつけてここへ入って来て出て来るのを待っていたのである。

「私があなただったらこんなに後を追って歩いたらどんなにあなたは困るだろう」

驚かされた源氏の君はこういった。二人は冗談を言い合いながら左大臣の家へ来た。この人が懸想をするからはきっと女は靡《なび》いてしまうだろうと頭中将は妬《ねた》ましいような気がして、自身も常陸の宮の姫様に文をやった。源氏の君からもいうまでもなく文は行った。しかしどちらへも返事はない。このことで頭中将はいらいらしている。源氏の君はまた熱心に命婦を説くのであった。

「私が浮気者であるように姫様はちょっとした噂《うわさ》などを聞いて思っていらっしゃるのだろうけれど、それでは私が迷惑だ。私の方に捨てるような心がないのに、女が短気にいろいろのことを起こしたのが皆私の罪になっているのだ。親とか兄とかいっしょにいる者がうるさく干渉するようなことがなくって、ああいう一人ぼっちの人には私の方でほんとうの愛情が起こるだろうと思う」

というと、

「あなたの期待していらっしゃることが、大きいから、到底私はお世話が出来ないと思っています」

と命婦はいってあまり勝《すぐ》れた人でないように思うと自身の観察を話した。それでも源氏の君は思い切らないで、そのうちにその人をわがものにしようと思っている。ちょうど瘧《わらわやみ》を患ったのはこの時分である。藤壺《ふじつぼ》の宮が病気で実家へ帰っておられたのもこの頃である。それから暫《しばら》くの間の源氏の君は、まるで他のことは思う暇もないようであったのである。春夏も過ぎた。もの静かな秋になると去年の今頃のことが思われてならない。夕顔の君といっしょに聞いた砧《きぬた》の音が恋しい。その人の代わりにと今思うのは常陸の宮の君である。それであるから文も沢山書いた。命婦をもずいぶん責めた。命婦も仕方なしにいつ幾日にあの家に自分が行っているからその時いらっしゃってじきじきにお話しなすったらいいと約束をしたのである。その日になると源氏の君は美しい身なりをして常陸の宮へ行って、用事があるから命婦を呼んでくれといった。

「いらっしったのですって、困りますねえ。姫様から少しもお返事がないのでじきじき逢《あ》っておいかけがしたいといっていらっしゃるのです。わざわざいらっしったのにお帰しするわけにも行かないでしょうから襖子《ふすま》ごしにお逢いになることだけあそばして下すったら私の義理も済むわけなんですが」

と命婦はいう。姫様は人のいうままになる性質の人であるからそうしようと思った。命婦は自身で襖子を閉めてその向こうへ源氏の君を座らせた。姫様は初めから一言も物をいわないのである。

「長い間私はあなたの沈黙に負けているのです。私の望みが到底かなわぬものならそういっていただきたい」

と歎息をしながら源氏の君はいった。姫様の乳母《めのと》の子の侍従《じじゅう》というのが、あまり気の毒に思って襖子の傍へ寄って姫様が物をいうように、

「最後のお返事をするのが厭でいつまでもあなたのお文が見たいというのは何故でしょう」

といった。意外の声を聞いた源氏の君は襖子を開けて姫様のいる所へ入った。命婦はそっとこの時自身の居間へ帰った。源氏の君はその夜の明け方に吐息をつきながら常陸《ひたち》の宮の邸を出た。命婦の顔を見ると気の毒になって、源氏の君はそれから一月ほどのうちに二、三度通って行った。紫の君を二条院へ迎えてからは六条の君の

所へも今までのように続けて通わなくなったのであるから、ましてとりえのない女の所へは足が向かないのである。しかし源氏の君はこの女がどんな顔をしているのか一度見たいと思っていた。ある夜そっと入って行った。そして覗いて見たけれど古風な教育を受けた女主人はそんな端近い所に出ていようはずがない。外から見ると几帳などはずいぶんひどいものになっている。女達が四、五人欠けた食器などを並べて食事をしている。片隅の部屋には白い着物の煤《すす》けて茶色になった上に、正装らしく裳《も》をつけた女が二、三人いる。皆若い女ではない。美しい人ばかりを見ている源氏の君の目には妖怪《ようかい》のように見える人達である。

「何という寒い年でしょう。命が長いとこんなつらい日にもあうのですわね」

という女は泣いている。

「宮様がおいでになる頃、お邸は貧乏だなどと何故《なぜ》こぼしたのでしょう。その時より今の方が幾倍ひどいか分からない」

そういう女は身体も飛びそうに寒さに震えている。源氏の君は今来たように咳《せき》ばらいをして家の中へ入った。雪がしきりに降って、夜明けには沢山積もった。早く帰って行くのが何だか気の毒なように思われるので戸を開けて前の荒れた庭の雪の景色などを源氏の君は見ていた。

「いっしょに雪でも見ようじゃありませんか」

振り返って源氏の君はこういった。ああおっしゃるのだからといってしきりに姫様に勧めているのは女達である。そばへ来た姫様に源氏の君は見ぬような顔をしながらじっと目をつけて見た。少しでもいい所があったなら嬉《うれ》しいだろうと心の中では思っていた。背がぬうとして高い。それに続いてこれは片輪だと見えるのは鼻である。あさましく高くって先の方が下に垂れて赤い。顔の色は雪よりも白くてそして青い。額が非常に出ているのになお下の長い顔に見えるというのはよくよくの長い顔であると思われる。痩《や》せていることは甚だしくて骨ばかりのような身体である。髪の美しくて長いことだけは美人の資格がある。座った後ろに黒々と一尺ほども余っている。緋《ひ》の色の醒《さ》めた着物の上に黒の無地の小袿《こうちき》を着て、その上に黒い貂《てん》の裘《かわ》衣《ぎぬ》をかけている。裘衣などは昔は尊い装いのように人もいったが今はそうでもない、まして若い女などが着て似合うものではない。すっかり見た源氏の君は物もいえない。自身までが沈黙の人になったようである。乗ろうと思って車を寄せさせた中門が夜目にはそれほどに見えなかったが、朝になって見ると横に曲がって目も当てられない。こういう家に可愛い人を置いて気にかけながら帰って行きなどすることはどんなに趣があろう。せめて人並みの人であったならと源氏の君は深い溜息《ためいき》をついた。自分でない人は誰が辛抱するだろうと思うにつけ、父の親王の魂が自身を導いたような気もするのであった。大門はまだ開けてない。鍵《かぎ》を預かっているものは誰かといって供の人達が捜すと非常な年を取った男が出て来た。娘か孫か分からない大きい女も出て来た。寒そうな古い薄い着物を着て、何か器に火を入れたのを袖《そで》の中に持っている。お爺《じい》さん一人では門が開かないのでその女も傍へ寄っていっしょに開けようとするがなかなか開かない。源氏の君の供が寄ってやっと開けた。源氏の君は醜い姫様の顔を見てからかえって気の毒になっていつまでも世話をしてやりたい気になった。絹や綾《あや》や綿や、寒そうであった女達の着る物、門番のお爺さんの着物まで持たせてやった。それからは世帯の金も多く源氏の君の方から貢いだ。隙見をした空蟬の君の顔は誠に悪かったが、その奥床しい、上品な態度が自分に今日までも忘れられないある物を残している。身分からいってどちらが上品なはずであるかはいうまでもないことであるが、人の品は身分の高下にかかわらないものであると源氏の君は常陸の宮の姫様のことを思った。年の暮に桐壺の宿直所《とのいどころ》へ大輔の命婦が来て、

「申し上げにくいことがございますから困っております」

という。

「何だろう。何があってもおまえは私に隠すはずじゃないと思うがね」

「それは私の身の上についての心配ごとであったなら、一番にあなたに御相談に参るのでございますけれど」

「じゃ何か」

「常陸の宮の姫様からのお文」

と苦しそうに命婦はいって手紙を前へ出した。

「それならなおのこと遠慮することがないじゃないか」

と源氏の君はいったが、心はその反対に腹立たしい。


つらければ朱の涙ぞぬれとおれ中の衣も下の衣も

こんなことが書いてある。

「贈物がございますのですよ」

といって命婦はきまり悪そうに着物を畳んで載せた箱を出した。桃色で誰だって辛抱のできないような厭な色をした直衣《のうし》が一枚入っている。源氏の君は一目それを見たきり横を向いて、その手紙の上に手習いのように、

なつかしき色ともなしに何にこの末摘花を袖にふれけん

と書いている歌を見ぬようにして見た命婦は何故こんなものをお目にかけたか自分でどうにか計らってしまえばよかったと冷たい汗を背に流していた。三十一日の夕方に薄色の織物の小袿、その他何かと沢山揃《そろ》えて末摘花の君へ贈って来た。こちらから贈ったものが気に入らなかった当てつけに、こんなことをしたのだろうとはすぐ誰の胸にも響く。

「けれどあれは桃色でしごくお上品なのですから、そんなことはないでしょうよ」

などという者もあった。その時手紙に書いた歌は姫様がよほど苦心の結果出来たものであるから忘れないように本に書いておいた。正月の七日に白馬《あおうま》の節会《せちえ》が夜に入って果てた後で源氏の君は曹司《ぞうし》に泊まるように体裁をつくっておいて常陸の宮へ来た。姫様は少しずつ打ち解けて来て、源氏の君の帰るのを袖で顔を隠しながら見送るようにもなった。袖の横からは例の鼻が出ていた。何という自分は因果者だろうと源氏の君はこんな時つくづくと思うのである。二条院へ帰ると紫の君が祖母の喪も過ぎたので美しい着物を着て待っていた。こんな可愛い人がありながらつまらぬ女などに何故関係して歩くのか源氏の君は自身で不思議でならない。いっしょに絵を描いたりして遊ぶうちに髪の長い女を描いて鼻に紅《べに》をつけて見ると絵でさえもこんなのは見苦しい。源氏の君はさらに自身の美しい顔の鼻に赤い絵の具をつけて鏡を覗いてみた。

「私がこんな顔になったらどうだろう」

といった。紫の君はそのまま捨てておくと中までしまないかと心配して紙に水を含ませて拭《ふ》きに来た。

紅葉賀

朱雀院《すざくいん》の離宮へ陛下がおいでになるのは十月の十日過ぎである。いろいろ面白い催しがあるのを、見ることの出来ない後宮《こうきゅう》の人たちは残念がっていた。陛下も藤壺《ふじつぼ》の宮にそれを見せることの出来ないのを物足らずお思いになって、宮中で下温習《したざらえ》をすることになった。源氏の君は「青海波《せいがいは》」を舞ったのである。舞い手が一くだりの歌をうたう所などは見る者が皆恍惚《こうこつ》となるばかりであった。舞いの相手は頭中将《とうのちゅうじょう》であったが、それは桜の傍に花のない木を置いたようであった。心に苦痛を感ずることがなくてこの人を見ることが出来たならと溜息《ためいき》をつく人は藤壺の宮であった。

その晩陛下が、

「どうお思いになった、青海波を」

と宮においいになった。

「特別お上手なよう」

宮は動悸《どうき》のうつ苦しい胸からやっとこれだけをおいいになった。行幸《みゆき》には大勢の官吏が残りないまでお供をした。皇太子もおいでになった。紅葉の陰で舞った源氏の君はまた一段の美をそこに現じたのである。その夜源氏の君は正三位《しょうさんみ》、頭中将は正四位下《しょうしいのげ》になった。藤壺の宮はまたその頃実家へ帰っておいでになったので、どうかして逢《あ》う機会がないかと源氏の君はその方にばかり心をつかって、葵《あおい》の君にももの思いを多くさせた。紫の君を迎えたことを、二条院に正妻を迎えたというように葵の君の方へいう者もあった。それを恨めしいと、普通の人のように口へ出していったなら慰めようもあろうにと源氏の君は思っていた。経済を取り扱う所、家来の集まる所なども別にこしらえて源氏の君は紫の君の住み心地のいいようにとばかり気をつけている。姫様は今時々祖母を思い出しては泣いている。源氏の君は夜などたまにはこちらに泊まることがあるけれど、多くは日が暮れると外へ行く。紫の君が後を追って泣く声などを聞いては母親のない子供を育てているような気がして心ゆるりと恋人の所へ行っていることも出来ないようなことが多い。藤壺の宮の三条の家へよそながらでも御様子が見たいと思って行くと、王命婦《おうみょうぶ》、中納言、中務《なかつかさ》などという女達を応接役に出された。兵部卿《ひょうぶきょう》の宮が来られたので対面して、なよなよとした美しい宮を女にしてみたらなどと思って源氏の君は見ていた。一人の恋人の兄、一人の恋人の父であると思うと、自身とは離れられない縁のある人のようにも思わ

れた。兵部卿の宮はこの人を婿とも知らないで、輝くようなこの顔を女にしてみたいと思って見ていた。少納言は源氏の君が真心から姫様を愛しているのを見て、祖母の魂が守っているのであろうと有難《ありがた》く思った。しかし葵の君という人もあるし、そのほか源氏の君の情人の多いことを思うと、姫様が結婚後のことを心配しないでもなかった。元日にこれから朝拝に行くといって源氏の君は西御殿の方へ出て来た。紫の君は場所が狭いほど雛《ひな》道具を出して遊んでいた。妙な顔をしているのを、

「どうしたの」

と聞いてみると、

「いぬきが鬼やらいの真似をしてお雛様の御殿を一つこわしたの」

と大変な目にあったようにいう。

「今誰かによくしてもらって上げましょう。正月だから泣かないでいらっしゃい」

といって源氏の君は内裏《だいり》へ行った。家来達も怪しいとは思うが惟光《これみつ》以外の人はこれほどの幼い人とは知らないのである。藤壺の宮は十二月にお産があるということであったが、その月はすでに去って一月も過ぎた。誰も誰もこのことを物怪《もののけ》のしわざだと思っている。宮だけは心に思い合わすことがおありにならないでもない。こんなことで秘密が知れて悪名を後世まで残す身になるのかと味気なく思っていられた。

二月の十日過ぎに藤壺の宮は皇子をお生みになった。陛下はいいようもなくその子を早く見たいと思っておられる。宮の産の遅い理由をもう一人知っていた源氏の君も、その子が泣くほど見たい。

「陛下が若宮のことを心配していらっしゃるから、私に見せてくれたなら、その御様子を申し上げようから」

こんなことをいって行った。

「まだお産の時の穢《けが》れがおありあそばすのですから」

などといって、宮の方では見せようともしない。それというのは若宮の顔が源氏の君そっくりであるから、宮のお心にとがめて見せられないのである。王命婦にはたまに逢うことがあった。

「若宮に早くお目にかかりたいとばかり思います」

「そんなにお思いにならないでも今にいくらでも御覧になれますよ」

命婦も源氏の君もこれ以上のことはいわないのであるが、互いに千万無量の思いを読み合っている。宮は若宮といっしょに四月に宮中へ入った。若宮の顔が源氏の君によく似ていることを最上の美を持った人同志は似たものであるように陛下は思っておられた。源氏の君は母方がよろしくないために皇太子にも立てられなかったが、これは生母の身分に非のうち所もないと陛下はお思いになって、限りもなく若宮を愛されるのであった。源氏の君が管絃の御用で陛下に呼ばれて藤壺の御殿へ行っていると、そこへ陛下が若宮を抱いて来られた。

「私は子が沢山あるが、こんな小さいうちから始終見るのはおまえとこの若宮ばかりだ。それだからよく似ているように思われる。小さいうちは皆こんなものだろうか」

とおいいになった。源氏の君は顔色が変わるように思った。恐ろしくもかたじけなくも嬉しくも悲しくも思って涙が落ちた。几帳《きちょう》の中の宮も身体中汗になってこのお言葉を聞いておられた。源氏の君は見たい見たいと思った若宮を見た感じが胸を掻《か》き乱すようであるからすぐ退出した。陛下はまた近頃源氏の君が二条院に女を迎えていっしょに住んでいるので左大臣から恨まれているという話を聞いて、源氏の君を呼んでこういって見られた。

「おまえがまだ年も行かない位も低い時に世話をしてくれた人だから、その恩を忘れてはならないと私は思う。おまえは何故その娘に薄情に思われるようなことをするのだろう」

源氏の君は黙っていた。陛下は左大臣の娘がよくよく気に入らないのだろうと源氏の君を可哀そうにお思いになった。

「何故おまえは恨まれるのだろう。宮中にも美しい人がいるが、誰にも冗談一ついっているかげは見ないのに」

と陛下は独り言をいっておられた。陛下のいわれたようにこの頃の宮中には美人が多かった。源氏の君はそれらには目馴《めな》れていると見えて特別の関係を結んだ人はなかった。その中に年を取った典侍《ないしのすけ》があって、この人は身分も高い人であるが、昔から名高い好色女であった。こんなに年を取るまで恋の心を忘れないことを不思議に思って源氏の君は恋するらしい冗談をいって見た。典侍はそれを似合わぬとも思わないようであった。あさましいと思いながら五十七、八のそんな情人を持つのも面白いように思って、源氏の君は関係した。ただ好奇心であるからたびたび逢いたいとは思わない。女はそれを恨んで源氏の君を後ろから追っかけて行って恨み言をいったりしているのを陛下が御覧になった。

「女嫌いだと思ったけれど」

といって陛下はお笑いになった。それからこの両者の関係は宮中で名高いものになったのである。頭中将がそれを聞いていろいろの恋の経験をしたいと思っている自分もまだそんな老女を情婦にするということに気がつかなんだと思って、面白半分にこの人も典侍と関係を結んだ。典侍は恋しい源氏の君に思うように逢われないその慰みにと思って関係したのである。源氏の君は少しもこれを知らなかった。夕立がした後で涼しい風の吹く快さに源氏の君はそぞろ歩きをしてわれ知らず温明殿《うんめいでん》の傍へ来た。典侍の部屋は温明殿の中にある。典侍は琵琶《びわ》を面白く弾いていた。陛下の御前などで男達の管絃の仲間に入る人であるからその道の名人である。ことに恋に悩んでいる折からの心の風情も現れて実にうまい。源氏の君はそこへ入って話などして寝た。これを見た頭中将は無邪気に喜んだ。この人を嚇《おど》して懲りたといわしたいと思っている。よく寝入ったと思う頃を待って頭中将はその部屋へ入った。落ち着いて寝る気もない源氏の君はその音を聞いた。頭中将とは思いもよらない。修《しゅ》理太夫《りのだいぶ》がなおこの典侍に恋をしていることを聞いているので、それであろうとうなずくのであった。

「私はもう帰る。あなたの恋人が来る日ならそういってくれればいいのに」

こういって源氏の君は上に着る直衣だけを持って屏風《びょうぶ》の陰に隠れた。頭中将は物をいっては自分が誰であるということが知れると思って黙ったままで非常な腹立ちようであると見せたいと思っている。がたがたと音をさして屏風を畳み寄せる。太刀を抜く。女は、

「あなた。あなた」

といってその下で手を合わして拝んでいる。若いように見せているふだんのふうはない。確かに五十幾歳の老女と見える。源氏の君はこの男の誰であるかに気がついた。自分だと知ってわざとしていることだと分かった。

「本気ですか」

といって太刀を抜いた手を源氏の君はひどく抓《つね》った。頭中将もとうとう笑い出したのである。二人は乱れ姿で自身自身の宿直所へ帰った。それからは典侍が二人の笑い話の種になった。典侍は源氏の君との間をもとに戻そうと熱心に思っていた。他の皇子達さえも陛下が特別御寵愛《ごちようあい》になるので、源氏の君には近づき難いように思っているのであるが、頭中将ばかりは何とも思っていない。自身がいかほど源氏の君から劣っているとも思っていない。同じ大臣といっても特に威勢のある人の息子で内親王の腹に生まれたのであるからそう思い上がるのであろう。この七月に后《きさき》が立つはずである。陛下が位を譲ろうとお思いになって、藤壺の宮に生まれた若宮を次の皇太子にとお思いになるのであるが、外戚《がいせき》が皆皇族で政権以外にいる人ばかりであるからせめて母宮を一段高い后の位に昇しておきたいと陛下がお思いになるのであった。このことを恨めしがっている弘徽殿の女御には、

「皇太子が天子になる時代が近づいたのであるから、そうなったならあなたは疑いもない皇太后《こうたいごう》であるから暫くの間気を広く持っているがいい」

と陛下はおいいになった。

「弘徽殿の女御がお気の毒な。陛下のごくお若い時からお傍へ上がって二十幾年おいでになって皇太子までお生みになったのにずっと後でお上がりになった藤壺の宮様に追い越されなすっては」

と世間ではいう者もあった。源氏の君は参議になった。そして藤壺の宮が后に立つ儀式のあった日のお供の一人になった。今は二人の位置がかけへだたること遥《はる》かなものになったと源氏の君は心の中に泣いていた。

花の宴

二月の二十幾日に紫宸殿《ししんでん》の桜の宴が催された。弘徽殿《こきでん》の女御《にょうご》は藤壺《ふじつぼ》の宮が一段高い中宮《ちゅうぐう》としておいでになるのを見るのが快くないのであるが、こんな華やかな宴会が好きであるから皇太子のおいでになる所へ来ている。その日は詩を作った後が酒宴になった。源氏の君の紅葉の賀の時の舞いをお思い出しになってぜひ見たいと皇太子が所望されて舞いの挿《かざ》しに桜を下すったから、春鶯囀《しゅんのうでん》の仲間にまじって源氏の君は一さし舞った。中宮は源氏の君の姿が目につくにつけて、この人を弘徽殿の女御が何故そう悪くばかり思うのであろうと涙をこぼしていた。暫くしてそれをまた何故自分が気にするのであるかとお思いになった。わが心の中にわが心の支配し能《あた》わぬ恋のひそんでいることを悲しく思われたのである。夜が更けて花の宴は終わった。源氏の君は酔い心地にもし隙《すき》があって中宮に一言でも物がいえたならと、こんなことを思って藤壺の傍を歩いてみたが戸が皆閉まっている。歎息をしながら弘徽殿の御殿の外の細廊下を通ると三の口が開いていた。今晩は女御が清涼殿《せいりょうでん》のお宿直《とのい》に上がって、お付きの人も御殿の方には多くいない様子である。奥のくるる戸も開いている。源氏の君はそっと上がって中を覗いてみた。立っている源氏の君の耳に若い美しい女の声が聞こえて来た。

照りもせず曇りもはてぬ春の夜は朧月夜《おぼろづきよ》にしくものぞなき

と、それは古歌をうたっているのである。そしてその人はこちらへ歩いて来た。源氏の君は嬉しくてその人の袖《そで》をとらえた。女は驚いて、

「誰」

と声を立てた。

「私も月を見ていた人です」

といって源氏の君はそこの戸を閉めてしまった。

「誰か来て下さい」

と女は震えながらいった。

「私は皆に承知さして来たのだから、あなたがお呼びになっても来る者がないでしょう」

源氏の君はこんなことをいった。女は今の声を聞いてこの男が源氏の君であるこ

とに気がついた。源氏の君であったならという気にもなった。強い張りもない女である。

「どなたなんですかお名をいって下さい。このままではかないではありませんか」

と源氏の君はいった。

「名をいわなかったらこのままにしておおきになるお心なの」

と女は恨めしそうにいった。

「そんなことを私は思っていうのじゃない」

源氏の君はいい訳をするようにこういうのである。夜明け近くなったので、宿直の女御を迎えに行く女達が前の廊下を往き来する。源氏の君は女と扇だけをしるしに取り替えてそこを出た。曹司へ帰ると女達は、

「今頃お帰りになるのは怪しいことよ」

などといって寝た顔をしていた。源氏の君は昨夜の女のことを思って美しい人であったと思っている。女御の妹に違いないと思う。まだ良人のない五の君か六の君であろうが、六の君は皇太子に上げるという噂《うわさ》のある人であるが、それならば気の毒なことになったと思っている。沢山姉妹があるので誰とも分かりにくいのを残念に

思った。源氏の君はこの女によほど心が引かれたのであった。翌日は後宴があったのでその次の夜明けに女御の姉妹は家へ帰るであろうと思って源氏の君は良清《よしきよ》、惟《これ》光《みつ》などを付けておいて密《ひそ》かにうかがわした。

「女御様方のお実家《さと》の車が沢山内裏を出ました中に四位少将や右中弁などの付いておりましたのは弘徽殿の女御のお身内に違いないようです。車は三つですがいい女が乗っているようでした」

というのを聞いた源氏の君は胸が轟《とどろ》いた。扇には霞《かす》んだ月が描いてある。源氏の君は、

「名をいわなかったらこのままにしておおきになるお心なの」

といった女の言葉が心に繰り返されるのであった。女もはかない夢のようであったことを思ってうつらうつら日を暮らしている。この四月に皇太子のお傍へ上がることになっているのであるから、それが原因になって煩悶も絶えない。それまでにどうかして源氏の君に逢いたいと思っている。三月の二十日過ぎに右大臣の家に弓の遊びがあった。その後で藤の花の宴があるはずで、孫の内親王達のために建てた新しい御殿を美しくしつらって多くの客を迎えた。源氏の君にもぜひおいでを願うと前に宮中で逢った時にいっておいたが、おいでにならないので子の少将をお迎えに

よこした。ちょうど源氏の君が宮中にいたので陛下がそれをお聞きになって、

「早く行ってやるといい」

とおいいになったので、源氏の君は初めて右大臣の家へ行った。酒を沢山飲まされたので酔いに堪えないというふうをして源氏の君は女のいる方の御殿の傍へ来た。女一の宮、女三の宮などいう源氏の君の姉妹もいる。藤の花はこの近い所にあるのであって、ここの御殿のかざりも美しくしてある。

「私を暫くここに休ませていただきます。御縁のないものでもないから」

源氏の君がこういうと、

「親類をたよりにしなければならないような貧乏人でいらっしゃるから」

といって簾《すだれ》の中の人は笑っている。すべての空気が華々《はなばな》としている。源氏の君はどれが自身の恋人であるかが分からないので女達に話をしたりなどして暫くそこにいると若い女の泣く声が耳に入った。その傍へ寄って几帳《きちょう》越しに手をとって、

「私はここまで来たのです。あの晩見た月の影が見たいと思うから」

と大胆にいってみた。女の泣き声はいっそう高くなって、そして、

「ほんとうにあの晩のことを忘れない方ならもっと早く訪ねて来て下さるはずでしょう」

といった。声はその晩に聞いた声である。

葵

父帝が太上天皇《だいじょう》におなりになり、兄君を今上《きんじょう》の陛下とあおぐようになり、政権が左大臣から右大臣に移り、朝廷の局面が一変してからは源氏の君も浮々とした華々しい前のような心は持てなかった。右大将という官職の軽くないことを自覚したせいでもあろうけれど、源氏の君にこの新しい天子の世が面白くないということは事実であった。あちらこちらの恋人の家へも自然と足が遠くなって三度行った所が一度になりもするので女は多く恨んでいる。内裏《だいり》を出て御隠居のお身になられた陛下は昔のようなむずかしい儀式も一切なく普通の家の夫婦のように中宮といっしょにおられるのである。弘徽殿《こきでん》の女御は当代の皇太后で宮中にばかりおられるのが中宮にとっては幸福に思われないことではなかった。太上天皇は時折人をお集めになって酒宴管絃会などをお催しになったりなどしてしごく気楽な理想的の生活をしておられる。ただ中宮のお生みになった皇子が、皇太弟にお立ちになって宮中においでになるため、御対面などがちょっと出来にくいのを遺憾《いかん》に思っておられる。東宮の

あふひ

外戚《がいせき》の近親が実権を持った臣下にないのを心細いことにお思いになって、源氏の君に万事お世話をするようにと太上天皇の仰せがあった。源氏の君はそうなることを嬉《うれ》しいとも思ったが、心疚《やま》しい気がせぬでもなかった。代が変わるといっしょに伊勢《い》《せ》神宮奉仕の斎宮《さいぐう》も替わらねばならないので、源氏の君の情人の六条の君がお崩《かく》れになった前の皇太子の女御であった時にお生みした女王が新たに斎宮に選定された。六条の君は源氏の大将の実意も深いものでないことが見透かされるにつけても、女王が幼年であるのを口実に、いっしょに伊勢へ行ってしまおうかとこのことが決まってからは思っていた。太上天皇は六条の君と源氏の君の関係、源氏の君が今ではあまりこの恋人に誠意のないこと、六条の君が伊勢へ行こうと思っていることなどをお聞きになって、

「あの人は死んだ皇太弟が非常に愛していた人なのだから、それを普通の女みたようにおまえがわがままな感情で疎略にするのは気の毒なことだ。それに私は死んだ弟の一人子であるから斎宮を自分の子と同じように思っているのだからどちらからいってもおまえが六条の君に不親切なようなことのあるのはいけない」

と源氏の君においいになった。陛下のお耳へ入るくらいであるから源氏と六条の君との関係は世間で誰一人知らぬ者がないのである。六条の君は名高い美しい人であ

るが、源氏の君よりは八つの年上であるから、それで人聞きが悪いと思って表向きの夫婦になろうとはしない。源氏の君もそれをしいてそうなろうともしないのは愛情が深くないためであるかも知れない。女は始終歎いていた。源氏の君の方からしかけた恋であるのに、六条の君がそんな目にあっていると聞いて、源氏の君にかこれいわれている桃園《ももぞの》の式部卿《しきぶきょう》の宮の姫様などは自分もその轍《てつ》を踏まぬようにと深く思っているそうである。葵の君は始終このように他へ散る源氏の君の心を恨んでいるが、源氏の君はこんなことをあまり秘密にもしないので、いってもいいがいがないと思って黙っていた。この人がぶらぶらと病気のようであったのは懐妊したためであった。源氏の君もこのことを嬉しくてならなく思った。加茂神社奉仕の斎院《さいいん》には皇太后腹の女三の宮がおなりになった。斎院の初めて御禊《ごけい》をせられる儀式の日の役人は何官と何官という決まりのあるほかに、こんどは容姿《かたち》の美しいような人は皆選ばれて供奉《ぐぶ》した。源氏の君もまた特に陛下の仰せがあってその中に交った。この行列の通る一条通りは恐ろしいほどの人出である。葵の君はこんな時の見物に出ることなどは今まであまりなかった。ことに身体が快くないのであるから行こうとも思っていなかったのであるが、若い女達が、

「源氏の大将を見るためだと申して、遠い国々から皆今日の行列の見物に参ります

るのに、奥様でいらっしゃるあなたが御覧においでにならないのはあまりでございますよ。私達ばかりが見に参ってもつまりませんから思い切ってお出掛けあそばせ」

というし母君の宮様もお勧めになるのでにわかに供を整えさせて家を出た。時間も遅い上に車の数も多いのであるからどうすることも出来ないでいたが、供の者は左大臣の家の者であるというのをかさに着て、立派な見物車が沢山置いてあるいい場所を選《よ》って、前から置いてある車の居所を除《の》かせてわが主人の見物場所にしようとした。その中に吊《つ》った御簾《みす》などの品のいい、外へ出た袖口や裾《すそ》などの美しい小さい車が二つあった。目立たぬようにわざわざ小さい車に乗って来ている人ということが分かっていた。

「これはそんなにおまえ達が除けさせたりする車じゃない」

といってその車に随《つ》いている者は左大臣方に手を触れさせない。こんな祝い日のことであるから双方の供は皆酒をしたたかに飲んでいる。みるみる喧嘩《けんか》が始まった。

葵の君に付いている女達が、

「そんなことをしてはいけない」

といって車の中から制しているが聞こうともしない。この小さい車の主は物思いが

紛れるためにと思い立って見物に出た六条の君であった。左大臣家の供は初めから
それを知っていたのである。
「斎宮の母親ぐらいがどれだけえらいんだ。源氏の大将の思い者だと思って威張っ
ているのだろう」
などと不作法なことをいう者もある。葵の君の供の中には源氏の君の召使いもいる
のであるから六条の君を気の毒だと思いながら、助けるわけにも行かないので知ら
ぬ顔をしていた。六条の君の車は沢山の見物車の奥の方へやられてしまって何も見
えない。口惜しいのはいうまでもないが、自身を誰と分からぬように見せて来たの
に、名をいわれ罵られたことが残念でならない。轅《ながえ》を載せる台なども皆折られて小
さい車はみすぼらしい姿になった。何故こんな所へ来たのであろうと熱い涙がこぼ
れた。すぐに帰ろうと思っても行列が通るまでは見物車がぎっしり詰まっていて動
くことも出来ない。
「行列が来た」
という声がどこからとなく聞こえて来た時、六条の君の胸はわれにもあらず轟《とどろ》いた。
馬上の源氏の君は沢山ある見物車の中に、知らぬ顔はしていても愛人のいることが
分かっていて尻目《しりめ》に見て通るようなものもあった。葵の君の車の前はしごく真面目《まじめ》

な顔をして通った。随《つ》いている家来がこの前では敬意を見せて行く。こんなことを目の前で見た六条の君は甚だしい侮辱を受けたような気がした。その後で源氏の君に車争いのことをくわしく話した者があった。情人同志というものは好意を表し合って付き合うものであるのに、一方をそんな目にあわせたというのは、供の者のしわざであるにもせよ、主人の心掛けが悪いのであると源氏の君は思って六条の君が気の毒でならなくてその家へ行くと、斎宮がおられるから清まっておらねばならないということを口実にして逢わなかった。自分までも恨むのはもっともとは思うが、こんなに際立って反抗心を起こさないでもいいにと源氏の君は歎息していた。葵《あおい》祭《まつり》の日は源氏の君も見物の一人になって行った。美しさがいよいよ加わってまばゆいほどになった紫の君といっしょに車に乗った。姫様は源氏の君より八つの年下であるから今年は十四である。

今日もまた見物車が沢山なので困っていると、人の大勢乗った綺麗な車から扇を出して源氏の君の供を呼んで、

「私のいる場所をお譲りしましょう。こちらへいらっしゃいまし」

という人があった。その車の置いてある所はいい場所であるから、源氏の君は車をその横へ並べて置かせた。そしてこの女は誰だろうと思うのであった。以前の車か

ら扇の端を折って何か書いてよこしたのを見ると、

あおい祭って誰の逢う日でしょう。とにかく私のためのあおい祭ではないよう。

とある。これは源典侍であったのである。老いた典侍ばかりではない、今日源氏の君がいっしょに車に乗せて来た女を羨《うらや》ましがらぬ者はなかった。六条の君の心の苦《く》悶《もん》はますます多くなった。薄情者、頼みにならない人と源氏の君をそうは決めていながら、いよいよその人に別れて伊勢へ行ってしまうことも悲しい心持ちがする、世間の人も源氏の君に捨てられたので伊勢へ行ったのだと悪くいうに相違ない、そそうかといって左大臣の女にあれだけの恥辱を受けて京にいることは出来ないと夜昼こんなことを思い続けて心を苦しめているために心がぼおっとして魂が自身を離れているように思われる時がある。源氏の君はこの君が伊勢へ下ることをひどいことだともいわない。自分のような者であるが一生お力になろうと思っているのであるから、京においでになる方がいいだろうとただいっている。葵の君は何か死霊か生《いき》霊《りょう》に憑《つ》かれたような風に患って床についた。源氏の君はそれを知らぬ顔に外へ行って泊まって来ることも出来ない。二条院へも折々行くだけで多く左大臣家にいた。

葵の君に憑いている死霊や生霊を他の物に乗り移らせて名を聞くといろいろの名をいう。その中に誰の身体にも移らず葵の君にじっと憑いて離れない物怪《もののけ》が一つあった。ひどく苦しめるのではないが夜昼離れることがない。父母達は大将の情人の生霊でもあろうかと、あれやこれやと考えて、六条の君と二条院の君とは普通の恋人以上に源氏の君が思っているようであるから、その二人のうちの生霊ではないかと試してみたが別段誰の恨みとも分からなかった。物怪に憑かれた葵の君は一日さめざめと泣いてばかりいる。時々は胸をせき上げてたまらないようにも泣く。万一のことがあってはならないと世間の人が皆心配する。太上天皇も気をおもみになる。そんなことにつけても六条の君にはまた新しい妬《ねた》ましさが起こるのであった。年来は何とも思わなかったことが、車争いが動機になって甚だしい嫉妬が起こり生霊になって葵の君に憑くまでになったのを左大臣の方では気がつかなかった。六条の君自身も病気のようになったので斎宮のおいでになる御殿を避けて、他の家へ移って僧に祈禱《きとう》などさせていた。大将がそれを聞いて可哀《かわい》そうに思ってその家へ来た。

「私は妻の病気のことなどをそんなに大きく考えているのではないが、親達があまり心配するから傍に始終いなければならないのです。今暫《しばら》くの間でしょうからあなたが気を広く持って辛抱していて下すったら私は安心が出来る」

などといった。女がつねよりも心弱くなっているのを見て源氏の君は可哀そうだと思った。朝になって帰る源氏の君の美しい姿を見ると六条の君は伊勢へ行くのは思いとどまろうかという気にもなるのであった。そして約束をして行ったから今晩も来るかと思って待っていると、葵の君の容体が悪いから行きたいが行かれぬという手紙が来た。

もの多く思うべき恋と知りながらこの恋の輪を出づることもなし能《あた》わぬ身を憐《あわ》れみ申し候。

という返事を女は書いた。葵の君に憑いているのは六条の君の生霊であるとか六条の君の亡父の大臣の死霊であるとかいう者のあるのを聞いて自身でもそうではないかと思うことがないでもなかった。自分は相手の女を病にしよう、取り殺そうなどとは少しも思わないことであるが、一心に恨めしいと思った心というものはそんなものかと思った。ちょっと眠ると夢に左大臣の姫様という美しい人のいる所へ行って、醒《さ》めている時の自分の心のようでもなくその人を打擲《ちょうちゃく》したりもする。こんなことはたびたびある。自分の魂が自身を捨てて外へ行ったのかと六条の君は情けなく思っていた。まだ産期には間があると思われていた葵の君はにわかに産の気《け》がついた。悩みはいよいよ甚だしくなってきた。僧達はあらゆる祈禱の手段をつくしても離れない一つの物怪があるのに手こずっている。

「大将にお話があるからちょっと来てもらって下さい」

葵の君が不意にこういった。源氏の君は几帳の中へ入って行った。そしてもう危篤にも見える容体であるから、夫婦の中で何かいっておきたいことがあるのかも知れぬと思って父母達は少し遠い所へ退いていた。僧達は今法華経《ほけきよう》を静かに読んでいる。源氏の君はすぐ傍の几帳の垂布《たれ》を上げて見ると美しい顔をして腹部だけが非常に高くなった葵の君は寝ていた。源氏の君は悲しく思って見た。白い着物を着て、顔は熱で赤みを帯びて、長い髪は何かで括《くく》ってある。

「悲しい目におあわせになる」

といって源氏の君は泣いた。ふだんは恥ずかしそうにして源氏の君の顔を目を上げて見ることもないのであったのが、怠《だる》そうにじっと源氏の君の顔を見つめている。その目から涙が流れる。死んでゆくのに両親のことが気にかかり、また自分を見ては自分との別れが悲しくなるのかと源氏の君は思って、

「あまり悲しいと思わないがいい。また快《よ》くなるかも知れない。たとえ今別れても

この世でない所ででも逢えないことはない。お父様やお母様にもきっと逢えるのです」

と慰めるようにいうと、

「そうじゃありません。私はお経や祈禱であまり苦しめられるから、あなたに願って少しゆるめていただこうと思ったのです。私はこんな所へ来ようとは思わないのですけれど、あまり煩悶する人の魂というものはこうなるのですね」

と声といい様子といい葵の君とはまるで違った人になっていい続けるのであった。呆《あき》れながら源氏の君は誰であろうと考えると、それは六条の君であった。生霊が人の身体に憑いているのをありありと見てあさましいことだとぞっとして思った。

「そうおいいになってもあなたが誰ということが分からない。確かに名をお聞かせなさい」

と源氏の君はいった。あまり声がしないので、少し楽になったのかと思って宮様が飲む湯を持っておいでになった。母に抱かれて葵の君はそれから間もなく子を生んだ。一門の男女は皆これで安心の息をほっとついて喜んだ。ことに生まれたのは男であったから、いろいろの儀式が日ごと盛んに行われた。左大臣は美しい孫が可愛くてならない。ただ娘の病気のすっかりと快くならないのを気がかりに思っているが、これは長患いの後であるから仕方がないと思っていた。源氏の君は産後暫くの間はなお安心が出来ないのでどこへも出なかったのであるが、若君の目付きなどが東宮にそっくり似ているので、恋しくなって久しぶりで参内しようと思った。葵の君の傍へ行って物などをいうと、女君はまだ苦しいような物いいで返事をする。病の重かった時のこと、もう危篤にも見えて悲しんだことなどを話して、

「もっと話がしたいけれど、あなたはまだ苦しそうだから」

といって、

「姫様に琴でも弾いてお聞かせするがいいだろう」

と女達に命じた。女達は若い源氏の君がこんなに良人らしい気がつくようにおなりになったと可哀そうにも思った。病に弱って寝ている美しい人の様子は源氏の君の心を深く引いた。髪が少しも乱れずにはらはらと枕《まくら》にかかっている有様などがまたないなつかしい風情に見えて、今まで長い年月何が不足でこの人にそそぐ愛情が薄かったのかと、わが心ながら不思議に思っていつまでもいつまでも顔をじっと見ていた。

「参内して、それから太上天皇《だいじよう》の御所へ行って、なるべく早く私は帰って来る。こんなにして夫婦二人で話をしたいとこの間から私はいつも思っているのだけれど、

お母様が始終傍に付いていらっしったから私は遠慮していたのだ。お母様もいよいよ御安心なすったと見えて御自身の居間へお帰りになるようになった」

といって、美しい着物を着更えて出かける良人を葵の君はふだんよりは目をとめて長い間見ていた。この日は秋季の官吏の進級更迭の任命のある日であったから左大臣も参内し、子息達も皆随《つ》いて行ったので御殿は人少なであった所が、姫様はにわかに胸が痛み出して苦しんだ。内裏へ急使をやっているうちに葵の君は息が絶えてしまった。あわてて帰って来た左大臣や源氏の君は、人があああすればこうすればということを皆して蘇生《そせい》させようとしたが何のかいもなかった。鳥辺野《とりべの》へ遺骸《いがい》を送って帰って来たのは八月の二十幾日であるから、有明《ありあけ》の月があって空の景色も悲しかった。源氏の君は故人を妻としていた十年の間のことを思ってそのうちには女の方から打ち解けて来るであろうとのんきに思って自分から進んで隔てをとろうともしなかった。そして一方では恋人を多くつくって間接にその人を苦しめていたのだと思うと残念でならないことが沢山あって、源氏の君は真心から泣き続けていた。なお引き続いて左大臣の家にいて喪服を着て経を読んで、

「法界三昧普賢大士《ほっかいさんまいふげんだいし》」

といっている源氏の君の声が僧よりも哀れに聞こえた。母宮はそのまま病気になっ

て寝ておいでになる。源氏の君は、恋人達の所へここから手紙だけをやって通って行くようなことは決してしない。斎宮《さいぐう》の潔斎《けっさい》のために六条の君もいっしょにこの頃は左衛門府《さえもんふ》の官舎に行っているのであるから、清まりの邪魔になっては悪いと遠慮するように見せて文もやらない。生霊を見た時のあさましい感じは未だに源氏の君の胸を去らない。そのためにあらゆる女性というものが疎ましくなって、僧になりたいという心が起こるのであった。こんな時源氏の君の心にほだしのように考えられるのは二条院の紫の君であった。夜は几帳の中に一人寝る。眠られない。伽《とぎ》に声のいい僧を呼んでおいて念仏を称《とな》えさせたりしている。ある朝菊の花の少し萎《しぼ》みかけた枝に付けた文を置いて行った者があった。

　世の中はさばかり常なきものかと思われ候て悲しく候を、まして最愛の君に別れ給いし御心のうち推し上げ候。ただいま空の景色のあまりにもの哀れに候まま偲《しの》びがたくてかかる文差し上げ申し候。

美しくこう書いてよこした人は六条の君であった。知らない顔にこんな文を書くかと源氏の君は恨めしかった。関係をこのまま絶ってしまっては六条の君が笑われ者になるであろうと思うと、それも気の毒でならない。その人の恨みのために葵の君は死んだにせよ、あさましい生霊の姿をさえ自分の目に見なかったならこうまでは思うまいにと思って、源氏の君はわが心ながらこの人を思う心がもとにかえろうとは思われなかった。

目のあたり人の命の脆《もろ》きを見候て、この世は夢なることわりを深く感じ申し候。夢の世に執着する心を憐《あわ》れみて思われ候。御まえ様のこと忘れずにおり候えど、喪中の穢《けが》れ多き身は清きあたりを憚《はばか》りおり候いき。

と源氏の君は返事を送った。執着という字は源氏の君の方でも無意味に書いたのではなかったが、六条の君は痛切に自分の生霊になったことを源氏の君の諷《ふう》した言葉であると感じた。そして泣いていた。源氏の君の心変わりが無理でないと思っていよいよ悲しさがやるせなかった。この人は昔から美人であることといい、学問といい、才芸といい何にも勝れた人という名高い女であるから、若い貴公子などに非常な尊敬を受けていた。こんど左衛門《さえもん》の官舎を出て野の宮の斎宮の御所へ行ってからも、それらの風流な公達《きんだち》は競って嵯峨《さが》の野の宮を訪問するのであった。そんなことを源氏の君は聞いて、若い人達がなつかしがるのをもっともなことである、芸術の趣味を深く知っていることなどについてはほかに類がないのであるからと思って、あの人がいよいよ伊勢へ行ってしまったら自分はさぞ寂しいであろうとも思った。頭中将《とうのちゅうじょう》は時々来て源氏の君を親切に慰めた。夜になると灯を近い所へ置いて女達と昔の話などをする。

「こんなにして毎晩集まって話しているとこれが習慣になって、こうして話が出来ない時になると寂しいだろうね」

というと女達は皆泣いた。

「姫様がお薨《かく》れになった悲しいことはいうまでもございませんけれど、あなた様がこれからはこの家へおいでになることがないかと思うと悲しゅうございます」

という者もある。その中には以前は普通の関係ではなかった中納言の君などという若い女もいた。

「私がこの家へ少しも来なくなるというようなことはあるものではない。けれど私だっていつ死ぬかも知れない」

といって灯をじっと眺めた源氏の君の目の濡《ぬ》れているのがいいようもなく美しかった。女達は左大臣の言葉に従って若君に仕えてこのままにいようとする者、暇を貰って自宅へ帰ろうとする者などがあった。忌が明いてから悲しみの極の世にいるように毎日泣き暮らしている左大臣と、北の方の宮に別れた、源氏の君は、二条院へ帰ることになった。悲しい家を出て初めて行ったのは父の陛下の御所であった。

「痩《や》せたではないか。毎日精進ばかりしていたせいだろう」

と陛下はおいいになって奉仕の女官に命じて御自身の前で源氏の君に食事をおさせになった。いろいろと源氏の君の気の慰むようなこともおいいになった。親というものの有難さを思って源氏の君は泣いていた。中宮の御座所へも行って命婦を取り次ぎにして慰問を受けたお礼などをいった。命婦はこんどのことについての悲しみと、それではなくて、常に身を離れない一つの悲しみとを交ぜた源氏の君の心を思いやった。この君のやつれ姿は花やかな装いよりも艶《えん》に見えるのであった。二条院へ帰って美しい着物を着て、嬉《うれ》しそうな顔をしている女達を見て、死んだ葵の君のお付きが三十人ほども薄黒い喪服を着てあちらこちらに集まって泣いていた悲しい今朝の光景を思った。着物を着更えて西御殿の方へ行くと家の中の装飾とか女達の童《わらわ》などの着物を着た姿が晴れた日の空のようにあざやかに美しくしてある。姫様は小さい几帳に身を寄せて恥ずかしそうにしている。美しいことについては一点の不足もない。

「これからは毎日あなたといっしょにいましょう。あなたが私を厭になるほど」

と源氏の君が姫様にいっているのを聞いて、少納言は嬉しいと思いながら沢山関係のある人がおありになるのだから、葵の君の代わりにまた誰かが本妻になるのかも知れないと危うくも思った。源氏の君は何もかも整ってきた紫の君を見て、もう妻とこの人を呼んでいい折が来たように思って、そんなことを試みにいってみるが、姫様は何とも感じない。源氏の君は大抵この西御殿の方にいて、姫様と碁を打ちなどしている。姫様はちょっとした遊びにも上品な気風の見えるなつかしい人である。ある朝源氏の君だけが早く床を離れて、姫様のお起きがないことがあった。女達は、

「姫様はお加減がお悪いのでございましょうか」

といって心配していた。源氏の君は東御殿の方へ行く時に硯箱《すずりばこ》を紫の君の几帳《きちょう》の中へ入れて行った。紫の君は人が傍に来ぬ時にちょっと頭を上げると結んだ紙がある。誰の文かと思って開けて見ると、

自らを押さえ能《あた》わずいみじかる少女《おとめ》の世をば押しとりしかな

と書いた源氏の君の歌のようである。紫の君はよくも見なかった。こんな心があるとは夢にも知らないで頼みに思っていたと思うと熱い涙がはらはらと頬《ほお》を伝うので

あった。正午頃源氏の君は来て、

「どこか悪いの、今日はいっしょに碁も打たないで寂しいではありませんか」

といった。紫の君は何ともいわないで蒲団の中へ顔を入れてしまった。女達があちらへ皆行った時に源氏の君は傍へ寄って、

「何故《なぜ》そんなに物をいわないのですか。あなたは私を嫌いだったのね。機嫌を早くなおさないと女達が不思議に思いますよ」

といって蒲団をどけて見ると、汗を沢山かいて額髪《ひたいがみ》も濡《ぬ》れている。

「熱があるのじゃないか」

などといって、終日源氏の君は姫様の機嫌をとっていた。この晩は十月の初めの亥《い》の日でどの家でも万病払いに餅《もち》を食べる。源氏の君は南座敷の方へ出て惟光《これみつ》を呼んで、

「明日の晩に小餅を今晩のように沢山でなくていいからおまえの方から持って来てくれないか。今日は悪い日だ」

笑い顔をしながらこういった。源氏の君のおいいつけの餅は婚礼の三日の夜の儀式の餅であることがすぐ惟光には合点された。

「さようでございます。おめでたいことは日を選ばねばならんことでございますね。

承知いたしました。子《ね》の子《こ》餅を明日はこしらえましょう」

とおどけたことをいっていた。翌日は朝から自身の家で自身が手を下すほどに秘密にしてその餅を作っていた。餅の入っていた華足台《けそくだい》が朝下がって来た時、少納言や他の女達は初めて事情を知った。右大臣は六の君がこの大将のことばかり思っているることを知って、本妻が死んだのはいい折であるから婿にとってもいいといっているのを、皇太后はお口惜しがりになって、

「ぜひ宮仕えをさせねばいけません。そうして悪い結果があるものですか」

といって諌《いさ》めておいでになる。源氏の君はこんな噂《うわさ》を聞いて、六の君の宮仕えに出ることは残念だと思うのであるが、今は紫の君よりほかに心を分けたくはない時であるから、進んで六の君を娶《めと》ろうとはしなかった。この人が兵部卿の宮の姫様であることを世間にも公にし父宮にも知らせようと源氏の君は思うのであるが、姫様は何を言われても嬉しいとも思わない。源氏の君を頼もしい人と思っていた日を思い出してあさましいことであったなどとさえ思うのであった。様子がすっかり変わったのを源氏の君は可哀《かわい》そうにも思った。

「長い間いっしょにいたかいがないじゃありませんか、今になって私をお疎みになる」

などといっていた。そのうちに年が代わった。元日には先に父の陛下の御所へ行って、それから源氏の君は参内した。帰りに左大臣の家へ行くと顔を見て大臣をはじめ女達は縁起の悪いことなどは憚《はばか》っていられずに皆泣いた。若君がもう笑うようになって笑ってばかりいるのも悲しいことの一つである。衣桁《いこう》には源氏の君のためにこしらえた新しい着物が掛けてあったが、今年はそれと並んで女の衣装が掛けられてなかった。

榊

斎宮《さいぐう》が伊勢《いせ》へ下向《げこう》される日が近づいてくるに従って六条の君は心細さが増してくる。源氏の君の本妻の葵《あおい》の君が死んだのであるから、こんどは六条の君がその代わりになるのだと世間でもいい、女達や家来もそうなるのを喜んでいるらしかったが、事実はそれと反対にかえって絶縁のような姿になったのを女は源氏の君の心によくよく自分をあさましく思うことがあったに違いないと思って、何事も思い切って伊勢へ行くことに決心した。源氏の君もこの人と別れ切ってしまうのも残念なような気がして、文だけはたびたび情けをこめて書いた。今となっては逢《あ》うことが出来るものではないと女も思っていた。折々は野の宮から六条の御殿に帰って来ることもあったが、源氏の君は知らなかった。野の宮は男が行って泊まって帰ったりすることの出来ない場所であるから、源氏の君は長い間この人を見なかった。それに父の陛下がひどい御病気ではないが時々お悪くなることもあるので暇もなかったのである。九月になったのでもう伊勢へ立つ日が近づいたと、野の宮ではいろいろと支度

に忙しいのであるが、立ちながらでも一度話がしたいからとたびたび君の方からいって来るので、それではお待ちするというような返事をした。源氏の君は道が京を離れて野の中へ出ると急に寂しさが身に沁むのであった。秋の花が皆衰えた姿になって草も枯れ枯れになった中に虫が鳴いている。木を風が吹く中によくも聞こえないほど微《かす》かに琴や琵琶《びわ》の音がするのが誠に艶《えん》に思われる。こんな趣の深い所へ何故今まで来なかったのであろうと源氏の君は思った。斎宮の御所は小柴垣《こしばがき》で囲んであって、庭の中のあちらこちらに仮家のような小さい板屋根の家が建っている。入口に丸木の華表《とりい》が建っているのが神々しくてまた気がおけるようにも思われた。どこかで神官が物をいっている声がする。清めの火を焚《た》いてある建物が微かに光っていて人気が少ないこんな寂しい所に神経を痛めている人が長い間いたのかと思うと可哀《かわい》そうでならなかった。何かということも女達が取り次ぐだけで女自身が逢おうとはしなかった。しかしこれは表面の心がさすことであって、源氏の君の言葉に是非がないようにして六条の君は簾《すだれ》の傍まで出て来た。源氏の君は榊《さかき》の枝の少し折ったのを持っていたのを、簾の下から中へ入れて、

「この葉の色のような変わらない心があるから、神様にも憚らずにここへ来ることが出来たのです。それだのにあなたは隔てがましいことをするのですか」

といった。この人を心のままにすることが出来た昔は自分は恋に慢心していてこの人をさまで恋しいとは思わなかったと思い、伊勢へ行くという後のことなどを思って、源氏の君は心弱くなって泣いた。女も泣くことなどは見せまいと思うのであるが、忍び切れずに泣く声がする。それが耳に入ると源氏の君はいよいよ胸が苦しくなっていろいろ言葉をつくして伊勢へ行くことを思いとどまるようにいった。暗い空を眺めながら情の籠《こも》った調子で源氏の君のいうのを聞いていると女は心を動かさずにはいられなかった。何事も思い切っていたにと思って、逢ったことを後悔もするのであった。

「朝の別れはいつだって寂しいものだけれど、今朝の寂しさと悲しさとは口でいうことが出来ないように思いますよ」

明け方に帰ろうとして源氏の君はまた女君の手を取って座ってこういった。旅中の装束から女達の着るものまで、立派に揃《そろ》えた贈物が源氏の君の方から来たのを見ても女は嬉《うれ》しいとは思わない。今始めたように伊勢へ下る日の近くなったことを歎いていた。斎宮は幼心に母の下向の日の決まったことを喜んでおられる。伊勢まで行く見送りの官吏なども特に立派な人を朝廷では選定された。これは太上天皇《だいじょう》の意に従ってそうされたとのことである。十六日に桂川《かつらがわ》で御禊《ごけい》してその夕方に斎宮は宮中へ入るのである。大将は参内してその儀式が見たいような気がするのであったが、女に振り捨てて行かれたようで、人に顔を見られるのを辛く思って二条院にいた。六条の君は斎宮といっしょに輿《こし》に乗るにつけても父の大臣は輿に乗って内裏を出入りする后《きさき》の位に自分をしてみようと思っていたのに、望みは皆無残に砕かれて、子のために輿に乗って昔の内裏へ入るのかと思うと限りもなく悲しかった。十六で東宮の女御《にょうご》になって、二十で死に別れ、三十で今日また内裏を見たのである。斎宮は十四におなりになる。美しいお顔である上に、あらん限りの装いがしてあるのであるから、大極殿《だいごくでん》の儀式に若い陛下のお心は動いたのである。外へ出ると沢山の儀装車が八省をめぐって立っていた。二条院の前を通る頃はまだ暗かった。

行く方を眺めもやらんこの秋は逢坂山《おうさかやま》を霧なへだてそ

と歌っていたのは源氏の君である。この日は終日西御殿へも行かずに寂しい寂しい顔をしていた。太上天皇の御病気が十月になって急に重くなった。今お崩《かく》れになっては惜しいと誰一人思わぬ者もない。今上陛下もお歎きになって行幸があった。もう弱っておいでになるのであるが、太上天皇がくりかえしくりかえし頼むとおいいになったのは皇太弟の宮のことである。その次には源氏の大将のことをおいいになった。

「源氏の大将を人臣にしておいたのは政治家として立派な人物であると私が見込んだからなのだ。あなたはあの人を相談相手と思わなければいけない。私のこの遺言を決して変えてはいけない」

などとおいいになった。陛下は父陛下のお言葉は必ず守るとお誓いになって別れを悲しみながら還幸《かんこう》された。次の日は皇太弟の宮の行啓《ぎょうけい》があった。宮は父の陛下にお逢いになったのが嬉しくて、病のお重いこと御危篤に及んでいることなどはお考えにならないようである。中宮《ちゅうぐう》がいろいろのことをおいい聞かせになってもよくはお分かりにくい年頃であるから哀れである。源氏の君にも遺言を沢山あそばして、それから東宮の御後見をすることを懇《ねんご》ろにお頼みになった。還啓になる時皇太弟にお供する諸官吏の多いのを陛下は御覧になって輿望《よぼう》のあるのを嬉しく思われた。皇太后も来たいとお思いになりながら、中宮がお傍においでになるからどうしようかと躊躇《ちゅうちょ》しておいでになるうちに陛下はひどいお悩みもなくお崩《かく》れになった。今上陛下はまだお若いのであるから、これからはあまり賢人でもない外祖父の右大臣が政治を思いのままにするだろうと百官は皆歎いた。中宮や大将はものが分からなくなるほど悲歎にくれておいでになる。大将が沢山の兄弟の中で一番勝れて陛下の後の御仏事などをしているのは、さもあるべきことであるが世間の人は皆可哀そうに思って同情した。四十九日までは女御や更衣は皆その御所に籠《こも》っていたが忌が明くと皆ちりぢりに実家へ帰るのであった。中宮も三条の御殿にお帰りになることになってお迎えに兵部卿《ひょうぶきょう》の宮がおいでになった。これは十二月の二十日である。実家へお帰りになった中宮は、かえってここがよその家のように思われて寂しい。それにつけても実家へ帰るお暇もあまりお許しにならなかった深い御寵愛《ごちょうあい》が今になってしみじみと感じられるのであった。新年は来ても世の中は少しもはなやかがない。大将は参内もせず家にばかりいる。官職の昇任更迭のある時分になると来客が多くて二条院の門は馬や車で一杯になったものであるが、それも少なくなった。献上物の入った袋はあまり人が持って来なくなった。家来達ばかりが暇そうに出入りしているのを見ると、これからはもうこうなのかと心細いような心も起こるのであった。右大臣の家の六の君は二月に尚侍《ないしのかみ》になって宮中へ入った。そして姉君のいた弘徽殿《こきでん》に住んでいる。陛下の御寵愛も深くて花々しくしているようであるが心の中では源氏の君のことが忘れられないではかない恋をしている。源氏の君の方から密《ひそ》かに文を送ったりしていることは今も変わりはない。こんな場合になるといっそう恋をつのらせるのが、この人の癖である。しかしよそにいる恋人達の所へはあまり行かなくなっ

たのを見て、世間の人は紫の君を幸福な人だと噂《うわさ》し合った。兵部卿の宮も舅《しゅうと》として
この家の親しい人になった。加茂《かも》の斎院の女三の宮は父陛下の喪でお辞しになった
ので、その代わりには桃園《ももぞの》の式部卿の宮の女王《にょおう》がおなりになった。源氏の君は古い
昔からこの君に心を懸けているのである。男の近づき難いそんな身分におなりにな
ったことを口惜しいと思っていた。文などは今も時々送っていた。陛下は父陛下の
御遺言通りに源氏の君を要路へ置いて政《まつりごと》をしたいと思っておいでになるのである
が、心の弱い方であるから、万事皇太后と外祖父に制せられておいでになる有様で
あった。源氏の君は内裏で行われる五壇の祈禱《きとう》で女御や更衣も皆御殿御殿に籠って
いる初めの日、尚侍のいる弘徽殿へ忍んで行った。中納言という女が手引きをして、
初めて逢った細廊下の傍の部屋で二人は対面した。女の姿かたちは今が美しい盛り
であるように見えて、花々と水が滴るように美しい。
「夜番が寅《とら》一つといいますのね。すぐ夜が明けるのでしょうか」
と女ははかなそうにいう。
「いつゆるりと話しすることも出来ない私達は苦しいことですね。私はそんなこと
を思うと運命が悲しくなる」
と源氏の君はいっていた。そっと弘徽殿を出た源氏の君の姿を一人見た者があった。

それは今の頭中将《とうのちゅうじょう》で承香殿《しょうきょうでん》の女御の兄であった。自身の秘密を人に見られたとも知らずに帰って来た源氏の君は、自身を弘徽殿へ呼んだ尚侍の心を大胆であるとも思った。自分の方からこそしいて恋は遂げたが、中宮はそんな大胆な人ではなかったと、なつかしさがいっそう増して思われた。中宮は内裏へ行って東宮をお見になることも思うようにならないので、ただいまではこの大将一人を力に思っていられるのであるが、源氏の君は今も時々宮に苦しい思いをいおうとする気ぶりを見せるので宮も困っておいでになる。陛下が少しも二人の関係を知らずじまいに死んでおしまいになったのが、空恐ろしい上に今になってそんな名が立っては皇太弟の位置が危うくなるであろうと中宮はそう思って源氏の君に懸想《けそう》の心を起こさせない祈禱などを人にさせておいでになった。どうして事を巧《たく》んだのか、ある夜源氏の君は中宮のお傍へ行った。源氏の君は真心を籠めた言葉で宮を動かそうとしたが、宮は思いも寄らぬようにお待遇《もてなし》になる。終いには癪《しゃく》をお起こしになった。命婦《みょうぶ》や弁が驚いてお傍へ来て御介抱をする。源氏の君はぼっとしていて帰る機会を失って明るくなってなおそこにいたが、女達が沢山お傍へ来る様子に気がついて、我知らず押入れの中へ入ってしまった。源氏の君の宵に脱いだ着物をあわてて隠した弁などはただはらはらとしていた。宮は源氏の君のことが気になるのでいっそう熱が出て苦しまれた。御急病と聞いて兵部卿の宮も中宮太夫《ちゅうぐうのだいぶ》も出て来た。祈禱の僧を呼べなどといって騒いでいるのを源氏の君は暗い所へ座って聞いていた。日暮れ方になって御病気の静まった宮は、大将はもう帰ったこととお思いになっていた。そんなことをいって御病気に障ってはならないと思って命婦なども何ともいわなかったのである。兄宮は安心してお帰りになった。

「どうして大将をあすこからお出ししたらいいでしょう。心配で心配でならない」

と命婦は弁にいっていた。源氏の君は押入れの戸を開けてそっと外へ出て少し畳んで立ててあった屛風《びょうぶ》の間に入っていた。

「まだ苦しくて私は死ぬようにも思う」

と傍にいる人においいになって、外を眺めた宮のお顔はいいようもなく艶《なま》めかしく見える。胸に歎かわしい所があるような様子で、そっと小さい溜息《ためいき》などをついておられる。紫の君によく似ておられると思うと少し以前よりは慰む所が出来たようにも思われるのであるが、初恋の宮の恋しさはまた別の趣があるものであった。そっと几帳の中へ入って宮の着物の褄《つま》の所を源氏の君は引いた。宮は惘《あき》れた様子で源氏の君の顔をお見になって、それからあちら向いて俯伏《うつぶ》しになっておしまいになった。男が引き寄せようとすると袿《うちき》だけを脱いで出て行こうとせられたが、お髪《ぐし》の裾《すそ》が源氏の君の手にあったので、お動きになることも出来ない。男は大将という大官であることも何も忘れて子供のようになって宮のつれないのを恨んだ。宮は何もお答えにならないでただ、

「今は病で身体が苦しいですから、こんな折でない時にお話しします」

とおいいになっているのであるが、そんなことは熱した源氏の君の耳には入らない。言葉のあるかぎりを尽くして恋しい心をいい表そうとしている。宮は今までになかったことではないが、また改めて苦しい恋の経験を繰り返そうとは思われない。なつかしい態度で源氏の君の烈《はげ》しい恋の言葉を巧みに避けておいでになるうちに、この夜もまた明けてきた。

「こうしてお話しするだけでも私の心は非常に慰むのですから時々これだけのことでも許して下すったら」

と源氏の君はいったが、それは仕方なしに出た口先だけのことであることはいうまでもない。恋はそんなことに満足していられるものではない。

「いっそ自殺して死にたい」

源氏の君はこんなこともいって帰ったので、宮は恐ろしいような気がおしになった。宮は尼になろうかとお思いになった。源氏の君の恋を脱《のが》れるのにはそれより他

に道はないとお思いになったのである。尼になって中宮の位を退くことは皇太后方にも満足を与えることであるからといよいよ出家を思い立たれたが、それまでに東宮にも一度逢っておきたいとお思いになって中宮は内裏へお入りになった。東宮は嬉しくて珍しくて母宮にいろいろのお話をおしになる。可愛《かわい》いものであると思って美しいそのお顔を御覧になると出家するという御決心は鈍るのであるが、皇太后一派の跋扈《ばっこ》している宮中の有様がお目に入るにつけても、このままでいてはどうされるやらという心細い気もお起こりになるのであった。

「お目にかからないでいるうちに私の顔や姿が変わったら、どうあなたはお思いになりますか」

「式部のようにおなりになるとおっしゃるの、そんなことはないでしょう」

「そうじゃないの。式部は年を取っておるからあんな顔なのです。私はね、髪は式部よりももっと短くなって黒い着物を着て坊様のようになるのです。そうなったらあまりお目にかかることも出来ないのです」

といって中宮がお泣きになると、

「長くいらっしゃらなくなったら私は寂しい」

とおいいになってお顔に涙をほろほろと落ちて来るのを隠すようにあちらをお向き

になる。後ろに垂れた髪がゆらゆらとうごいて美しい。お顔は源氏の君をそのままに小さくしたようである。お歯が虫歯になって、お口の中の黒く見えるのがお可愛らしい。源氏の君はかなわぬ恋ゆえに僧になろうと思う心もあると中宮に見せたい気もあって母方の伯父《おじ》の僧になっている北野の雲林院《うりんいん》の寺内の寺へ行って二、三日泊まっていた。紅葉の少し色づいた秋の野の景色を見ながら、僧の中で学問のあるのを選んで論議をさせて聞いたりもしていた。思い切ってこの仲間の人になろうかとも思うのであるが紫の君が心にかかる。二条院へ手紙をやると美しい字で返事を書いて来た。斎院へも近い所であるから手紙を書いた。斎院にこんな心を懸けるだけでも神罰があたらないかと恐ろしいような気もした。野の宮へ行ったのは去年の今頃であったと思い出して六条の君の伊勢へ行っていることといい、神というものは恨めしいものだと思った。中宮が今夜宮中においでになるという日供奉《ぐぶ》しようと思って源氏の君は内裏へ行った。先に陛下の御前へ行くと、陛下はちょうどお暇な時であったから、源氏の君を話し相手にいろいろ昔のことや今のことをお話しになる。お顔は父君の陛下によくお似になって、それにいま少し艶《なま》めかしい所を添えたようななつかしい所の多い陛下である。兄弟の情も陛下は深く持っておいでになる。尚侍《ないしのかみ》と源氏の君が今も深い関係を絶たないことなども陛下は知っておいでになるのであるが、これは今始まったことではなく尚侍が陛下に奉仕しなかった以前からのことであるからとお思いになり、美しい二人はちょうどいい恋人同志であるとさえ大様に見許しておられるのであった。

「斎宮の女王は実に美しい人だった。あの儀式の日に初めて見たのだけれど」

と陛下はこんなことをおいいになった。源氏の君はまた兄君の陛下に、六条の君と野の宮で別れた時の悲しい恋の趣などを打ち解けてお話しした。二十日月が射して庭の景色の面白いのを御覧になって、

「お父様の喪中でなかったら管絃などを聞くにはいい晩だが」

と陛下はおいいになって、また、

「東宮を私の子と思うようにってお父様がおいいになったのだから、私は出来るだけのことはしたいと思っているのだけれど、わざとらしいことはしてもいけないからと思っている。何一つ勝れたことの出来ない私だから、弟が私の面目を起してくれるのを楽しみに思っている」

などともおいいになった。源氏の君はそれからすぐ東宮の御殿へ行った。

「陛下のお傍でつい夜更かしをしました」

と源氏の大将はいった。東宮は中宮のお帰りになるのをお見送りするのだとおいい

になって、眠いのを辛抱して起きておいでになった。冬の初めになって、時雨《しぐれ》がときどきはらはらはらと降る時候になった。

長く長くまみえまつらず候。木枯らしの吹くを人のおとないかなどと心ときめかせしこともたび重なり候いしはてはただただはかなき恋をうち歎きおり申し候。

こんな手紙を使いに持たせて源氏の君の所へ来させたのは尚侍である。これだけの手紙もどんなに人に隠して書いたであろうと思うと憎くはない。胸の動悸《どうき》が高く打つ。源氏の君は使いを待たせておいて紙をいろいろと出してみたり、いい筆を選《よ》ったりなどしてこの返事を書いているのを女達が見て、

「どちらからのお文でしょう」

「よほど念を入れて返事をお上げになるようね。並み一通りの方じゃないでしょうよ」

とこんなことをいっていた。十二月の十日過ぎから中宮のお催しの法華経《ほけきよう》の八講《はつこう》が始まった。初めの日は中宮の父帝のための御供養、二日目は母后のための御供養、

三日目はお崩《かく》れになった太上天皇《だいじょう》のための御供養であった。三日目は法華経の第五巻の講義のある日であるから貴紳が多く参詣した。この日の講師《こうし》は特別にお選りになったから同じ言葉をいうのさえ真に尊いもののように聞こえた。最終の日に今日は自身の入道するための供養のつもりであるとその座で披露されたので、来合わせている大勢の人は皆驚いた。兄君の兵部卿《ひょうぶきょう》の宮と源氏の大将は何という情けないことを聞くのであろう、夢ではないかと思った。兵部卿の宮は席から立ってお行きになった。

戒師には叡山《えいざん》の主僧をお頼みになった。叔父《おじ》の横川《よかわ》の僧都《そうず》が近く寄って長いお髪《ぐし》を切った時、女達は皆わっと声を立てて泣いた。兵部卿の宮も泣いておいでになった。参詣していた貴紳達も皆涙をこぼして帰って行った。兵部卿の宮がお帰りになった後でお傍へ行った源氏の君は物もいうことが出来ないのを、やっと胸を静めて、

「何故にわかにこんなことを御決行あそばしたのですか」

といった。

「前から思っていたことなのですけれど機会がありませんでしたから」

と中宮は命婦を取り次ぎにしてお返事をおしになった。東宮からお使いも来た。宮は東宮のおいいになった言葉などをお思い出しになって堪え難くなってお返事もお

いいにならずに泣き臥《ふ》しておしまいになった。源氏の君は思うことの万分の一もいえないで帰って来た。女達の中にはお供に尼になる者もあった。宮は御殿の大方を仏殿におしになって御自身は端近い座敷におられる。源氏の君がおいでになっても今までのように気をおかずに取り次ぎなしにお話をおしになることもあった。春の除目《じもく》の時にもこの宮に付いている官吏は位の上がることはなかった。宮は苦しいこと恨めしいことがあっても一心に仏を拝むことばかりをしておられた。こうしていれば東宮のために悪いことは起こるまいという哀れな安心を持っておられた。葵《あおい》の君の兄であった三位中将《さんみのちゅうじょう》も失意でいる一人であった。婿ではあるがわが娘に情が薄いとかわがままであるとか思っていた右大臣は思い知れというようなこともするのであった。中将は出仕もせずに家にばかりいる。大将とばかり往き来していっしょに学問をしたり遊び事をしたりして日を送っていた。夏の初め頃に尚侍は実家へ帰っていた。前から瘧《わらわやみ》で悪かったのをゆるりと養生をするためであった。この時にというようなことが双方で約束されて、源氏の君は毎夜のように逢《あ》いに行った。若盛りの華々とした人が少し病気のために痩《や》せた姿が誠に美しいと源氏の君は思っていた。皇太后も同じ家においでになるのであるから警護なども厳しいのであるが、そんなことが刺激になってかえって恋の熱が高くなるのがこの人の癖である。秘密を知った人も沢山あるであろうが、誰も皇太后の従順でないお性質を知っているから告げようとする者はなかった。右大臣も夢にも知らないでいた。雨がにわかに降り出して雷の音もすさまじく沢山鳴る朝、不意に起こったことであるから大臣の息子達、皇太后職の官吏なども騒ぎ歩いたり、女達も皆恐ろしがって几帳の傍へ出て来て一塊になっていたりするので、源氏の君が出るにも出られぬうちに夜が明けた。雨が少しやんだ時分に大臣がここへ来た。簾を上げながら、

「どうだった。恐ろしがっておいでだろうと思ったのだがすぐに来られなかった。兄さんの中将や皇太后宮亮《こうたいごうぐうのすけ》などは早速来たろうね」

と早口にいうのを聞いて源氏の君は左大臣の様子と比較して卑しいような感じがするのであった。尚侍は当惑しながら几帳の外へ出て来た。顔が赤くなっているのを熱があるためであろうと思った大臣は、

「まだ悪いようじゃないか。こんなのならもっと祈禱をさすのだった」

といった。そして尚侍が几帳から出る時袖にからまって出て来た薄藍色《うすあいいろ》の男の直衣《のうし》の帯に目がついた。またそこの几帳の傍に落ちてある源氏の君の歌の書いた紙にも目がついた。大臣の顔色は見る見る変わった。

「妙なものがあるじゃないか。こちらへそれをおよこしなさい。誰のだか見るか

ら」

とひどい権幕で大臣はいった。尚侍は父の指さす方を見返ると、そこには二人で書いて見せ合った時の源氏の君の歌が落ちていた。まぎらしようも尚侍にはなかった。物もいわないでいると、大臣は手を伸ばしてその紙を取ろうとした。その時に几帳の中を覗《のぞ》くと中には美しい男が寝ていた。大臣の覗くのを見て初めてその男は顔を隠した。大臣は驚きのために目も見えないような気がしてその歌を持って皇太后のおられる方へ行った。尚侍の死ぬように心配するのが可哀そうで、源氏の君はいろいろと慰めている。そういいながらも、なすべきことでないことをたび重ねてしたその報いの来る時が近づいて来たようにも源氏の君は思うのであった。大臣は一徹な気象の上に老人の僻《ひが》みも交って、こうこうのことがあると声を震わせて宮にいった。

「二人の関係は昔もあったことだけれど、その人に免じて私は見許していて表向き婿にしようとまでいったのだ。その時には気がないようなことをいったので、娘を侮辱されたと私は思っていたが、陛下はそんな穢《けが》れがあっても親戚《しんせき》のよしみでお許し下さるだろうと思って宮中へお上げした。それでもそんなことがあるのでお后に立つことはもとより、女御とも表面はいうことも出来ないのだ。皆大将のためだと思うが諦《あきら》めているのに、またこんなことをする。浮いたことをするのは男のつねだとはいうもののあまりな仕打ちだ」

とこんなこともいった。

「あの人は昔から陛下を陛下とも思っていない。怪《け》しからんといってもほどがある。また妹も妹ではありませんか。后といわれない傷はあっても時めく人の第一にはさせたいと思って私達が苦心しているのに自身が侮辱された敵のように思わねばならない人にまた密通をするなどとは馬鹿者というよりほかはない」

宮は真っ青な顔をして尖《とが》った声でこうおいいになった。大臣はそのうちに気が静まって来て密通の男女が可哀そうになって、こんなことを宮にいわなければよかったと後悔していた。自尊心の強い宮は自分がいる同じ家へ来てそんなことをしたかといっそう残念にお思いになって、これを機会に源氏の君の官爵を止めてしまう工夫はないかとお考えになった。

花散里

太上天皇の御時の麗景殿《れいけいでん》の女御《にょうご》というのは一人の皇子も皇女もお持ちしなかった人で、陛下がお崩《かく》れになってからはいよいよ頼りにする人もない心細い有様でいるのを、源氏の君が陰から生活の助けをしていた。それは女御の妹の三の君が源氏の君の情人の一人であるからであった。この関係は近頃のことではない、よほど以前からのことであるが、例のこの人の癖で、表向きの妻にもしなければ他人にもならない。女は心を苦しめてばかりいるのであったが、この頃世の中を面白くなく思う極に達している源氏の君は物思いの間々に、この気だての優しい同情に富んだ女が思い出されて恋しさが堪え難くなって五月雨《さみだれ》の降りやんだ日を待ち兼ねて家を出た。中川の傍の道を行くと小さい家ではあるが植えた木などの趣のある所があった。よく鳴る琴を賑《にぎ》やかに弾いている。車から少し身体を出してその門を覗《のぞ》くと、大きい木犀《もくせい》の木からすうとした香の風が吹いて来た。ただ一度泊まりに来たことのある家だと源氏の君は思い出して、住んでいる女は今どうしているのだろうなどと考えた。

杜鵑《ほととぎす》が車の上を鳴《な》いて過ぎた。女御の家はいつも変わらず寂しく暮らしている。女御のいる方の座敷で昔の話などをしているうちに夜が更けて、二十日月が高く繁った木の間から射して来た。近い所には橘《たちばな》が咲いていてよい香を立てている。女御はもう大分老けているが品格のいい人である。勝れて花やかな御寵愛《ごちようあい》はなかったけれど、懐かしい可愛《かわい》い者に陛下が思っておいでになったことなどを思い出すにつけて、父の陛下が恋しく思われて源氏の君はそっと涙を拭《ふ》いていた。道で聞いて来たのと同じ杜鵑であるかまた鳴いた。

たちばなの香をなつかしみ杜鵑花散る里をたずね来るかな

源氏の君はこんな歌を口誦《くちずさ》んでいた。三の君のいるのは西座敷の方である。そっと入って来た美しい源氏の君を見て女の恨みなどは心から出てどこかへ行ってしまった。

須磨

源氏の君はもう二位の上達部《かんだちめ》でもなければ右大将でもない。陛下の寵妃《ちょうき》を盗み奉ったというのを罪名にこの官爵は削られたのであった。虚心平気でいてもこの上どんな迫害が加えられるかも知れぬ。昔は相当に人家もあったそうであるが、今では漁夫の家も稀《まれ》にあるばかりだという須磨《すま》の浦に行って謫居《たっきょ》の人となろうと源氏の君は思った。そう心が決まると一面には悲しいことが沢山あった。紫の君がこのことで身も世もないように歎いているのを見るのが悲しい中の一番悲しいことであった。いっしょにつれて行こうかという心の起こることもあるが、そんな寂しい所へこの若い貴女《きじょ》をつれて行って心細がる様子を見るのは堪えがたいことだとも思うのであった。女は死ぬ時もいっしょにと思っているのであるから、侘《わ》び住みをいっしょにするくらいのことはなんとも思わない、行きたい、つれて行って欲しいという様子を見せるのであるが、源氏の君がやはり京へ残っていた方がいいというのを恨めしく思っていた。花散里《はなちるさと》の君もこの源氏の君の思い立ちを聞いて心細がっていた。こんな思いをしている女性は他にも幾人あるか知れぬほどあった。尼宮からもたびたび思いやりのある文が来た。この親切が昔にあったならと源氏の君は心を恨むようなこともあった。親しい家来七、八人もつれて三月の二十日過ぎに京を離れるはずである。その二、三日前に左大臣の家へ行った。前駆後駆に大勢の人をつれて大路を歩いた昔の源氏の君は簾《すだれ》も上げずそっと女のように車に乗って行った。死んだ妻のいた座敷へ入って座っていると、若君の乳母《めのと》や女達が傍へ来て泣く。美しい顔をした若君が喜んで走って来たのを膝《ひざ》に抱いて、

「よく父様を忘れないでいたね」

といっている源氏の君は悲しさが隠しきれないように見えた。大臣もここへ出て来た。

「世界を逆さまにしてもあることでないと思ってたことを目の前で見るようになりました。長生きするのが恨めしいと思わないではいられません」

こういって左大臣は太い溜息《ためいき》をついた。

「どうなるのも前世の約束事でしょう。私のように官爵を取られない人でも朝廷の咎《とが》めを受けた人は慎んでいなければならないわけですから、ことに私は自分で心に咎めることがないからといって、このままでいるとこの上どんな恥ずかしい目にあ

うかも知れないと思いますから、思い立って須磨へ引き籠《こも》ることにしました」と源氏の君はいった。若君は何も知らずに祖父の傍へ行ったり、父の顔を覗《のぞ》いたりしてきゃっきゃっと笑っている。

「私は死んだ娘のことを一日も忘れることが出来ないで悲しがっていますが、こんどのことで彼女がいたならどんなに泣くだろうと思って諦めがつくようになりました。ただこの孫がお父様に離れて命がいつ知れない老人達をたよりにして行くのかと思うと可哀そうでなりません」

と大臣はいって目をしばたたいていた。三位《さんみの》中将《ちゅうじょう》も来ていっしょに話しするうちに夜が更けたので源氏の君はここで泊まった。女達の中でも中納言がいいようもないほど悲しがっているのが可哀そうでならないので源氏の君は人が寝静まってから傍へ寄って慰めてやった。この愛人がいるために今晩ここへ源氏の君は泊まったのであった。桜が少し散り残っている庭に霧が薄く降っていて秋の夜などよりも哀れな朝景色を見ながら、

　鳥辺野《とりべの》にわが泣きし時
　紫の煙《けぶり》こそ空を這《は》いけれ

わが妻の終《つい》の面影
それに似る煙を見んと
藻塩やく須磨へ我行く

源氏の君はこんなことを口誦《くちずさ》んで帰って来た。気の弱い姑《しゅうとめ》の宮には暇乞《いとまご》いをしなかった。二条院へ帰ると、昨夜は女達も皆寝なかったと見えて、悲しそうな顔をして、所々に集まって座っていた。家来の溜《た》まりには惟光《これみつ》や良清《よしきよ》などが旅用意を自宅でしているためか人影もない。西御殿へ行くと夜通し戸も閉めないでいたと見えて、童《わらわ》などが縁側で寝ていて皆今起きる所である。この者達も自分がいなくなったら皆ほかの主人へ行ってしまうだろうなどと、そんなことがあるものでないことまでも源氏の君は悲観して思った。

「世の中にこれより上の悲しいことがあるでしょうか」

と目を泣き腫《は》らした紫の君はいう。父宮はもとから情愛の濃くない上にこの頃は朝廷に憚《はばか》って親類らしくもおしにならない。ことに継母がこんどのことを聞いて、

「幸福というものはすぐにどこかへ行ってしまうものだ。源氏の君に大切がられた女の人達も皆ちりぢりになるだろう」

と嬉しそうにいったと聞いてからはこちらからも音信をしない、そんなことであるから紫の君の力に思うのは源氏の君よりほかにはないのである。

「いつまでも京へ帰られないことに決まったらその時はどんな穢《きたな》い所へでもあなたを迎える。今いっしょに行くことはどう考えてもよくないことなんです。ねえ私は咎人《とがにん》でしょう。咎人が恋人と二人で面白く暮らしているなどと朝廷へ聞こえたら、ひときわ悪いことになるかも知れないから」

とこうもいって源氏の君は紫の君を宥《なだ》めていた。弟の太宰帥《だざいのそち》の宮と三位中将が来たというので、対面するのに髪を撫《な》で付けようと鏡台の傍へ寄ると、少し痩《や》せた源氏の君の影が映った。

「こんなに痩せていますか」

源氏の君は紫の君を見返ってこういった。女君はすぐ目に涙を溜《た》めた。

「お別れした後でも鏡の影だけが残っているのだったら」

と独り言のようにいって紫の君は柱の陰へ寄って涙をそっと拭いていた。来客は悲しい暇乞《いとまご》いをして夕方に帰った。花散里の君にももう一度逢って行かないと恨むであろうと思って、源氏の君は出掛けるのであったが、今晩もまたよそで泊まるのかと思うと厭な気もするのであった。源氏の君の須磨の家へ持って行くのは、書物の詰めた箱と一絃琴《いちげんきん》一面だけである。花やかな手廻りの物などは何一つ荷物の中へは入れなかった。領地の書付や財産の書付を皆紫の君の手許《てもと》へ置いて留守中の家のこの一切を少納言に処理するように命じた。東御殿で召し使っていた女達も皆紫の君の所へ来るようにいいつけた。源氏の君はまた尚侍《ないしのかみ》の所へそっと手紙を書いた。

　君を見て掟《おきて》にふるる日も知らず死なんとばかり恋いにけるかな

とこんな歌も書いた。

　死ぬというとがにはわれの当たるべし恋しき人をまたも見ぬまに

泣き泣きこう返事を書いた尚侍の字はよくも読めないほど乱れていた。もう一度逢いたいと源氏の君は思うのであったが、いわば敵の中へ行くのであるからと心を押さえていた。いよいよ明日立つという日の暮に北山の父陛下の御陵《ごりょう》へ源氏の君は詣《まい》ろうと思った。家を出て先に尼宮の御殿へ行った。須磨へ行った後の東宮のことについて二人は話して悲しがった。

「昔のことを思いますと私はこれくらいの罪に当たってもよいと思います」

と源氏の君のいった時、宮は何もおいいにならなかった。月の出るのを待って源氏の君は家来を五、六人、下人も親しい者ばかりをつれて馬に乗って出た。家来達は皆源氏の君の姿を見て涙を飲んでいた。下鴨《しもがも》神社の甍《いらか》が見えた時、右近将監《うこんのじょう》は馬から下りて、源氏の君の馬の口をとって声を上げて泣いた。右近将監は斎院の御禊の日に源氏の君に扈従《こじゅう》した一人である。若い心にその時の花やかな幻が見えたのである。

「神様もお分かりにならないことがあります」

と右近将監は泣き泣きいった。源氏の君も馬から下りて御祖《みおや》の神に暇乞いをした。御陵を見ると源氏の君は陛下の在世の時のことが一つ一つありありと胸に浮かぶ。自分のためにもったいないような遺言をお残しになったが、その御遺言はどうなったろうかと思うと胸を引き裂くように悲しい。奥のお墓のある所へ森の下の草の中を分けて入って行った。墓を拝んでいると昔の陛下の幻のお姿が現実のもののようにはっきり見えた。身体が急にぞっと寒くなった。夜明けに源氏の君は帰って来て、母宮の代わりに東宮にお付きしている王命婦《おうみょうぶ》の所へ手紙を書いた。

「どういうお返事をしようとお思いあそばす」

とそれをお見せして、命婦は東宮に申し上げた。

「暫《しばら》く見ないでも恋しいのであるから、遠くへ行ったらどんなに恋しいか知れないとそうお書き」

と東宮はおいいになる。父を父ともお知りにならないままでお別れになるのかと命婦はお可哀そうにも思った。この悲劇は自分一人の心得違いから起ったことであるとも思うのであった。こんどの朝廷の御処置を正当とは誰も思っていない。七つの年齢から夜昼陛下のお傍にいた源氏の君のいうことはお取り上げにならないことはなかったのであるから、官吏の中に源氏の君の恩を負わない者はないといってもいい有様であったが、多くの人は心で悲しんでいても源氏の君に同情を見せれば甚だしい迫害を受けるのが恐ろしさに黙っているのであった。源氏の君はその日は一日紫の君といっしょにいて夜更けに京を立つのであった。

「命なんぞ少しも惜しくありません。暫くでもあなたが長くいて下すったらいいのですわ」

といって泣いた女の姿が、山崎で船に乗るまで目の前にあるように源氏の君は思っていた。日の長い頃であるから四時頃に船は須磨《すま》についた。その家は昔在原行平《ありわらのゆきひら》のいた家の傍であった。海からは少し遠くて山に寄った寂しい所である。家の母家は茅葺《かやぶ》きで廊下などは蘆《あし》で屋根が葺いてある。こんなおりでなかったなら風変わりで面白いと思ったであろうと源氏の君は思う。近い所の源氏の君の領地から人を呼びよせて池を掘らせたり庭に木を植えたりした。謫居のようでもなく人は大勢いるが高尚な話し相手になる者もないから一人ぼっちも同じことである。どうしてこれからの長い月日を送ろうかと源氏の君は歎息ばかりしていた。そのうちに梅雨の季が来て毎日毎日雨が降って寂しいにつけて京のことが思われる。紫の君のこと、東宮のこと、若宮のことなどを思って恋しさが堪え難い。源氏の君は使いを京へやっていろいろの人に文を送った。紫の君はその文を見るとそのまま食事も出来ないほど悲しんでいた。使いに持たせて帰すために無官の人の着る地紋のない直衣や指貫《さしぬき》をこしらえるのも夢のようである。死んだ人であればつとめて忘れさえすればいい。それほど遠くない所にいていつ逢えるかわからぬ人を待ってこがれる苦はたとえようもないと紫の君は思うのであった。届いた文を見て尼宮もお泣きになった。自分の本心を見せたならこの恋はどんな結果を生むかと、その悲しいことが予想されてとうとうつれない人と思われ通したと、そんなこともお思いになって一時に涙が流れて出るのであった。尚侍の返事は短いものであったが、それにつけたお付きの中納言の手紙には尚侍の歎き暮らしている様子が細々《こまごま》と書いてあった。二条院から手紙といっしょに持って来た衣類などを見て、源氏の君は嬉しいとも悲しいとも知れぬ苦しい気持ちがした。そっとここへ紫の君を呼ぼうかと思いもした。伊勢の六条の君へも文をやったのであるが、あちらからもまたわざわざ使いをよこした。

御仮やどりの御様子承り候身も夢の心地いたし候。さりとて苦しき月日はいつまでも見給わじと思いやり候につけても、罪深き身の昔に帰る日の遠からむことを歎かれ申し候。

手紙にはこんなことが書いてあった。恋しい人であったのを一時の感情で縁をなくしてしまったなどとも思った。そのためにこの人も恋をはかなんで伊勢へまでも行ってしまったのだと、源氏の君は始終心に済まないとこの人を思っているのであった。恋しい人の文を遠い所から持って来た者であるから、その使いまでがなつかしくって二、三日泊めておいて、伊勢の話などをさせて聞いた。それは人品の卑しくない若い侍であったが、小さい家のことであるから源氏の君の姿を近い所で見て美しい人であると思って涙をこぼしていた。

かく京に住むがかなわぬ身となり候を昔に知り候わば同じ所へも参るべく候いし。いつ御逢いいたす日の来るかと思い候えばいい難き悲しみの湧《わ》き申し候。

と書いた返事を使いに持たせて帰した。花散里の君から来た手紙の中に、長雨に塀の所々が崩れたと書いてあったので源氏の君は京にいる家来の方へ修繕をさせるようにと命じてやった。尚侍は右大臣の愛のことに深い末娘であったから、陛下にも皇太后にも大臣がいろいろとお頼みしたので、尚侍は公式の女官であって、女御更衣というのでもないからと罪を許されてまた宮中へ入った。陛下は人の謗《そし》ることもお思いにならず尚侍を昔に変わらず寵愛《ちょうあい》された。陛下も美しい方であるが、尚侍はやはり源氏の君のことが忘れられなかった。管絃をお聞きになりながら、

「こんな時に源氏の君のいないのが物足りなく思われる。私でさえそう思うのだから、もっと痛切にそう思う人があるだろう」

と陛下はおいいになって尚侍の顔を御覧になった。それからまた、

「お父様のお遺言を私は行ってゆくことが出来ない。そんなことを思うと私は世の中がつまらなくなる。生きていたいとは少しも思わない。もし私が死んだらあなたは悲しいと思ってくれますか。須磨へ人が行った時の方が悲しかったというようなら私の思いがいがない」

と沈んだ調子でおいいになったので尚侍はほろほろと涙をこぼした。

「私のことを思って泣く涙なの。須磨の人が恋しい涙なの」と陛下は恨めしそうにおいいになった。須磨の浦に秋風が吹いて来た。海へは少し間があるようであるが、夜などは波の音が烈しく聞こえて、この頃はいっそうさびしい。源氏の君は一人目を覚まして風の音を聞いているとすぐそこに波が寄せてくるような心持ちがして涙がわれ知らず流れるのであった。起きて琴を少し弾いて見たが自分ながら凄くなってやめた。

恋いわびて泣く音にまがう浦浪は思う方より風や吹くらん

と源氏の君の歌った声に家来達が目を覚まして皆忍び泣きに泣いていた。こんな様子を時々見る源氏の君は家来達を可哀そうに思った。自分のために家族に別れてこんな所へ来ているのかと思うと自分が思い沈んでいるといっそう心細くなるだろうと思って、冗談などをいうこともあった。紙を継がせて字を書いたり、絹に絵を描いたりもしていた。いろいろの草の花が咲いて面白い夕方に海の見える廊下に立って、

「釈迦牟尼《しやかむに》仏弟子」

といってゆるやかに経を読んでいる源氏の君の姿はこの世のものでないように美し

い。船の中で漁夫が大声で唄をうたいながら通るのも聞こえる。船の楫《かじ》の音のような声で雁《がん》が沢山鳴いて行くのを見て涙のこぼれるのを払っている手が黒い念珠に映《うつ》りよく白い。こんな美しい主人を見て家来達は故郷の恋人の恋しいのを慰めていた。

その頃九州の長官の大弐《だいに》が京へ上って来た。強大な威勢をもっている大弐は大勢の家来をつれて自身は景色を見ながら陸路をとって、妻は娘達をつれて船で上って行くのであった。源氏の君がこの浦に住んでいると聞いて船の中でいながら娘達は皆自身の姿をかえりみた。中にも源氏の君に愛された五節《ごせち》の君は、船を出て逢いに行くことの出来ないのを口惜しいと思った。琴の音が風にまじって聞こえるのを聞いて、寂しいこの浦と若い美しい貴人の身とを思い合わして船の中の人は皆泣いた。

陸を来た大弐は子の筑前守《ちくぜんのかみ》を使いにして、

入京致し候わばただちに伺候致して都の話承ることを楽しみと致しおり候いしに、意外の地に御幽居の由承り驚き入り候。御訪問致し候わぬことを悲しく思い候えど、華洛より迎えの友人など参りおり候こととて意に任せず候。この心中御推察下されたく候。いずれ改めて伺候致すべく存じ候。

とこんな手紙を持って来させた。筑前守が帰って来て、源氏の君の住居《すまい》の様子などを泣く泣く話した時には、身体の大きい大弐が子供のように泣いた。五節の君は、

波かげにいていつの日までもほのかなる御琴の音聞かんと心悶《もだ》ゆる女の思いは知ろしめすべくもあらじと思われ申し候。

という文を船から人に持たせて来た。

さは御いいなされ候えど、御船のこの浦出づる景色の見え候はいかなることにて候うやらん。もとより流人《るにん》の琴は君を引きとどむる力なきものに候。

こんな文を源氏の君からまた貰《もら》った五節の君はほんとうに自分一人だけが残っていようかとまで思うのであった。京では月日が経つにしたがって源氏の君を思う人が多かった。陛下も常に恋しく思っておいでになる。始終お思い出しになっては泣いておいでになる東宮を見て王命婦《おうみょうぶ》は悲しがっていた。初めの間は弟の親王達友人達が絶えず文を送って来たが、返事に書いて来る源氏の君の詩や歌などがいつのま

にか世間へ公表されて賞美されるのを、皇太后は憎くお思いになって、

「咎人《とがにん》は咎人らしくしているがいい。風流に面白く暮らしていて政治を非難したりするのは心得違いでないか」

などといっておいでになるのを聞いてかかり合いになるのを恐れて誰もたよりをしなくなった。冬が来て雪が時々源氏の君の一つ家を降り埋めた。明石《あかし》の浦は近いのであるから良清《よしきよ》は前播磨守《はりまのかみ》入道の娘を思い出して文をやったが返事もしない。そして父の入道からお話があるから来てくれないかというようなことをいって来た。娘をくれるのでもないのにわざわざそこへ行って説諭でも聞かされて帰って来るのは馬鹿らしいことであると良清は思って行かないでいた。明石の入道は源氏の君が須《す》磨《ま》へ来たと聞いた時から、この君に娘をやりたいと思っていた。

「源氏の君に娘をお上げすることに決めようではないか」

と入道がいうと、

「あなたはどうかしていらっしゃるのでしょう、あの方は大勢奥様がおありあそばす上に陛下のお手のかかった人とまで御関係なすって騒動をお起こしになったというのじゃありませんか。そんな方が私達の娘をどうも思って下さるものじゃありません」

と妻はいった。入道は腹を立てて、

「おまえなどはよく分からない。とにかく俺はそう決めた。そのうちに俺は明石へお迎えすることにするのだ」

と頑固らしくいった。

「いくら立派な方だといっても咎人になっておいでになる方に一人娘を上げようなどとは私はどうしても思えません。それも奥様にしていただけるのでもなし」

と妻はいっていた。この娘は優れた美人でもないが、上品な艶《なま》めかしい姿で、学問の素養の深くあることなどは、京の大官の娘にも劣らないようであった。自分が良人としようとするほどの人は、自分を何の端くれとも思ってくれないであろうし、また身分相当の人の妻になろうとは自分が思わないのであるから、いつまでも独身でいて父や母が死んだら自分は自殺して死んでしまおうなどとこの娘は思っていた。入道は娘を年に二度ずつ住吉《すみよし》へ詣らせた。そして神が娘の身に幸福を給う日を待っていた。源氏の君は去年来た時植えさせた庭の桜が花をつけたのを見て、紫宸殿《ししんでん》の桜は盛りになったであろうと思って、いつやらの花の宴の時の父陛下の御様子や皇太子でおありになった今の陛下が自分の作った詩をお賞めになって声を上げてお読みになったことなどを恋しく思い出していた。今は宰相《さいしょう》になっている三位《さんみの》中将《ちゅうじょう》は昔から隔てのない友であった源氏の君がなつかしくって、そのために咎を受けてもいいという心になってにわかに須磨へ訪ねて来た。珍しい対面の嬉しさは二人の目に涙となって流れた。柱を松の丸木で造り石を置いて縁の階段にしてある唐画にあるようなこの家を参議の中将は面白いと思った。碁盤とか双六《すごろく》盤とかそのほか手廻りの物が皆無骨な飾り気のないものばかりであるのも、家に調和して面白く思われた。漁夫が海で取って来た魚を持って来るのを珍しがって主客二人は見るのであった。

「どう思って暮らしている」

と宰相がいうと、荒くれた男は、

「私達は一日だってじっとして天道様を拝んでいられやあしません。働かなきゃあ直ぐ口が干上がってしまいまさあ」

などと泣き言のようなことをいっていた。荷をつけた馬をこの家の近い所へ置いて米を売ったりする百姓もあった。二人は泣いたり笑ったりして長い間のことを話した。若君が何も知らないでいるといって、祖父の左大臣が朝夕哀れがって泣いているなどという話を聞いて源氏の君は堪え難く思った。夜通し寝ないで二人は詩などを作っていた。帰るのが厭そうに見える宰相に源氏の君は黒馬のいいのを贈った。

客は源氏の君に笛を残して行った。三月の朔日《ついたち》が巳《み》の日に当たるので、冤罪《えんざい》を受けている人は今日御禊《みそぎ》をするといいなどという者があって源氏の君は海辺へ出て行った。そして障子《しょうじ》を四方へ立てて屋台を持ち歩く旅廻りの陰陽師《おんみようじ》を呼んで祓《はら》いをさせた。人形を船へ載せて陰陽師が海へ流した時、源氏の君は自身の姿を見るような悲しい気がした。そうしていると急に風が吹き出して空も真っ黒になって来た。御禊も中途でよして皆が騒いだ。肱笠雨《ひじかさあめ》とかいう俄雨《にわかあめ》が烈しい勢いで降って来た。海は白い布《きれ》を張ったように光って稲妻が走る。雷が頭の上に落ちてくるように鳴る中を家まで帰って来た源氏の君主従はもう少しのことで波にさらわれる所であったのである。夕方になって雷は少しやんだが、風は夜まで吹いていた。暁方になって家来達が皆寝たので、源氏の君も少し眠ったかと思うと、怪しい姿の者が来て、

「王宮からのお召しになるのに何故《なぜ》おいでにならないのです」

といって身の廻りを廻って歩く夢を見て目が覚めた。源氏の君は海の竜王《りゅうおう》に魅入《みい》られたのであろうと、ぞっとした。そしてここに住んでいることが堪《たま》らなくなったのである。

明石

一日からの雨風がまだやまない。雷も毎日鳴っている。心持ちの悪い寂しさが日に増して加わって来る。そっと京へ帰ろうかとも源氏の君は思わぬでもないが、まだ朝廷から前年の罪名を取り消されたというのでもないのであるから、そんなことをするのはいっそうわが身を険悪な運命に陥らせるようなものであると思い返していた。もっと深い山の中へ住居を移して世間というものと全然没交渉でいようかとも思うが、それも今急にそんなことをしては、少しばかりの波濤《はとう》に恐れた臆病者《おくびょうもの》と取り沙汰《ざた》をされないものでもない。こんなことを考えて源氏の君は陰鬱《いんうつ》な空気の中で溜息《ためいき》をばかりついていた。京の方もどうなっているやら少しも消息が分からない。主人が心細く思っていることも知っていながら、戸の外へは顔も出せない天気であるから、京の様子を見に行くことも家来達には出来ないのである。その中へ濡《ぬ》れ鼠になった二条院の使いが出て来た。ふだんは人間の端とも思っていない下男がこの時の源氏の君にはどれほどなつかしかったか知れない。紫の君の手紙には、

あさましい長雨に私の心はいよいよ闇《やみ》の中へ落ちて行くように思います。あなたのおいでになる所もこんなのでしょうか。こうであったらどんなにお心細いであろうと悲しく思います。

などと書いてあった。

「京ではこの天気を何かの祟《たた》りであろうと皆申しております。朝廷《おかみ》でも坊様を沢山集めて、何とかという祈禱をなさるとかいうことでございます。お役人様達も太政官《だいじよう・かん》の役所へ出ることが出来ないものですから、お政治も止まっているようなものでございます。どうなるのでございましょうか。こんなに長く天気の荒れるということは見たことも聞いたこともございません」

という京から来た使いの恐怖に堪えないような顔を見て、主従はいっそう心細くなって来た。このままで世界が滅びるのではないかと思われるのであったが、その翌日の夜明けからまたひどい風が吹き添うて来た。波の音の高いことといったら、山でも大きい岩でもひとたまりもなく海へ引き込まれるであろうと思うほどである。沢山鳴る雷が今にもここへ落ちてくるように思われるのであるから誰一人静かな心を持っている者はない。

「私は前生にどんな罪があってこんな目にあうのだろう。親達もいない、妻子もいない所で死んでしまわねばならないというのは何たる因果者だろう」

といって大声に泣いている者もある。源氏の君は一心に住吉《すみよし》の神に願《がん》を立てていた。家来達は少しずつ気が落ち着いて来るにしたがって、自身達の生命よりも主人の身体がどうなるであろうかということが心配でならなくなった。主従が神仏に願を立てれば立てるほどいよいよ天候は荒れて行く。突然大きい音がして座敷の続きの廊下の屋根に雷が落ちた。廊下はその火で焼けた。棟が別になっている賄い所のような所へ誰彼の差別なしに入って大勢の人の泣く声は雷の音にも劣らぬように聞こえた。空が墨を流したような色をして日も暮れた。そのうち風がやむのといっしょに雨も小降りになって来た。雲の間に珍しく白い星が見えて来た。家の外へは漁夫が大勢来てがやがやいっている。座敷へ来てみると簾《すだれ》が落ちたり障子が倒れたりしている。戸を開けると焼け残った廊下が疎ましく見える。波の引いた後の海端は一面に白い。暫く外の景色を見て居間へ帰った源氏の君は心も身体も疲れて柱へ凭《もた》れたままうとうとと眠った。

「何故おまえはこんな所にいるのか」

といって源氏の君の手を持って立たせようとおしになるのは生きておいでになった時のお姿の父帝陛下である。

「住吉の神が案内してくれるであろうから、早くここを立って行くがいい」

とまたおいいになる。

「陛下がお崩《かく》れあそばしてからは悲しいことばかりが私の身に起こるのですから、私はここの海へでも入って死のうかと思います」

と源氏の君はいった。

「そんなことをいってはいけない。私は幽界にいておまえの苦しんでいるのを見かねるものだから、いろいろと艱難《かんなん》をして出て来たのだ。陛下にお話があるのだからこれから京へ行く」

父帝陛下はこういって去ろうとおしになる。

「私もごいっしょに参りとうございます」

といって源氏の君は目を上げたが陛下はおいでにならない。簾の外に月がきらきらと光っていた。源氏の君は夢のような気がしないで、陛下が今ここへ来ておいでになっていたという気持ちがして悲しかった。月の前を哀れな色の雲が通る。もう少しお話をすればよかったと残念でならない。今の夢の続きを見ようと思ってわざと目をふさいで寝ようとしたがそのかいがなくて夜が明けて来た。皆が起きた頃波打ち際へ小さい船が来て、それから上がった二、三人の男がこの家を目当てにして来るのが見えた。

「どなたですか」

と来た人に家来が聞くと、

「明石《あかし》の浦から前播磨守《はりまのかみ》入道が船で参っているのでございます。源《げん》少納言様がおいででしたなら、お逢いしてお話があると申しております」

とその使いはいった。

「どうしたことなんでございましょう。私は前からあの入道を知っていることは知っていますが、少しいざこざがありましてこの頃はたよりもしないのですが、それが私に逢いたいといってわざわざ船に乗って来るなんて変なことがあるものです」

良清《よしきよ》は首を傾けてこういっていた。源氏の君は昨夜の夢のことを思っているので、

「ともかくも行って逢ってみるがいい」

といって良清を船へやった。

「どうしておいでになったのですか」

と良清は入道を見ていった。

「私はこの一日に実に妙な夢を見たのです。あまり信じなかったのですが、二度目にまた十三日に暴風雨《しけ》がなおるから前から船の用意をしておいて、なおったらすぐ須磨《すま》へ行けという夢の告げがありましたので、試しに船の用意をして待っていますと、昨晩になってぱったりと海の様子が変わったのです。船を出すと涼しいような風が細くすうと吹いて、何だか神様に送ってもらっているような気持ちでここまで来ました。これはここにおいでになる源氏の君をお迎えして来いという神慮かとも思うのですが、このことをあなたから申し上げて下さいませんか」

と入道はいった。良清からそのことを聞いた源氏の君は、夢の告げなどというものをことごとく信じるのではないが、もしそれが真実の神慮であったら背くことはよろしくないことであると思って明石の浦へ移ろうかという気になった。そして入道に、

「この浦へ来てからあらゆる辛苦をしていますが、都の方からは問うてくれる者もありませんのにわざわざ心配しておいで下すったことを感謝します。明石の浦には我々の住む所があるでしょうか。都合がよろしければ行こうと思います」

というように良清に命じた。二度目に良清が来た時、入道は船の底へ頭をつけて幾度も幾度もお辞儀をして喜んでいた。朝の間の人の見ないうちにと思って源氏の君

は五人ほどの家来といっしょに入道の船に乗った。入道がいったような、涼しく細く吹く風に送られて、船は飛ぶように明石の浜へ着いた。聞いていたように景色は須磨よりもいいが、住んでいる人が多くてやや繁華なのは嬉しくなかった。入道の家は海の傍にも山手の方にも広大に建ててある。田に向かった方には米を入れる倉が幾つも幾つも白く建っている。この間じゅうの海嘯《つなみ》のために入道の妻や娘は山手の方に行っていたので、海辺の家の方はすっかり源氏の君の住居にさせた。船から上がって迎えの車に乗る時に源氏の君の美しい顔をちらと見た入道は月と日が一時に手の中へ入って来たように喜んでいた。自然をそのまま使って造ったここの庭は絵のようであって入江なども構えの中にある。座敷の造り室内の装飾などの華美なことは都でも多く見られないだろうと思われる。源氏の君は二条院から来た男がまだ須磨にいるのをこちらへ呼んで、明石へ来たことを方々へ知らせてやる手紙を持たせて帰すことにした。

返す返す悲しいことをばかり見る私はいよいよ出家する時が来たとも思いますが、影だけでも鏡に残っていたならといって泣いた時のあなたを思うと、姿を変える気にはならない。また明石の浦の方へ移って来ました。どんなことに出逢っても私の片時の間も忘れないのはあなたです。

と書いたのはなつかしい紫の君への返事であった。家来達からもそれぞれ自宅へ悲しいことづけをしてやった。日が経って住み馴《な》れてみるとここは須磨よりも気の慰むことが多かった。入道は一人娘をどうすればいいかと気にかかって、専念に仏道をばかり思っていられないということをたびたびいう。源氏の君の意を伺おうとしてこんなことをいうのであるが、源氏の君の方では挨拶《あいさつ》に困ることがあった。気位の高い人であると前から聞いていて面白い女であると思っていたのであるから、明石へ来たのもその女と自身とを運命が繋《つな》ぐためであろうかなどとも思うのであったが、そんなことになるのは紫の君にとって心持ちのいいことではなかろうからと思って余り近づこうとはしなかった。入道は源氏の君のいる所とは幾棟も隔てた粗末な座敷にいて源氏の君から呼ぶことがなければ傍へは来ない。そして娘に源氏の君の愛のかかるようにと、そればかりを神仏に祈っていた。年は六十ぐらいになっているが穢《きたな》い年寄のようではなく、痩《や》せて上品な坊様らしい人である。もとの生まれのいい人であるから、昔からのいろいろのことを知っていて話が面白い。こんな人に逢うことが出来たのは生涯の中での幸福であろうとまで源氏の君は思うこともあった。どうあっても源氏の君を婿にするのだと前にはいっていたが、今になってみるといい出す自信がなくなって妻と二人でそのことを歎いていた。娘もある時源氏の君を陰から見て、普通の容貌《ようぼう》の男さえもあまり見ることの出来なかった目には、こんな美しい人もあるものかとまで驚いていた。とても自分などが愛されようとは思えないのに、父母がそれにばかり気をもんでいるのを見ると、気の毒なような悲しいような気がするのであった。源氏の君の衣更《ころもが》え四月になったといって入道は御殿の装飾などをすっかり新しく替えた。源氏の君の衣更えの着物などもいろいろと作って持って来た。出過ぎたことをするとも思いながら源氏の君はそれも嬉しかった。淡路島《あわじしま》を前に夕月の照っている海が少しの波もなしに、二条院の庭の池のように見えるのを見て、源氏の君はまた急に都恋しい心が湧《わ》いて来た。久しく弾かなかった琴を出させて、心やりに弾こうとしているのを見て家来達は悲しく思っていた。琴は山手の家にいる若い女達の魂に響くような勝れた音を立てた。経を読んでいた入道も急いで源氏の君のいる御殿の方へ来た。そして山手の家へ琵琶《びわ》と十三絃を取りにやって、自身も琵琶の曲を一つ二つ弾いた。

「これは女の弾く方がなつかしい音のするものですね」

所望されて十三絃を弾いた後で源氏の君はこういった。これが入道には娘の琴を源氏の君が聞きたいと思っていった言葉のように取れて踊り上がるほど心で喜んだ。

「あなたがお弾きになる以上に誰がなつかしい音を出せましょう。私は延喜《えんぎ》の陛下のお弾きになったこの箏《そう》の手を親から教えられたのですが、折々弾きますのを聞き習いまして娘がその手を弾きますが、私よりも少し上手なように思われるのでございます。折がございましたら一度お聞きに入れたいと思っております」

娘のことでこれだけのことをいうのにも入道の身体は震えていた。

「お嬢様は結構なおたしなみがおありになる」

と源氏の君はいっていた。

「娘は琵琶の方も少しは弾きますので、折々弾かせて慰みにいたします」

入道はまたこういっていた。こんどは入道に十三絃を弾かせて、声のいい家来に歌をうたわせて源氏の君も時々手拍子などを打っていた。夜が更けてあたりが静かになった時入道は身の上話を源氏の君にするのであった。またしても入道が娘のことをいうのを源氏の君はおかしくも思ったが、哀れにも感じた。

「私はあなたが仮に暫《しばら》くこんなお身になって須磨へおいでになったということが、そもそも私が立てた願を神様がかなえさせて下さる手段ではなかろうかと思っております。願を立てましてからちょうど十八年になります。娘の小さい時から毎年春と秋とに住吉へ参らせますのは、せめて娘だけを都の勝れた方に貰っていただこうと思うからなのでございます。そのために今までどれだけ人の恨みを買ったり迫害されたりしたか知れませんが、私はこの願だけはぜひ立て通そうと思っておりました」

と泣き泣き入道はいうのであった。涙ぐんで聞いていた源氏の君は、

「私はどういう因縁があって京を離れるようなことになったのかと始終思っていましたが、今晩のお話で疑いが少なからず晴れました。お嬢様をおなつかしくはもとから思っていましたが私は咎人《とがにん》なのだから御所望するのは失礼だと思ってひかえていたのです」

といった。

「そんなことがあるものでございますか」

と入道は打ち消すようにいった。入道は初めて思い事がかなった気がして胸が涼しくなった。その翌日、源氏の君は山手の家にいる入道の娘に手紙をやった。美しい字を見るにつけても、とても釣り合わない恋であるとますます味気なく悲しく思って、娘は気分が悪いといって着物を顔へかけて寝ていた。仕方なしに返事は入道が書いた。

いぶせくも心にものを思うかな憐《あわ》れむ人もあらぬ世界に

自らかかせ給わぬ御かえりごとはただ悲しと見るばかりに候。

と翌日また源氏の君は同じ人にこんな手紙をやった。女はまた涙ぐんだまま返事を書こうともしないのを、親達がいろいろと勧めて筆を持たせた。

まだ見給わぬ海人《あま》の子に憐れをかけよなどとはもとめ給うまじく候わんに御歌のこころもわきまえぬ愚かなる身はいかなる御返り言奉りてよきことにやと惑われ申し候。

返事はいい匂《にお》いのする紫の紙に濃い墨や淡い墨をまぜて美しくこう書いてあった。それからは二、三日ずつおいて、身に沁む寂しい夕方とか、景色の哀れに見える朝とかに源氏の君は手紙を送っていた。謙遜《けんそん》の態度でいてそして思い上がった気象の見えるこの女をぜひともわがものにせねばならぬように思って源氏の君の恋は進んで来た。良清《よしきよ》が自身のものになるようなことをいって騒いでいたことを思って、気の毒な憚られるような気もするけれども、女の方から烈しく恋をせまってでも来たならそういうことであったからといい訳が出来るようにも思うのであったが、女はあくまで恋しい心を隠そうとしていた。ここへ来て都の遠くなったことは何ほどでもないが、そこに恋しい人を置いてある源氏の君の身にとってはいっそう心細い境へ来たように思ってどうあっても紫の君をここに呼ばねばならぬと胸をこがすことがあった。京では何かの兆《しら》せであろうと思われるようなことが一つ二つならずあった。三月の十三日にひどい落雷があって、その晩陛下が故上皇を夢に御覧になった。紫宸殿の階《きざはし》の所へおいでになって陛下をお睨《にら》みになったので、陛下がはっとお思いになると上皇は源氏の君のことについていろいろとおいいになったそうである。恐ろしくお思いになってその夢の話を母后にされたが、母后は、

「ひどく雨が降ったり、雷が鳴る晩などはそんな夢を見るものですよ。皆あなたの気から出たことに違いありません。お崩《かく》れになった陛下が恨んでおいでになるなどと、そんなことは思わないでいらっしゃい」

といっておいでになった。けれど陛下はそれから眼病にお罹《かか》りになったのを、夢の中で上皇の恐い顔をおしになったのを見たためであるようにお思いになって胸を苦しめておいでになった。外祖父の太政大臣《だいじょう》もそれからまもなく死んだ。母后も何と

いうことなしに病気におなりになって日に日に衰弱してお行きになるのが陛下にはお苦しかった。源氏の君の官位を復させることについて、母后の賛成を泣くようにして陛下はお求めになったが、気の強いこの女性は、

「三年も経たないでそんなことをしては陛下の威信がなくなります」

といって首をお振りになった。そのまま陛下のお心の不安な月日が経って行く。源氏の君は入道に娘をここへつれて来させるようにしむけて、自身の方から娘の住んでいる家へ行くことは思いも寄らぬことに思っていた。娘はまた両親がどんなにいってもそういうことはしようとはしなかった。ただ源氏の君がこの土地にいる間なつかしい手紙をやりとりするということだけに満足をしているのが、わがためにも親のためにも後々の物思いの種にならぬことであろうと心を決めていたのである。

秋が来た。

「この頃の澄んだ月夜にお嬢様の琴が聞かれるものなら聞きたいものですね」

などと源氏の君は入道にいうこともあった。十三日の月の明るい晩に入道は源氏の君のおいでを待つというような手紙を山手の家の方から持たせてよこした。車の用意なども出来ていたが、目立たぬようにと思って源氏の君は馬に乗って海辺の家を出た。例の惟光《これみつ》とほかに一人だけを供につれて行った。外へ出ると月夜の海の景色

が広々と、いっそう美しく目に入る。恋しい人といっしょに見ることが出来たならと、今はどんな場合であるかということも忘れて、源氏の君は紫の君が恋しくなってこの馬に乗ったままで京まで行こうかなどとも思った。

秋の夜の月毛の駒《こま》よわが思う雲井にかけれつかのまもみん

空想から覚めた源氏の君はこんな独り言をいっていた。そして庭の戸を少し開けた入道の娘のいる家へ入って行った。この人は六条の君によく似た顔をしていると源氏の君は女を見て思った。人目を憚《はばか》って毎日のようには源氏の君の行かないのを、女はかねて思っていたことででもあるように歎いているのを見ると、入道はたまらないように気をあせって、仏道の勤めも捨てて、山手の家へ源氏の君の来るのをばかり待っていた。源氏の君はこのことを紫の君に隠しておくのを罪であるように思って、思い切ってそれとなく手紙を書いた。

自分の心でありながら、何故あのようなことをしてあなたに恨まれ、あなたの心を苦しめさせたのかと、昔のことなどを始終残念に思っていながら、またひょんな夢を見ました。あなたが聞こうともしていないことを私の方からいうくらいであるから、私に隔て心のないことをみとめて下さい。そして罪を許して下さい。

というのであったが、京から来た返事には、

忍びかねたる御夢語りにつけ候いても、いにしえのことのなお今のように思われ候。とてもかくても男は女の知らぬ夢を多く見るものと思い候。ことにことに悲しき女の知らぬ夢を御覧あそばすことと御羨《おうらや》ましく思い申し候。

と書いてあった。恨めしそうな紫の君の顔が目に見えて、この一字一字が胸に沁みて、源氏の君はそれから暫《しば》らくの間は山手の家へ行こうとはしなかった。女は悲しがって海へ入って死ぬ時が来たとさえ思っていた。源氏の君は絵を描いてその上へ、時々の心の浮かぶことなどを字で書いていた。ちょうど同じ頃に紫の君も絵を描いていた。そして自身のことを日記のようにそれへ書いていたのは不思議な暗合である。陛下は眼病の他にお身体も悪くなってこの頃は譲位のことをばかり思っておいでになった。皇子は承香殿《しょうきょうでん》の女御《にょうご》の去年お生みした方がお一人あるだけであった。

東宮が即位をされた時に政事の顧問になる人は誰かとお思いになったがその人は明石にいる源氏の君よりほかにはなかった。陛下は母后に御相談なしに京を出て三年目の七月の二十幾日に源氏の君に京へ上って来いという宣旨《せんじ》をお下しになった。このにわかのことを源氏の君は嬉《うれ》しく思ったことは思ったが、明石の浦を去るのについては躊躇《ちゅうちょ》されないこともなかった。この頃は源氏の君が海辺の家で一人寝ている夜というのはほとんどなかったのである。女は六月頃から妊娠をしていた。源氏の君がいよいよ帰京することになってからは女は何も分からないままで思い沈んでいる。紫の君に別れる時はまた時機が来たら逢えると思っていた。こんどは一生にもう一度来ようとも思わないでここを立って行くのであるから女が歎いているのももっともであると思った。京から迎えの人達が嬉しそうな顔をして来たのに引き替えて入道は涙にくれていた。あくまで秘密にしていた源氏の君とこの女との関係はこの時になって少しも残らずに暴露された。入道が手引きをしたという最初のことを聞いて良清は口惜しがっていた。明後日立つという日に行った時源氏の君は女に、

「どうしても私はあなたを京へ来させようと決心した」

といった。折を見て近い所へ迎えようと思ったのである。

「そうですか」

と女はいったが、心の中では自分のような者が京へ行ってこの人の妻の一人として
いられようとは思われないことであるとはかなく思っていた。

「そうすれば別れるといっても暫くの間のことだから、気を引き立てていて下さい」

「そんなことをおいいになりますけれど私は一生この浜辺で泣いて暮らす女に出来ているのです」

　こういって女は泣いていた。

「私の聞きたいと思っていた琴をあなたは一度も聞かせませんでしたね」

涙をそっと拭《ふ》いて源氏の君はこういった。女は下を向いたままでうなずいていた。

「私も弾くからあなたも聞かせて下さい。そうして思い出にしましょう」

といって源氏の君は琴をとりにやった。源氏の君の弾いた後で、女も悲しさに誘われたように十三絃を弾き出した。多くの名人の琴を聞いた源氏の君の耳にも、またこれほど堪能な琴の手は聞くことがなかったと思うほどこの人は勝れた弾琴手《ひきて》であった。

「今度逢っていっしょに弾くことがあるまで琴はあなたに預けておく」

　その後で源氏の君はこういった。入道は家来達の装束からそれぞれの土産物を驚

くほど立派にして餞別《せんべつ》にした。

　都出でし春の歎きに劣らめや年経し浦を別れ行く秋

という歌を残して源氏の君は明石《あかし》の浦を立った。死ぬように泣いている娘を慰める言葉の尽きた母親は、

「あとさき見ずのお父様のお考えつきになったことにとうとう賛成させられてしまって、こんな浮き目を見なければならないことになった」

といっていた。

「余計なことをいうな。お捨てになることがどうしても出来ないことも出来ているのだから、安心をしていればいいではないか」

と入道は妻にいって、

「機嫌をなおして湯でも一つ飲んではどうか」

と間《ま》の隅の方から娘にいっていた。それからというものは入道は、昼は終日寝て暮らして、夜はまた何をするともなしに起きて座っていた。

「数珠《じゅず》がどこへ入っているか分からなくなってしまった」

などといっていることもあった。弟子どもにも侮られるようなことをばかりしてい

た。源氏の君は船で大坂まで行って、そこから京へ入った。住吉神社へは途中から代参を立てた。二条院の内は迎えた人、帰った人の嬉し泣きの声で騒がしいものであった。二十になっている紫の君は盛りの花のように美しかった。多過ぎるように見えた髪が心配ごとの続いたために少し少なくなったのがかえって艶《なま》めかしい趣があるのであった。これからは死ぬまでこの人と離れずにいられるのであると心が落ち着くにつけて、別れて来た明石の人の心を哀れに思われた。そして紫の君にその人の話をした。源氏の君の心によほど大きく残っているらしいその女の影を紫の君は妬《ねた》ましく思わないでもない。

「約束などあそばすものではありませんのね。私のことを忘れないなどとおいいにならなかったのだったら私は何とも思わないけれど」

と聞こえないような声でいっている様子が何ともいえないほど愛くるしい。こんな人と長い間別れさせられていたのかと思うと源氏の君はいまさらまた世の中が恨めしかった。冬を過ぎて来た木が春に逢ったように従二位《じゅにい》右大将に戻った源氏の君は、また新たに権大納言《ごんのだいなごん》に任ぜられた。官爵を剝《は》がれていた家来達もそれぞれ昔通りにされた。陛下からお召しがあって源氏の君が久しぶりで内裏へ入ったのは八月の十五日である。そんな苦労をして来たようにも見えない美しい源氏の君を見て、父帝

の時から宮中にいた女官などは皆声を上げて泣いた。陛下は源氏の君と夜になるまでしみじみと話をされた。陛下は月を見て、

「あなたの琴も笛も久しく聞かなかった」

とおいいになった。

「三年の間海人《あま》になっていたのでございますから」

と源氏の君のいうのをお聞きになって、陛下は少しお顔を赤くされて、

「前のことはすっかり忘れてしまわないか。そのことをいわれると久しぶりで逢った嬉しい心に物が挟まるようだから」

とおいいになった。東宮は見違えるほど大きくなっておいでになった。少し時が経って心が静まってから尼宮にはお逢いしに行こうと源氏の君は思っている。明石《あかし》へは送ってきた人の帰る時に細々と手紙を書いてやった。


須磨の浦に心を寄せし船人のやがて朽《く》たせる袖《そで》を見せばや

この歌を使いに誰から来たともわからぬように二条院へ持って来させたのはいうまでもなく大弐《だいに》の娘の五節《ごせち》の君である。

影ばかり見せて去《い》にしは苦しきものに候。そののち涙のつきざりしは誰の罪に候らん。うらめしき船人と忘れず候。

と源氏の君はその人に書いてやった。逢いに行きたいのであるが、紫の君に済まないような気がして、当分はそのようなことは謹んでいなければならないと思った。花散里《はなちるさと》の君の方へも文のたよりをするばかりでまだ行かない。

澪標

帰来後の源氏の君が昔に変わらずあらゆる階級の人々から属望され、尊敬されしていることが耳に入るので、皇太后は、一人の源氏の君をどうすることも出来ずに終わったと、御病床で口惜しく思っておいでになった。陛下は父帝の御遺言に背いた報いを必ず受けるであろうと恐れておいでになったのが、源氏の君を召し帰してからはお気持ちが軽く涼しくおなりになった。そして御眼疾の方ももうほとんど快《よ》くおなりになったのであるが、何ということなしに陛下は死ぬのが近くなったようにばかりお思いになるのであった。それで尚侍《ないしのかみ》が陛下のほかに誰も頼りにする人がないようなのが御不愍《ごふびん》でならなかった。

「太政大臣《だいじょう》も死ぬし、皇太后もあんなにお悪いのだから、私が死んでしまったらあなたがどうするだろうと、私はそればかりが気になる。あなたのためには私よりも恋しい人があるかも知れないけれど、その人が私の持っている真心以上にあなたを思うということはきっとない。私はそんなことまでをあなたのために心配する」

と陛下はしみじみとおいいになる。初めにぱっと赤くした尚侍の顔に、涙が次第にこぼれて来た。

「何故《なぜ》一人でも子供が出来なかったろうか。そんな者でもあったなら、私が死んでもあなたはそれほど心細くないだろうにね」

「私のような罪の深い者には天が子を授けて下さらないのですわ」

と尚侍は恥ずかしそうにいった。

「あの人とあなたの中には子がまた生まれるかも知れない」

とまた陛下はこんなことをおいいになった。陛下がおいいになったように源氏の君が自分を思った心というものは、陛下の愛の幾分にも当たらぬものであるということが解《わか》って来て、昔のことは過ち易《やす》い若い心がしたことと後悔をばかりしている尚侍には、陛下のこのお言葉が身を切られるよりも苦しかった。翌年の二月の初めに皇太弟は元服をされた。ますます源氏の君によくお似になったお顔の美しいことを皆お賞めしていた。陛下も可愛《かわい》くお思いになってお傍へお呼びになっては即位後のことなどを教えておいでになった。そして二十幾日に突然御譲位になった。御相談にもならずににわかにそのことの行われたのを恨んでおいでになる皇太后に、

「気楽な身になって、十分御孝養がしたいと思うからです」

澪標

と陛下はおいいになって慰めておられた。皇太子には上皇の皇子が立たれた。源氏の大納言を内大臣にされた上に、摂政《せっしょう》をするようにとの御内命があったが源氏の君は辞退して左大臣を摂政に推薦した。

「若いいい政治家がおられるのに、私などがまた摂政になるのはおかしい」

といっていたが、皆に勧められて拝命した。そして太政大臣にも上った。大臣の年は今年六十三である。失意でいた息子達も皆花やいで来た。宰相中将も権中納言になって皇太后の妹の四の君が生んだ娘の十二になっているのを女御に出そうと思っている。男の子も大勢あって家の中が賑《にぎ》やかであるのを源氏の君は羨ましく思っていた。葵《あおい》の君の生んだ若君は従兄弟《いとこ》達の中で一番美しくて、この頃はもう内裏へ行ったりするようになっている。源氏の君は父帝の遺物《かたみ》に頂いた二条院の東隣にある家を修繕させていた。花散里の君などをそこへ住まわせようと思っているのである。明石《あかし》の人はどうしているであろうと、忘れる時がないのであったが、公務の忙しいために思うように尋ねの使いも出すことが出来なかった。三月の初めに、産はこの頃あるはずであると思って家来をやったが、使いは急いで帰って来て、十六日に無事に女の子を生んだといった。源氏の君は初めて女の子を持ったのであるから嬉しくてならないのであったが、何故その以前に呼び寄せて京で産をさせなかったかと

残念に思った。昔運勢を占った人が、

「あなたは子が三人ある。皇帝と后と両方あなたから生まれる。一番運の劣った子は太政大臣で人臣の最高位を占める。三人の母の中で一番身分の劣った人から女の子は生まれてくる」

といったことを源氏の君は思い出した。こんなことは失意でいた間はすっかり忘れていたことなのである。明石などでは乳母《めのと》を求めても思うようにいい人を選ぶのは困難であろうと思って、父帝の時に女官であった人が某高等官との中に生んだ女で、父も母も亡くなってから零落をしている人がしかとした父のない子をこの頃生んだと、ある人がいっていたのを思い出して、その人を呼んでこの娘の乳母になってくれないかという相談をさせた。女は世帯の苦に飽き飽きしていた折であるから一も二もなくこの相談に応じて明石へ下って行くことになった。源氏の君は自身のいい出したことであるが、この女が田舎へ行く気になっているのを可哀そうに思って、外へ出たついでにそっとこの女の家へ来た。女は行くといって用意などはしているものの、いよいよ京を離れることになると悲しくなって、

「どうしたらいいだろう」

などと思っていたのであったが、源氏の君がわざわざ来たのを見てそんな心はすっ

かりなおって、

「いつでもおよろしい日に参ります」

といっていた。ちょうど日がいいものであるから今日立って行くようにしてもらいたいと源氏の君はいった。

「田舎へ行ってくれなどと頼むのは思いやりのないことのようだけれど、私にはちょっと考えがあってあなたに行ってもらうと都合がいいのだ。私も二、三年は京へ帰ることが出来ないでそういう所にいたのだから、そんなことでも思って諦《あきら》めて当分の間辛抱をしてくれないか」

とこんなことも源氏の君はいっていた。この女は臨時の女官などをして時々宮中にも来ていたから源氏の君はよく見知っていた。その頃に比べると少し衰えたようであるがまだ年も若いし器量もいい方の人なのである。

「何だか遠くへやってしまうのが惜しい。私の家へ来るか」

と軽い調子で源氏の君はいって笑った。冗談ではあるがこんなことをいわれると女は、同じ奉公に出るといっても源氏の君の傍に使われるのであったならとはかない心持ちがしないでもない。

「私はあなたの何でもないけれど男と女とが別れるというものは恋のような悲しい

気持ちのするものだね」

こんどは真面目に源氏の君はこういった。

「あんまりそんなことをおいいあそばすとあなたを恋人にしてしまいますよ。よろしゅうございますか」

とわざとはしゃいで女はいっていた。源氏の君は誰にも漏らさないようにいい含めて、親しい家来一人を乳母につけて明石へやった。子供の守り刀・着物などもいろいろと調えて持たせてやった。この人達が着いた時、入道は嬉しさに堪えないで京の方を向いて手を合わせて拝んでいた。明石の君の生んだ赤子の美しさは何にもたとえるものがないほどであった。入道は去年の秋以来の悲しみをけろりと忘れたようになって、にこにこ笑って産屋《うぶや》を出入りしている。使いの男は苦しいほどこの家で歓待されていた。紫の君には以前に明石の君の妊娠しているということも、こんど子の生まれたということも、宮内卿《くないきよう》宰相《のさいしよう》の娘を乳母に雇ってやったということもいってなかったのであったが、ほかからひょっとそんなことを聞いたなら面白くなく思うであろうと思って、源氏の君は、

「明石の人が産をしたそうです。嬉しいことではないと私は思っている。子が生まれたらと思っているあなたには出来ないで、そんな人に出来たのだからね。ことに

女なんだから母親のよしあしが一生の幸不幸になる。私は知らぬ顔をしていてもいいのだが、そんな薄情なことも出来ない。そのうちに京へつれて来させてあなたに見せますから、憎まないでやって下さい」

といった。紫の君は少し顔を赤くして、

「憎むだろうとあなたに思われるような私の心だと思うと、自分で自分が厭になりますよ。けれど、こんな心になったのはあなたに憎まれるからですわ」

といった。

「私があなたを憎むなどとよくそんなことをあなたはいえますね。いつも私が思ってもいないことをあなたは勝手に想像して怨《うら》んだりするのだ。あなたにそんなことをいわれると私はほんとうに悲しくなって来る」

と源氏の君は初めは笑いながらいっていたが、終いには目に涙を溜《た》めていた。今日まで十年ほどの間、一日も恋しくなく思ったことのないこと、須磨《すま》や明石にいて燃えるような心をわずかに文に書いて慰めていたことなど、この人との恋を思うと明石の君のことなどはありのすさびにすぎないことであるなどと源氏の君は思うのであった。

「子供を京へ呼ぼうということも私は別の考えがあるからなんだけれど、今からそんなことをいってあなたに悪くとられてもいけないからいわない。その人がなつかしい人に見えたりしたのは所が所だったからだと私は思っている」

こんなことを源氏の君はいって、それからまたその人と別れた時の光景などを少しばかり話した。琴が上手であったことなどもいった。源氏の君の忘れられない様子を見て紫の君は、自分はどうともいいようのないほど悲しんで月日を送っていたのに、たとえ仮の恋だといっても自分を思ってくれる心をほかへ分けておられたのが恨めしくって、

「あの頃の私の悲しかったこと」

と独り言のようにいって、

「思い合っていらっしゃる人達は幸福を沢山お受けになるといい、私などは早く死ぬ方がいいと自分で思います」

とまた紫の君はいった。

「あなたという人がなかったら、私はとうに出家でもしていますよ。誰のために私が泣いたり苦しんだりして来たのかと思ってごらんなさい。私はあなたのために、私の心を写して見る鏡があったらいいと思う」

といって、それから源氏の君は傍にあった琴の調子を合わせて、弾けと紫の君に勧

めてみたが、明石《あかし》の人が上手であったと源氏の君の話した後であったから紫の君は琴に手を触れようともしなかった。こんなことでこのひとの怨んだり機嫌を悪くしたりするのも、美しい趣のあることの一つに源氏の君は思っていた。五月の五日が五十日の祝日になると源氏の君は数えてみて、その子がここの紫の君に生まれたのであったなら、五十日の祝いなどもどんなにしばえのあることであろうと思った。その日の祝いのものなどを揃《そろ》えて、必ず五日に明石へ着くようにして行けといって使いをやった。入道はこの時もまた喜び泣きをした。

恋しきわが子をえ見ざることのいかばかり忍び難きかをおしはかり給え。京へ上り給わんことの一日も早きを祈り候。御心の済まぬようなることは必ずせさせ申すまじく候。

と手紙の中にはこんなことも書いてあった。乳母が毎日のように京のことをいって、源氏の君がどんなに多くの女から、恋の的にされているかということなどを話して聞かせるので、明石の君はそれほどの人に今日まで、自分というものの忘れられないでいるのは幸せであると、この頃は思うようになって来たのである。友達のようにしている乳母はいっしょに源氏の君の手紙を読みながら、こんなに思われているのかと明石の君を羨《うらや》ましく思って、自分などは哀れなものであると味気なく思ったが、乳母はどうしているかなどと、自身のことを心配していることも書いてあったので、読んでしまった後では嬉《うれ》しく思っていた。

たまさかなる御文のたよりにわずかに心の糧を求めおり候身には、何よりもあやうきものをわが命なりと思われ申し候。それにつき候いても子の後の日をうら安く見おきて死なまほしなどと思われ申し候。

こんなことの書いてある返事の手紙を見ながら溜息をついて、

「可哀そうだ」

と源氏の君のいっているのを聞いて、

「同じ家に住んでいながら、一人の人が今どんなことを思っていらっしゃるのか分からないぐらい、つまらないものはありませんのね」

と紫の君は寂しそうにいっていた。

「すぐそういうふうにあなたはとるのですね。可哀そうだといってもそれはただ可哀そうなとだけ思っているほどのものじゃありませんか。それに手紙を見たりなどするとあすこにいた寂しかった時のことなどを思うようになるからなんです」

と源氏の君はいって、明石の君の手紙の上包みだけを見せた。手跡の美事なのを見て、こんなのだからであろうと紫の君は思っていた。源氏の君がこういったように紫の君一人の機嫌をとるのに忙しくって、花散里の君にも帰ってからまだ一度も逢いに行かなかったのであったが、五月雨《つゆ》の季節に入って公務も少し暇になったある日、にわかに思い立って出かけていった。縁に近い所で庭を眺めていた女は源氏の君を横に座らせて、

「寂しい家でしょう」

と昔に変わらない和らかい物言いでいった。水鶏《くいな》が鳴いている。女は源氏の君が明日須磨へ行くといって暇乞《いとまご》いに来た時の悲しかったことなどを思い出していって、

「けれど何故そんなに悲しがったのでしょう。私などはこちらにおいでになってもお目にかかれることはめったにないのに」

などといった。怨み言をいうのにもこの人は落ち着いて上品な所が見えてなつかしい。源氏の君は心のどこにそんな思いがしまってあったか知れないが、いろいろの言葉でこの人を慰めていた。源氏の君は五節《ごせち》の君にもそっと行って逢いたいと思う

のであるがむつかしいことであった。大弐に娘の独身を気にして誰かと結婚をするようにと勧めるのであったが、五節の君はこのままで一生いるのだといっている。東の院が出来上がったらそんな人を皆集めて住まわせようと源氏の君は思っていた。源氏の君は昔に懲りずに尚侍《ないしのかみ》とまた恋を続けようと思う心もあったが女はもう前のような烈しい手紙はかかぬようになっていた。陛下は尼宮を太上天皇に準じた女院にされた。苦しい思いをして宮中の東宮の御殿へおいでになったことなどは夢になって、女院は思うように内裏を出入りしておいでになる。源氏の君は失意でいた時によそよそしくされた兵部卿《ひょうぶきょう》の宮を恨めしく思って、昔のように親しくはしない。権中納言の娘が八月に女御に上がったが兵部卿の宮の中の姫君もそのうちに宮中へ上がるという噂を聞いても、格別その人のために後援《うしろだて》になろうとも思わなかった。

九月に入って源氏の君は住吉《すみよし》へ詣ることを思い立った。須磨明石にいた頃いろいろと立てた願の礼参である。われもわれもと高等官が随《つ》いて行く。妊娠であったり産をしたりしたために去年の秋とこの春とは参詣をしなかった明石の君もちょうど同じ日に船で住吉へ着いた。岸に船を繋いで社の方を見ると、供え物を幾人もの人に持たせて、大勢の楽師に笙《しょう》や篳篥《ひちりき》や横笛などを吹かせながら行く一団がある。誰の参詣であるかと供に来ている人の一人らしい男に聞かせると、

「源氏の内大臣の住吉詣りを知らないのですか」

といって聞いた者は笑われた。無量の感に打たれた後で明石の君は、何の因果でこんな日に来合わせたのかと悲しくも思った。青い松原の中にいろいろの着物を着た人が紅葉を散らしたようにいる。右近将監《うこんのじょう》も立派な家来をつれて歩いている。得意な顔をした良清《よしきよ》も見えた。源氏の君の乗った車の後ろから若君の車も来た。車の傍の者は皆目の覚めるような装束をしている。明石の君は今日この中へ自分などの少しばかりの供え物をしても、神のお目にはつくまいと思って陸へ上がらずに船を大坂へ返させた。源氏の君はそんなことは夢にも知らずに神を喜ばせるような音楽や舞楽を一晩中させていた。源氏の君が車から降りて神前へ行く時に惟光《これみつ》が傍へ来て、

「明石の前播磨守《はりまのかみ》家の船が来ていたそうですが、どうしたのでございますか、大坂の港の方へ行ったそうでございます。あの方がおいでになったのでございましょう」

といった。

「少しも知らなかったことだね」

源氏の君はこういって船の中の哀れな女のことを思いやっていた。

翌日大坂を通る時、

　みをつくし恋うるしるしにめぐり合う縁《えにし》を浅く思い給うな

という歌を書いて惟光に渡した。惟光はこれをすぐ下男に明石の君のいる船へ持たせてやった。行列を遠くから見て心をこがしていた女は、この歌を胸に抱きしめて泣いた。

　かずならでなにわの事もかいなきになどみをつくし思いそめけん

と書いてその使いに持たせて帰した。日暮になって潮がさして来て入江で鶴が鳴く。源氏の君は誰の手前もかまわずに行って逢いたい気がしきりにした。歌をうたわしてくれといって出て来る遊女を若い人達はもてはやしていた。明石の君は翌日改めて住吉へ参詣したそうである。六条の君はこの少し前に、前斎宮《さいぐう》といっしょに京に帰っていた。昔でさえも頼もしくなかった人と、また恋をして苦しがるようなことはしまいと女が堅く思っているのを知って、源氏の君もその心を変えさせた上で自分の心が十分この人を愛することが出来なかったらいっそう悲しい目にあわせるようなものであると思って、手紙だけはつねに送っていたが、行くことなどはしなかったうちに、にわかに重い病気になって六条の君は尼になった。源氏の君はこのことを聞いて驚きながらその家へ行った。寝床の傍の几帳《きちょう》の外に源氏の君の座を設けて、六条の君は脇息《きょうそく》に寄りかかって話した。昔の恋人に、

「私のあなたを思っている深い心を、あなたに見ていただくことが出来ないままあなたは死んでしまうのですか」

といって源氏の君は声を上げて泣いた。女も悲しんで娘の斎宮のことを源氏の君に頼むのであった。

「女王《にょおう》さんは誰も頼りにする人がないのですから、面倒を見て下さい。あなたにこのお願いが出来たし私は安心して死にます」

「心の及ぶだけのことをします」

と源氏の君はいった。外が暗くなって几帳の中に灯のついた光がほんのりとする。源氏の君は見えるかと思って几帳の傍へ寄って覗《のぞ》くと、六条の君は黒い多い髪を肩の辺で切って、絵に描いた人のような姿でいた。几帳の東の方へ顔を向けている人は斎宮らしい。頬杖《ほおづえ》をついた悲しそうな姿が見えるだけであるが、上品な上に愛嬌《あいきょう》がこぼれるようにある人らしい。

「もうお帰りあそばせ。私は苦しくなりましたから失礼します」

といって六条の君は女達を呼んで床の上に寝た。

「どういうようにお苦しいのですか」

と源氏の君はいったが、

「もうお帰りあそばせ」

とまた女はいった。これが永い別れになって七、八日の後に六条の君はあの世の人になってしまった。葬式の世話などは皆源氏の君が行ってした。霙《みぞれ》の降る日に孤児《みなしご》の斎宮の所へ源氏の君は悲しい手紙を送った。


亡き魂《たま》のすすり泣くらん心地してみぞれふる日のさびしき心

こんな歌も書いてあった。

かきくらしものを覚えぬ少女子《おとめご》の心のさまにふる霙かな

斎宮のお返しの歌はこんなのであった。伊勢へ行った頃から恋しく思っていた心を打ち明ける時が来たように源氏の君はいったんは思ったが、そんなことになっては死んだ人に済まぬように思って、思い返して自分の娘にして陛下の女御にお上げしようと思うのであった。けれども自分の心でもまたどう変わるかも知れないことであるからと思ってこのことは誰にも話をしなかった。六条京極は近所にあまり家もない寂しい所である。東山《ひがしやま》の寺々の鐘が響いてくる夕方などは若い女王のもっとも悲しまれる時であった。斎宮に親が付いて下るような前例にあまりないことまでして、片時も離れぬようにしていた母と子であるから恋しいことは格段であった。この女王に恋をする人はいろいろの階級に少なからずあった。

「傍にお付きしている者の計らいで、取り返しのつかないようなことをしてはいけないよ」

と乳母などに源氏の君は親らしいことをいっていた。太上天皇は大極殿の儀式の日に映《まば》ゆいほど美しく見えたこの女王を忘れがたいものにお思いになって、六条の君の生きている頃から御所望になっていたが、この頃もしきりにその仰せがあった。源氏の君は上皇の恋人を横どりするのは済まぬとも思ったが、この人よりほかにゆくゆく陛下の皇后になる適当な人はないように思ってぜひ女御にしたいと女院に御相談をした。

「そんな欠点のない人で、そしてあなたが親になっていておあげになるような人が女御になるのは陛下のおためにもどんなにいいことか知れません。あちらにはお気の毒なようですけれど、お母さんの遺言だったからとでも申し上げたらいいでしょう。あちらは女御や更衣《こうい》が沢山おありになるのですから」

と女院はおいいになった。

「一方ではあなたから御意があったようにしたいと思います」

と源氏の君はいっていた。そして源氏の君は斎宮を二条院に迎えようと思っていた。紫の君にもこのことを話して、

「あなたとはいい友達だと思う」

といっていた。紫の君も喜んでその用意などをしていた。権中納言の娘は弘徽殿《こきでん》の女御というのである。

蓬生

源氏の君が須磨《すま》明石《あかし》にいた頃幾人もの女が京で歎いていたなかにも、紫の君などは音信もし、されもして、これが男の愛の濃さ深さを嚙《か》みしめて味わう機会にもなって心のどこかに慰みがあったようであるが、源氏の君の情人であるとも人の知らない、京を立って行く時も他事のようにして見ていなければならなかった女などの心中は哀れなことばかりであった。常陸《ひたち》の宮の末摘花《すえつむはな》の君は父の親王がお薨《かく》れになった後は、ただ一人の保護者もない寂しい侘《わび》しい生活をしていた人であったのが意外な縁で源氏の君と結ばれてからは、寒さ暑さも苦にならない境遇になっていた。もっとも源氏の君の方ではそれほど大した世話はしていないつもりでいたのであるが、事実はそうであったのである。そのうちに皇太后一派との衝突が起こり、世の中のごたごたしていた源氏の君は、この人のことなどはいつともなしに忘れて、須磨へ行ってからはなおさら思い出すこともなかった。当分は源氏の君から前に送られた金で、ともかくも日を送っていたが、長くは続かないことであるから、日が経

つままに以前に倍した貧しい生活をしなければならないことになった。

「姫様は何という因果なお生まれでしょう。降って湧《わ》いたように源氏の君様が行き届いたお世話をなさるようになった時、人にはこんな幸せもめぐって来るものかと私達はどんなに喜んだでしょう。それがまた跡方《あとかた》もない夢になってしまうというのはほんとうにほんとうに」

などと年を取った女達はいっていた。貧しいことに馴《な》れて世の中はこんなものであると諦めていたのが、一代の華奢男《きゃしゃおとこ》に馴染《なじ》んで栄華の片端を嗅《か》がされた後の心は、このみじめさにどんなに苦痛を感じたろう。その頃は若い見よい女達も少しは来ていたが、こんな有様の今の常陸の宮家に残って奉公をしているのは親王の御在世の時からいた古女ばかりである。それも老年の病で死になどして人数はごく少なかった。もとから荒れていた家はいよいよひどくなって狐の住家《すみか》のようになって行く。裕福な地方官などで庭のある大きい邸《やしき》を欲しがっている者などは、つてを求めてお売りにならないかなどといって来る。

「そうあそばして、広くて、広くて寂しいこんな所でない、小ぢんまりした所へお移りになった方がよろしいではございませんか」

と女達は勧めていたが、こんな時には、

「思いもよらない。そんなことが出来るものかね。どんなにひどくなってもお父様がおいでになった所にいるというのが、私には嬉《うれ》しいのだから」

と末摘花の君は泣きながらいうのであった。手廻りの道具などにも古名人の作があると聞いて、にわか分限《ぶんげん》の骨董癖《こっとうへき》のある者などが貧しいのにつけ込んで売らせようとする。そっと隠して金に替えて経費の足しにしようと女達が計ろうとするのに気がつくと、

「私が見るように、私が遣うようにとお父様がこしらえておいて下すったものを、いかにお金が欲しいといったって、よそへやるようなことはしないでおくれ」

といって末摘花の君は止めていた。僧になっている兄だけが時々京へ来るとこの家へ寄る。この人も世事に疎いことは妹に劣らない人で、実家の立って行く方法を考えることなどはむろんない。土塀は人の踏む道になって春や夏は牧場の男が牛馬をつれて来て庭で遊ばせている。離れ座敷などもみな倒れて板葺《いたぶ》き屋根であった下男のいる所などは、柱や棟木などが骨のように残っているだけである。もとより下男などはもう一人もいない。盗人が見限って寄りつかないために、こんな不用心な家でも、品物がなくなるようなことはなくて姫様のいる座敷だけはもと通りの装飾がしてあった。しかし何もかもひどい塵《ちり》まみれになっていることはいうまでもない。

文学などに趣味を持っていたなら、こんな家にいてもまだ慰みがあったであろうが、この人にはそれもない。昔からある同じ小説ばかりを暇つぶしに読んでいるくらいなものであった。仏学の研究でもすればいいのであるが、そんなことも嫌いであった。侍従《じじゅう》という末摘花の君の乳母《めのと》の娘は斎院《さいいん》へ半々ずつ奉公していたために、人並みの若い女のように着るものも着ていたのであったが、その斎院がお薨《かく》れになってからは仕方なしに、姫様の母親であった人の妹で、地方官の細君になっている人が娘のお付きを欲しがっていたので、その方とまた半々ずつの勤めをしていた。その人は末摘花の君には叔母《おば》ではあるがあまり近しくはしない。その人は、「死んだ姉さんが、地方官などに片付いたといって私を軽蔑《けいべつ》してばかりおいでだったから、いくら困っておいでだって世話をする気にはなれない」

こんな憎まれ口をいっているのである。いい家に生まれた人はどこかに違った所のあるものであるが、地方官の妻になる因縁があってかずいぶん下劣な心を持っていた。自身が昔侮られた腹いせに、零落した姫様を娘のお付きの一人にしようと思って、そんなことをほのめかした手紙などを送って来る。侍従もそうなった方が姫様のために安全であると思ってそそのかしもした。末摘花の君は反抗心でそれを拒んでいるのでもなく、生来の内気なためにそうなろうとも思わないのであった。そのうちに叔母の良人《おっと》がにわかに九州の長官の大弐《だいに》に任命された。家族もいっしょに下ることになったが、叔母はどうかして末摘花の君をお付きにしてつれて行こうと思って、

思うようにお世話も出来なかったのですが、近くにいればまたお力になる時もあろうと安心が出来ていたのですが、遠くへ行くことになりますとあなたのことが気にかかって仕方がありません。ですからなるべくごいっしょにおつれして行きたいと思います。

などと手紙で体《てい》のいいことをいって来る。末摘花の君がその相談に乗ろうともしないのを見て、

「いばっていらっしゃること。いくら高慢ちきな顔をしたって駄目じゃないか。源氏の君がいくらお物好きだったってあんな藪《やぶ》の中に住んでいる貧乏人をまたどうなさるものかね」

などと、さもしい叔母はいっていた。そうしているうちに京へ源氏の君が帰って来て男も女も他へ靡《なび》かなかった心を源氏の君に見てもらおうとあせる時代が来た。そ

の中で昔でさえもあまり恋しい人とも思わなかった末摘花の君を源氏の君が思い出すわけもない。この事実は源氏の君が帰京したならと思うことを唯一の慰めとしていた女に失望というよりもほとんど絶望に近い思いをさせた。源氏の君のために悲しい思いをした人は、皆それを取り返しているのに、自分だけは永遠にその時の悲しみを負うたままで行くのかと歎いていた。

「そうだろう。誰がそんなふうでいる人を恋人の一人だといってくれるものか。それに宮様がおいでになった頃と同じような心持ちで世の中が渡って行けると思うのが大間違いだ」

こんなことを陰でいいながら、まだ執念《しゅうね》く九州へ行くことを勧めていた。瘦《や》せ世帯に疲れた女達は、

「そうあそばしたらよさそうなものにねえ」

などといっていた。侍従は大弐になった人の甥《おい》の思い者になっていたのであるからむろん大弐一家の九州行きの人数の中には入っていた。

「こんなにしていらっしゃるあなたを、私はどうしても見捨てて行けません。ごいっしょに参ることが出来ましたらとばかり思います」

といって侍従が勧めても、それに従おうともしない姫様の心の底のどこかにはまた

こんなに苦しんでいることが風の便りにでも源氏の君の耳に入ったなら、優しい手で自分を救ってくれるに違いないと頼む所があったのである。源氏の君が父帝の法事をした時、集めた僧の中に末摘花の君の兄もいて、その帰りに寄って、

「源氏の大納言の御八講《ごはっこう》に行ったのだがね、見るもの聞くものが皆この世のものと思われないような結構なことづくしでね、仏様もどんなにお喜びになったろうと思ったよ。あの人はどうしても菩薩《ぼさつ》か何かの生まれ変わりだ」

といって帰って行った。それを聞いた後で、あらゆる慈悲善根をする仏様が自分一人を見向きもしてくれないとは、何という分け隔てのある仏様だろうと末摘花の君は情けなく思っていた。新しく作った姫様の着物を持って不意に大弐の叔母が来た。長い間この家へ出掛けてくることなどはなかったのであるが、自分の威福を見せてもう一度誘ってみようと思って立派な車などに乗って来たのである。

「侍従のお迎えに来ました」

こういって座りながら家の中を見廻して、

「まあ何というお気の毒なお住居《すまい》でしょう」

とわざとらしくいっていた。いろいろなことをいうのを黙って聞いていた末摘花の君は、

「親切におっしゃって下すって有難うございますけれど、私などはこのままこの家といっしょに朽ちて死ぬ方がいいように思いますから」

といった。

「源氏の大将がこの家を造り替えて下すったなら、この家も金殿玉楼になるでしょうけれど、あの方は今兵部卿《ひょうぶきょう》の宮様の姫様よりほかに女はないように思っていらっしゃるということですよ。こんな家にくすぶって待っていたか、そうかとはゆかないでしょうよ」

と叔母にいわれて、末摘花の君はそれは誰にも見やすい道理であると思うにつけ、とめどもなく涙がこぼれた。行こうともしない姫様を尻目《しりめ》に見て、

「侍従だけはぜひ今日来てもらわないといけない。日の暮れないうちに行きましょう」

と侍従にいった。

「ああおっしゃいますから、今日はちょっとお家まで送って行って参ります。あちらのおっしゃることも御道理ですし、あなたが御承知なさらないのもごもっともだと思いますし、私は中に立って誠に辛ろうございます」

侍従は泣きながら姫様の傍によってそっとこういった。この女の餞別《せんべつ》にする着物

も持たない姫様は、自身の抜けた髪でこしらえた髢《かもじ》を贈物にするのであった。

「乳母がいっておいたこともあるから、一生おまえと私は別れないでいるものとばかし思っていたのにね」

と末摘花の君はいって、わっと泣いた。

「私もこんなことになろうとは自分でも思わなかったことでございます。心だけはあなたのお傍を離れないでおります」

「侍従。侍従」

と呼ぶのは大弐の妻である。

「暗くなって来ましたよ」

といって急がしてつれて帰った。こうして末摘花の君のただ一人の仲よしは行ってしまった。

「侍従様がしたことがもっともだ。私なんかもいつまで辛抱していようとも思っているのじゃない」

こんなことを主人に聞こえるのもかまわずにいう女もあった。

「末摘花はまだ生きているだろうか」

こんなことを源氏の君が時々思うようになったのは帰京して二月《ふたつき》・三月《みつき》経ってか

らのことであった。誰かにその人のことを尋ねてみようと思いながらついそれなりになって行く。翌年の夏の初め、久々で花散里の君の家へ行く夕月夜の道々、恋人に逢いに歩き歩いた昔のことなどを心に思っていた源氏の君は、荒れた家の庭の木の森のように繁ったのが目に入った。大きな松に絡んで藤の花が咲いている。風が吹いてぱっと匂《にお》いを立てた。橘《たちばな》とはまた変わった趣があると思って、車から身体を少し出してその家をなおよく見ると、前に知った人のいた家のように思うので思い出してみるとこれは末摘花の君の家であった。こんな時に必ず傍にいる惟光《これみつ》を呼んで、

「ここは常陸の宮の邸《やしき》だったね」

と源氏の君はいった。

「さようでございます」

「まだいるか見て来てくれ。もしまだいたら都合で寄ってみようかとも思うから」

と源氏の君はいった。この日末摘花の君は昼寝の夢に父の宮を見て、覚めてから何ということなしに心が興奮して庭に近い座敷の雨漏りのした後の畳を拭《ふ》かせてそこへ出て、

亡き人を思える涙荒れはてし軒端《のきば》のしずく蓬生《よもぎう》の露

こんな歌を思って泣いていたのであった。惟光はどこかに人が住んでいるかと思ってあちらこちらと庭の中を歩いてみたが、そんな様子の見える所はない。

「いつもこの前を通るのだけれど、誰も住んでいようとは思えなかったのだ」

と独り言をいって帰って来ようとした時、もう一度振り返って見ると、家の一部に二間《けん》ほど戸の開いた所があった。月の光でそれを見つけた時はかえって恐ろしさに心がひやりとした。そこへ行くと人がいるのか簾《すだれ》が動いている。

「頼む」

というと、

「どなたです」

と潤いのない声でいった。惟光は名前をいって、

「侍従さんにお目にかかりたいのです」

といった。

「侍従はもうここにおりませんが、あなたの御存じの者もおります」

というのは聞き覚えのある年寄の声である。綺麗《きれい》な若い男が狩衣姿《かりぎぬすがた》か何かで、不意

に現れて来たのであるから、狐ではないかなどとも女達は思っていた。惟光は簾の傍へ寄って、

「姫様はどうしておいであそばすのですか。外に御縁組でもしておいでになるのでしたら、そう私に打ち明けていって下さいませんか。殿様は昔のことを忘れずにいらっしゃるのですから」

といった。

「変わったお身の上に姫様がなっていらっしゃるのだったら、こんな寂しい所においでではないでしょうよ」

といって女は笑った。

「ずいぶん苦労をいたしましたよ」

などといって、話し相手にしようとするのを避けて、惟光は、

「実は殿様が門で待っていらっしゃるのです。また後でお話を伺うことにして、ちょっとそう申し上げましょう」

といって家を出た。

「長くかかったね。どうだった」

「侍従の叔母の少将という人がおりまして逢って参りました」

といって惟光は聞いて来たことを源氏の君に話した。こんなになった家にどうして住んでいたろう。何故今まで捨てておいたろうと、源氏の君は女を可哀《かわい》そうに思い、自身の心を恥ずかしく思うのであった。

「ひどい庭ですからとてもこのままではお入りにはなれません。草の露を払わせて道をこしらえさせましょう。ちょっとお待ちになった方がよろしゅうございましょう」

と惟光はいったが、源氏の君は、

たずねても我こそ訪わめ道もなく深き蓬《よもぎ》のもとの心を

と独り言をいってすぐ車から下りた。惟光は先に立って草の露を馬の鞭《むち》で払って行った。雨の後の木の雫《しずく》が秋の野の時雨《しぐれ》のようにはらはらと落ちるので傘をさせて源氏の君は歩いた。昔でさえもあるかないかであった中門などは跡方もなくなっている。姫様は思いが届いたのであろうと嬉《うれ》しいのはいうまでもないが、この荒れ果てた家の中へ源氏の君の入って来るのを辛く思った。女達は大弐の妻の置いて行った着物を姫様に着せなどしていた。

「もう何とかあなたからいってくれるか、くれるかと私は恋しいのを辛抱して見ていたのです。けれどはからずここの前を通って藤の花の綺麗《きれい》に咲いているのを見て、忍び切れずに私の方からあなたに負けて来た」と源氏の君はいった。姫様は恥ずかしがって聞こえないような声で物をいっていた。自分一人を思ってこんな寂しい暮らしをしていたのかと思うと源氏の君も憎くはなかった。

「今までのことは忘れて、これから以後私があなたに不人情なことをしたら十分責めて下さい」

煤《すす》けた几帳《きちょう》の中でこんなことを源氏の君はいっていた。この廃屋《あばらや》で泊まることは家来の手前もあって出来ないと源氏の君は思った。

「またゆるりと来て田舎にいた頃の悲しかった話などを聞いてもらいます。あなたも長い年月の話を私にしたいでしょう」

「もうお帰りあそばすの。私の所へ来て下すったのではなくてあなたは藤の花を見にだけいらっしったのね」

と女はいった。微塵《みじん》も悪気のない所に捨て難い思いをして、一生妻の一人としておこうと思ったこともあるのに、ほかのことに紛れて忘れていた自分を薄情な男だと女には取れたろうと不愍《ふびん》に思うのであった。ことにその日それから行って泊まったのは器量のよくない花散里の君の所であったから、久々で逢った末摘花の君はそう悪くは源氏の君の心に残らなかった。翌日から二条院の家来は下男や大工を大勢つれて来て、修繕の最初に常陸の宮家を新しい板塀で囲わせた。

二条院の近い所にこの頃造らせている家がありますから、そこへあなたをお迎えしようと思っています。姿の見よい女の童《めわらわ》などを今から選《よ》って使っておおきになる必要があると思います。

などと源氏の君は手紙でいってやった。姫様の着物も女達のも宝の山の夢のように家の中に置かれた。ここを出てちょっとした地方官の家などに奉公していた女などは気のいい仕えよい姫様を恋しがってまた帰って来る者もあった。家来になりたいという男もあった。しかしどれも源氏の君がまた末摘花の君の世話をするというのに心を動かして来るのであることはいうまでもない。池を掘り替えたり、植木を繕わせたりして美しくなったその家に末摘花の君はそれから二年ほどいて後、源氏の君に迎えられて二条院に移った。そこは近い所であるから源氏の君はちょいちょい寄って話などをして行った。侮ったような待遇は少しもしなかった。大弐の妻が上京して来た時に驚いたこと、喜びながらも侍従が今少しの間を辛抱していなかったことを後悔したことなども書けばあるがもう書かない。

関屋

伊予介《いよのすけ》といった人は先々帝の崩御になった翌年、常陸介《ひたちのすけ》になって妻の空蟬《うつせみ》の君をつれてその国に行っていた。源氏の君の須磨《すま》へ行ったことなどをそこで聞いた空蟬の君は、文通をする便宜もない西の空を眺めて人知れぬ涙で袖《そで》を濡《ぬ》らしていた。任期の定まった常陸介よりもいつまでも田舎住居《ずまい》を続けなければならぬか分からなかった源氏の君がかえって先に京へ帰って、常陸介はその翌年の秋上って来た。逢坂《おうさか》の関を越えて京に入る日はちょうど源氏の君が思い立って近江《おうみ》の石山寺《いしやまでら》へ詣《もう》でようとする日であった。琵琶湖《びわこ》の辺まで迎えに出ていた息子などからそのことを聞いた常陸介は道の騒がしくならない間に山を越えてしまおうと道を急いだのであったが、打出の浜を行く頃にもう源氏の君は粟田山《あわたやま》までおいでになったといって、先払いの供廻りが幾人とも知れず道を来るのに逢った。常陸介は関山で馬から降りて女の乗った車などを木の陰に引き込ませなどして源氏の君の通り過ぎるのを待っていた。常陸介の車は一部を先へやり、また一部を遅れさせて後から来させなどしているのであったが、それでも十台ぐらいは地方官の富がうかがわれるほど花やかに美々しく仕立てられて止まっていた。九月の三十日で、山の紅葉も下草も皆赤がちの色となっている所へ関の陣所からさっとこぼれたように出て来た絞り染めの着物などを着た旅装束の常陸介家の供廻りの姿などを面白い風情であると思って源氏の君は見ていた。右衛門佐《うえもんのすけ》になっている昔の小君《こぎみ》を源氏の君は車の所へ呼んで、

「関迎えをさせてもらったね。やっぱり縁があるのだね」

といった。話したいことも沢山あったが人中ではいうこともならなかった。空蟬の君も心の中で、

涙流れてやみがたし
君と行きあう関山の
清水の如くやみがたし
かばかり思う心だに
知り給わじと思うにも

こんなことを思っていた。二、三日して石山観音の参籠《さんろう》を済ませて源氏の君が京

へ帰ろうとする時迎えに右衛門佐が来た。この人が初めて位階を貰《もら》った頃などは、万事源氏の君の世話になっていたのであったが、あの騒動の起こった時災いの及ぶのを避けて常陸へ行ったのを源氏の君はあまり嬉《うれ》しくも思わなかったのであったが、こんど帰って来てからはまた昔通り家来の一人としてもらった。紀伊守《きいのかみ》は国の小さい河内守《かわちのかみ》になっていた。官爵を削られることも何とも思わずに源氏の君の傍に付いて離れなかったその弟の右近将監《うこんのじょう》を源氏の君がめきめきと取り立てたのを見て河内守も右衛門佐も心の足りなかったことを後悔していた。ある日源氏の君は右衛門佐を呼んで空蟬の君に文を持って行くことを頼んだ。古い恋をまだ忘れずにいたのかと右衛門佐は驚いた。

この間あんな所で逢うとは、よくよく前世からの因縁の深い恋だと私は思った。あなたはそうは思わなかったのですか。しかし私ははかなかったのですよ。ある一人の男が妬《ねた》ましかった。

手紙はこんなのであった。

「あの方のお気の済むような返事をお上げなさい。あなたは女なんだから、烈しく恋をされて、それに動かされたということになったたって罪にはならない」

などと弟はいっていた。女も知らぬ顔は作りおおせなかったか、

恋というものをしている女は、時々死ぬほどの悲しい思いに逢うものとこの間

なども思いました。夢のように嬉しいとも思いながら。

という短い返事を書いた。恋しいこともつれなくされた恨めしいことも忘れない影を心に残させた女であったから、源氏の君はそれから後も時々手紙を送っていた。

そうしているうちに年が年の常陸介は病気になった。

「俺が死んだ後でお母さんを疎《おろそ》かにしてはいけないよ。俺だと思ってよくしなければいけない」

と口癖のように息子や娘にいっていた。

「あなたを守るために魂だけを残しておきたい。子だといったって頼みにはならないから」

と空蟬の君にいいながら常陸介は死んでしまった。その当座は父親がああいったかと思って親切を見せる継《まま》息子や継娘もあったが、次第に辛い思いを空蟬の君にさ

せることが多くなった。好色者の河内守だけは、

「私に何も気をお置きになることはありませんから、思っていらっしゃることがあったら何でもいって下さい」

などといって機嫌を取るのであったが、この人のあさましい心を知っている空蟬の君は、不運なわが身を弔いながら誰にもいわないでそっと尼になってしまった。河内守は腹を立てて、

「私を嫌って尼なんかになってどうするつもりだろう。私に世話をしてもらわないでどうして行けるものか」

とつぶやいていた。

絵合

前斎宮《さいぐう》の女王の女御におなりになることは事実になって来た。母がないのであるから細かい所まで気をつける者がないのであろうと思うから、二条院へおつれして来て万端の用意をおさせしようと源氏の君の思ったことは院の陛下への遠慮でやめにして、六条の家から直ちに宮中へお入りさせることにした。表面に現れずに済む程度で源氏の君は親に変わらない世話をしているのであった。院は非常に失望しておいでになるのであるが、未練らしく思われることを恥ずかしくお思いになって、そのことの決まってからは女王に文をお上げになることはなくなっていた。入内《じゅだい》の当日になって院の陛下は、着物、櫛《くし》の箱、薫物《たきもの》の箱などの目の覚めるような贈物を使いに持たせておよこしになった。源氏の君に見せて術なく思わそうというお心もあったらしい。ちょうど源氏の君の来ていた時であったから宮の女別当《にょべっとう》がそういって見せた。細かい美しい細工のした櫛の箱の中の挿し櫛を入れた小さい箱を結んだ紐《ひも》に、

都を君に思うなと
そのくろ髪に挿し櫛
さはれわれをば思うなと
挿しに似たり　そのかみの
斎《いつき》の君がつげの櫛

と書いた紙が結びつけてあった。これを見た源氏の君は熱い涙が湧《わ》いて来た。兄君の院の心がお可哀《かわい》そうで、これが自分のことであったならと思うのである。女王が伊勢《いせ》にいた間、六、七年も片思いをしておいでになって、その人が京へ帰って来て、恋がこれから円満に遂げられようとする時に、女王が御弟の陛下の妃におなりになるのであるから、どんなにはかなくお思いになるであろう。こんなことも大権を去ってしまったからであると、おひがみになるであろう。自分であったならきっとそう思って世の中を恨むであろうと、それからそれへと思うほど、いよいよ上皇がおいとしくてならない。何のために自分は余計なことを思いついて、優しい兄君を煩《はん》悶《もん》させるのかと思って溜息《ためいき》をついていた。女王は伊勢へ行く別れの式にお泣きにな

絵合

った若い美しい天皇のお姿をおなつかしく思って見た幼い記憶が呼び起こされて、人に見られないようにして泣いておいでになった。母君のこともそれといっしょに思い出されていっそう胸が苦しくおなりになるのである。

別るとてはるかにいいし一言もかえりてものは今ぞ悲しき

こんな歌を女王は院の陛下にお上げになった。院と女王とは他から見てもちょうどよい恋人同志と見えるのに、まだ十三でおありになる陛下に奉仕されることを許らった自分を女王の方からも恨んでおいでにはなるまいかと、ふとそんなことも源氏の君は思ったが、今日になって中止することの出来ることではないのであるからさりげなくしていた。大人の女御の来るのは恥ずかしいと陛下は思っておいでになったのであるが、小柄な若々しい、もの柔らかな、美しい王女御を御覧になってなつかしい人だとお思いになった。弘徽殿《こきでん》の女御を陛下は早くからの馴染《なじ》みの内輪の恋しい人と思っておいでになった。清涼殿《せいりようでん》へ夜の宿直《とのい》にお召しになるのは双方同じことにされたが、昼などおいでになるのは遊び友達のようにも思っておいでになる弘徽殿の女御の御殿への方が多かった。権中納言《ごんのちゆうなごん》は后《きさき》に立てる望みを持って娘を女御にしたのが、源氏の君が親のようになって、競争者を宮中へ入れたのを腹立たしく思っていた。院の陛下は女王の歌を御覧になってからはなおさらその人を忘れられなく思っておいでになる。源氏の君が院へ伺候した時、院はこんどの斎宮が伊勢へ下向《げこう》されたことなどから、その人を恋しいと思っていたなどとはおいいにならないが王女御が御自身の代の初めに伊勢へ行かれた時のことなどを忘れられない様子でお話しになった。失った恋の悲しみのお見えになるのを源氏の君は深くお気の毒に思うのであった。それほどに美しいと院のお身に泌《し》みて王女御のお顔は、どれほどの美しさなのか見たいものであると思うのであったが折がなかった。こんなに二人の女御が同じように陛下の寵幸《ちょうこう》を得ているのをお見になって、兵部卿《ひょうぶきょう》の宮は姫様を女御にお出しになることが出来ないように思って控えておいでになった。陛下は何よりも絵画に趣味を持っておいでになった。お好きであるからお描きになることも誠にお上手であった。王女御も絵をお描きになったから、これがお心にかなって以前に倍して御寵愛がある。お傍の男も絵のたしなみのある者をお好きになるほどなのであるから、綺麗な女御が絵筆を持って首を傾けて紙にむかっている美しさがお心に泌みて、またしてもお足は王女御の梅壺《うめつぼ》の御殿へ向くようになった。権中納言はそのことを聞いて、娘の女御の所へ諸名家に描かせた絵を持って行った。珍しくお思いになって、

「梅壺の女御にも見せてやりたいから、あちらへ持って行ってもいいか」

と陛下がおいいになると、

「持っておいであそばしてはいけません、つまらないものですから」

といって女御はそれをしまってしまう。こんなことが毎度あるのを源氏の君が聞いて、

「陛下をそんなにお悩ましするなどと、権中納言は怪《け》しからんことを女御にさせる。負けぎらいな人だ」

といって笑っていたが、

「私も古い絵などをいろいろ持っておりますから、差し上げます」

と梅壺においでになった陛下においいして、二条院の絵の戸棚を開けて紫の君といっしょに、どれがいいであろうと選《よ》るのであった。旅から持って帰って来た箱も開けて、須磨《すま》明石《あかし》の写生の画帖《がじよう》を出して、源氏の君は初めてこれを紫の君に見せた。

「何故今まで見せて下さらなかったのでしょう」

といって絵を見ながら、紫の君はその時代の悲しかったことを思い出して涙をこぼしていた。

「女院にだけはお目にかけたいと思っている」

こういって源氏の君はその中から、須磨と明石の心持ちのよく現れたのを一帖ずつ選っていたが、明石の君を恋しいと思う思いに胸をそそられるような気がしていた。源氏の君が陛下に絵を奉ると聞いて、権中納言は躍起となっていい絵を集めていた。三月の初めであるから日も長くはあるし、式日などもない暇な頃であるから、双方のを絵合にして勝敗を決める催しをするのも面白いことであろうと思って、それからは源氏の君もいっそう熱心にその方に骨を折っていた。絵巻物は、梅壺の王女御の方は古典的の文学から題を取ったものを描かせ、弘徽殿の女御の方では近代文学から材を選んだ絵を描かせてあった。花やかで心を引き付けるのはこの方が多いようである。相当な学識のある女官を左右に分けて、梅壺の方には平典侍《へいてんじ》、侍従の内侍《ないし》、少将の命婦《みょうぶ》が付き、弘徽殿の方には大弐の典侍、中将の命婦、兵衛《ひょうえ》の命婦が付いて批判をし合った。絵そのものよりも古典的文学の価値、近代的文学の価値を争うようなことになったが、女院は伊勢物語がいいという古典派の味方であった。若い女達が死ぬほど見たいと思っている陛下や王女御のお筆の絵はまだ席上に現れない。源氏の君はこの会をもういっそう大きくして批評を男にさせようと発議した。そう決めて勝敗は日を改めて定めることになった。そんなこともあろうかと思って、梅壺の方では勝れた絵をまだあまり出さなかったのである。その中へ須磨明石の絵も源氏の君は交ぜておかせた。権中納言も家へ画師をつれて来てまた新たに絵を秘密にして描かせていた。院の陛下もこんな催しがあるとお聞きになって、王女御に絵をお贈りになった。昔の朝廷の年中行事のいろいろを古名匠が描いて帝王が讃《さん》をされたものと、御自身の代にあったことを絵にされたものとであったが、斎宮の下向の時の大極殿の儀式は御一生のうちで一番深い印象を受けておいでになるのであるから、絵の描きよう配置をいちいち巨勢公茂《こせのきんもち》にお教えになってお描かせになったのである。左近中将《さこんのちゅうじょう》が使いになってこれを持って来た。大極殿に斎宮のお乗りになった輿のある神々しい所に、

心のみとこ新しく悲しみぬそのかみに似ぬわが身なれども

という歌が書いてあった。王女御は昔その日に挿した簪《かんざし》の端を少し折ってそれに、

なつかしさただこの今のここちしぬ思いしむには古《いにしえ》もなし

と書いて青い紙に包んでお上げになった。これを御覧になった院のお胸は苦しくなって、もう一度位に返ってみたいというような思いもおしになった。源氏の君を恨めしいともお思いになった。院のお描きになった絵は皇太后のお手から姪《めい》の弘徽殿

の女御の方へも沢山行った。尚侍もその方の趣味の深い人であるから、いろいろと集めて弘徽殿の女御に贈るのであった。批判の任に当たったのは陛下の兄君の大宰帥宮《だざいのそちのみや》である。多くの絵が双方から出された最後に、須磨明石の絵が出たので右方はあわてた。源氏の君のような上手な人が静かに描いておいた写生の絵は、見る人の心が遠くぼうっとなるようであって、終いには涙をさえ流させた。左が勝ちになって夜が明けて来た。

「あなたは学問は別として、一番お得意なのは琴をお弾きになること、それからは横笛、琵琶、十三絃の琴という順にお上手だとお崩《かく》れになった陛下がいっておいでになりましたが、絵などはこんなにお描きになるとも誰も知らなかったでしょう」と帥宮はおいいになって、源氏の君の顔を見て少しお酔い泣きをしておいでになった。須磨明石の絵は女院のお手許へ改めて源氏の君は差し上げた。このあとさきの帖が見たいと女院はいっておいでになる。この絵合に限らず源氏の君が強大な後援者になって、万事自分の娘を梅壺の女御に押さえさせようと思うのであろうと、負けた権中納言は口悔しく思うのであったが陛下が弘徽殿の女御をお思いになる御愛情の深いのを知っている心では、未来を楽観せぬでもなかった。源氏の君はこの頃仏堂を嵯峨《さが》に建てている。

松風

源氏の君は出来上がった東の院へ花散里《はなちるさと》の君を迎えた。それは西御殿一帯の座敷と、正殿へ行く廊下添いの細座敷などの広い間で家来の詰所や事務室などもある。源氏の君の正妻の一人としての体面を十分保たせた設備がしてある。東御殿は明石の君を迎えて住まわす所にしようと源氏の君は思っている。北御殿は特に広くこしらえさせていくつにも座敷廻りが仕切られてある。それは源氏の君の愛人であって、たとえ妻とはいわれないでも、いつまでもこの人を頼りにして行こうと思っているような人達を集めておこうという源氏の君の思惑であった。正殿はここへ来た時の源氏の君の居所になるのであろう。明石へは始終音信《たより》が絶えない。いつの手紙にも必ず出京が促してある。自身などとは身分の違った立派な女も源氏の君の深い愛を得ることが出来ず、また捨ててしまわれもしない位置に立って、少なからぬ苦労をしていることを聞いている明石の君は、その中へ源氏の君の愛をどれほど贏《か》ち得る自信もない自分が出て行くのはこの上もない無謀なことであろうとも思って一方で

は上京を断念しているのであるが、生んだ子が田舎で育ったために源氏の君の子の中にも入れられないようなことになるのも忍ばれないことであると思うと、そうもならない気がして悶《もだ》えてばかりいた。親達も娘の思っていることがもっともであるといって歎いているのを見ると、いっそう女はたまらなく心を苦しめた。母方の曾《そう》祖父《そふ》に当たる中務卿《なかつかさきょう》の宮の別荘が嵯峨の大井川の傍にあって、まだ誰の手にも渡っていない。宮家の相続人も皆死に絶えた今は当然それは明石の入道の妻の所有になっているのであるが、裕福なこの家ではそれをどうしようとも思わないで今まで捨ててあった。思い出して以前から別荘守のようになって住んでいる男を入道の妻は明石へ呼んだ。

「もう私達は京へ帰らないつもりでいたのですが、娘を京の方と縁を組ませなどしたものだから、ぜひあちらに家を一つ持たなければならないことになったのです。そうかといって急に都会の真ん中へ行くのも厭なものですから、嵯峨の方へひとまず落ち着こうと思うのですが、あなたの住んでいるのに必要な所だけは貸しておいてもいいのだから座敷の方を急に繕わせてもらえないでしょうか」

「お持ち主が分からないようなことになって座敷なんかはずいぶんひどくなっているものですから、下廻りの者のいる所だけを私の方の手で修繕してやっと住んでいますが、この春頃から源氏の内大臣が寺を近くへ建てておいでになって、そのほかにも寺だの別荘などがいっぱい出来て嵯峨へ人が沢山来るようになりましたから、閑静なお住居《すまい》をなされたいという御注文にはどうですか」

とその男はいう。

「源氏の内大臣とは縁続きになっているのですから、そのお寺へ近いのはちょうど都合がいいのです。家の中のことなどは移ってから追い追いよくして行ってもいいのですが、座敷の建て替えだの繕いだのに至急に取り掛かるように計らって下さい」

「私のものになった家というのではないのですが、俺が持ち主だといって修繕する金を出す人もないものですから、そんなことで私がちょっと大工を入れたりして住んでいるのですが、あの家に付いた田地というものがありますが、それはあなたの叔父《おじ》さんの民部大輔《みんぶのたゆう》さんに相当なお礼をお上げして私が頂いたのです」

と欲の深そうな目を見張っていう。

「田地なんかは私の方ではいらないのです。今まで通り家の見廻りなどして、あなたのいた所にそのまま住んでいてもらいましょう。家の証書なんかは私の方にあるのですがそこの世話をしている暇がなかったのです。あなたに上げる給料なんかも長く払う人がなかったでしょうが、精算して私の方から上げることにしましょう」

と入道の妻はいった。自身が横領すれば出来るのだがとその男は思いながら、その家と源氏の君とが関係のあるらしい言葉に少なからず怖じけもついて入道から十分の金を引き出してそれから普請にかかった。こんな用意があるとも知らない源氏の君は明石《あかし》の君が京へ行こうといわないのを少し怒っていたが、大井の家が出来上がってから、こんな所がありましたから、そこへ行くつもりでおりますといって来た手紙を見て賢い仕方だと感心していた。源氏の君の内緒事には何に限らず昔から与《あずか》っている惟光《これみつ》は、また源氏の君の意を受けて不都合がないか大井の家を見に行った。

「大変景色のいい所で、川の傍にありますので、明石のお家から海を見ていた時と同じような気が致しました」

と惟光は帰って来ていっていた。源氏の君の造らせた寺は大覚寺《だいかくじ》の南の方であって、滝の傍の座敷などは大覚寺のそれよりも趣があった。明石の君の家は松の木の沢山ある中に建ってある。室内の装飾などは源氏の君の方からさせた。そして迎えの者を誰にも知られないようにして明石へやった。住みなれた所を捨てて行くということが苦痛であるのに、その上父の入道を一人残しておくのであるから明石の君は悲しがっている。源氏の君に迎えられて京へ上るということは昔から入道が寝ても覚めても願っていたことがかなったことなのであるから嬉《うれ》しくはあるが、娘が傍にいなくなること、孫の世話が出来ぬことなどが悲しくて、

「小さい姫《ひい》さんを見ないで私が生きていられるだろうかね」

と同じことを毎日いっていた。母親も可哀そうである。良人が出家してからは一つの所にいるのでもないから、こんどはむろん娘に従《つ》いて京へ行くのであるが、入道の頑固な気質には困っていながらも、生まれた京を出てこの明石で二人は死ぬ因縁だと周囲の寂しい中で慰め合っていた人なのであるからにわかに別れるのが心細くて泣いている。秋であるからいっそう誰の心もしめっぽい。いよいよ立つという日の夜明けに明石の君はなつかしい海を眺めて涙をこぼしていた。入道は後夜《ごや》から仏前で泣きながら看経《かんきん》をしていた。孫の傍へ来て、

「俺のような年寄の坊主を祖父《おじい》だと思ってまつわしてくれる可愛《かわい》いこの孫に別れて、俺はこの先どうして暮らして行こうと思っているのだろう」

といって、こぼれて来る涙を努めて隠そうと入道はしていた。

「京といったって一人帰るのですから私の心はどんなに寂しいでしょう」

といって妻の泣くのを入道はもっともだと思っている。京を出た時のうら若い昔を思って尼姿を憐《あわ》れむように入道はじっと見ていた。

「送っただけでもお父様が来て下すったら、ねえ、お母様」

と明石の君がいうと、

「そんなことはよくない」

と入道は打ち消していたが、途中のことが気にかからないでもないらしい。

「私は播磨守をやめた時、京へ帰ろうとも思ったが、それきり発展することも出来ないで、地方官の古手だと後ろ指を指されているようなことでは親の名にも係わることではないかと気がついて出家してここに永住することに決めたのだ。それだものだから私が前に京を暇乞《いとまご》いして出たのは浮世と別れる長い暇乞いだったのだなどと知人も皆いっていたそうだが、功名心などというものは自分ながらも思い切りよく捨てたものだと思うほどだったのが、あなたが少し大きくなってくるにしたがって親の偏狭な心から暗闇《くらやみ》に玉を置いておくような無惨な運命をつくったと、始終私はわが身を責めて、あらゆる神や仏にあなたの幸いを祈っていた。そうしているうちに思いがけなく源氏の君とあなたの縁が結ばれたので、嬉しいことだと思っていても身分の釣り合わないためにいうにいえない気苦労をばかりしていた。しかし可愛い姫さんまでも出来たのだから、あなたの幸運の道はもう安全に開けたものだと思うから別れにくい別れをあなたとする。あなたは私のことなどはいっさい忘れるようにしてお暮らしなさい。私の方からも何もいってあげない。私が死んだと聞いてもあまり歎かないでいて下さい」

と入道は娘に決然としたことをいいながら、また、

「そうはいっても私は死ぬ日まで未練らしく姫さんのことを仏様にお願いしてばかりいるのだろう」

といっていた。船は八時頃にこの浦を出た。順風で予定通りの時間で京へ着いたが、目立たぬようにそっと大井の家へ入った。家の造りも明石の君の気に入った。明石の浦にいるのと何となくよく似たここの住居であるから所を変えたようにも思わない。新しく建て加えた座敷なども趣がある。庭へ引いてある水の流れなども面白い。源氏の君は親しい家来を出張らせて新来の人に饗応《きょうおう》をさせた。そこへ行く口実に困ってどうしようかこうしようかと紫の君へ気がねして思っているうちに日が経って行く。すぐにも逢えることと思った恋人がこうなのであるから女はかえって物思いが加わったような形で、なつかしい故郷をばかり思っていた。源氏の君のかたみの琴を奥の座敷へ入って弾いたりなどしていた。

かなしくも一人帰れる山里に聞きしに似たる松の風吹く

これは尼様の詠んだ歌である。源氏の君はあまりの逢いたさに、このためにどんなことが起ころうともいいという気になって、いよいよ大井へ行こうとした。

「桂《かつら》村に建てさせた別荘へ私が行って指図してやらなければならぬこともあるし、私が訪ねてやる約束をした人もその傍にいるからそこへ行ったり、また嵯峨《さが》の寺の方へも廻ったりするから二、三日帰りません」

と源氏の君は紫の君にいった。くわしいことは知らないが桂の院という所をこしらえてそこへ明石の君を呼び寄せて住まわせてあるのであろうと紫の君は妬《ねた》ましく思った。

「帰ることとなんかお忘れになって長く行っておいでになるのでしょうから、どんなに待ち遠しく私は思うでしょう」

「またそんなことをあなたはいう。あなたといっしょになってから私という者がまるで変わってしまったと世間ではいってますよ。私ほど忠実な良人はありはしないのに、ちょっとしたことをたいそうなことのように恨んだりしますね」

こんなことをいって紫の君の機嫌を取っているうちにだいぶ遅くなって、大井の家へ源氏の君の着いたのは夕方であった。小さい姫さんを見て、こんな人を今まで見ないでいたかと思って源氏の君は涙をこぼしていた。葵《あおい》の君の生んだ若君を美しいといって世間で賞めはやしているのは関白の孫という特別なことが光になるからでもあろう、これは自分の目で見てももう一人とない美しい子だと源氏の君は思って可愛がった。旅住居にやつれていた時ですらも見たこともない秀麗な男だと女は思ったのであるから、花やかな姿をした今の源氏の君の輝くような顔を見ては、長い間の心の暗い影も一時に消えてしまうようであった。立って行く頃は容貌《ようぼう》などの衰えていた乳母《めのと》も綺麗《きれい》な若い女にまたなって馴れ馴れしく明石の話などをする。

「よく辛抱をしていたね」

と源氏の君は喜ばしそうに乳母にいっていた。

「ここはあまり遠すぎるからね、来ようと思ってもついたいそうになって来られなくなるから、あなたのためにこしらえておいた東の院の方へ来てはどうです」

と源氏の君がいうと、

「ここにいて少し京の勝手に馴れてから参りましょう」

と明石の君はいっていた。翌日は桂の院へ源氏の君が来ると聞いて近辺の領地の者などが出て来て、そこからまたここへ来た。源氏の君はそんな者などにいいつけて庭などをよく繕わせなどしていた。

「少し手をさえ入れたならどんなにでもよくなる庭だけれど、そんなにしてはここからほかへ移って行くのが厭になって、後まで気が残るから。私もそんなのだった、明石《あかし》は」

などと昔のことも源氏の君は語った。東の廊下の下を潜って出る流れのあんばいをよくさせるといって下男に指図していた縁側に閼伽桶《あかおけ》などの置いてあるのを見て、

「おかあさんはここの座敷においでなんですか。気がつかないで失礼な風をしていました」

といって早速源氏の君は上へ直衣《のうし》などを着た。

「あなた方のお陰《かげ》で子供が大きくなりました。それに私がお願いしたのでお住み心地のいい所を捨ててこちらへお越し下すったことも済まないと思っています。お父さんはお父さんでお寂しく暮らしておいでなんでしょう。お詫《わ》びしなければならないことばかりです」

「私どもの苦労は先から先からあなた様がお察し下さるので喜んでおります」

といった尼様は嬉しそうであった。

「お姫さんもどうなりますことかとお案じしておりましたが、もうお父様のお手に帰ったようなものですから安心でございます。ただお生みした母が人様並みの身分でございませんことが御運の障りにならないかとそんなことを思っております」

とまたいった。物腰の上品な人である。源氏の君も打ち解けて昔この家にいられた親王のことなどを話し合った。それから源氏の君は寺の方へちょっと行って、またここへ帰って来た頃にはいい月夜になっていた。月を眺めて昔のことが悲しく胸の中を往来する時、女は黙ってかたみの琴を源氏の君の前に置いた。

「同じ音がするでしょう。ねえ、少しも変わらないでしょう。それでもあなたは疑ったでしょう」

と琴を弾いた後で源氏の君はいった。

「変わらないというお約束をほんとうだと思っていればこそ来たのですわ」

こういっている女の様子がふさわしく源氏の君に見えるのは、この人の器量の徳とでも言わねばなるまい。源氏の君は姫さんをいつまで見ても見飽かないように眺めてばかりいた。日陰者《ひかげもの》で大きくなるのが不愍《ふびん》でならない。二条院へつれて行って紫の君の子にして育てたなら、それだけでも世間の思惑が違うかも知れない、そうしたいものだと思うのであったが、引き離すなどということがいい出せるものでないとも思った。姫さんは初めは恥ずかしがっていたが、今日はもう馴れて物をいったり笑ってみせたりする。抱かれてもじっとしている。そのまた翌朝は少し朝寝してここから直ぐ立って帰るはずであったが、京から桂の院へ源氏の君の後を追って大勢客が来ていて源氏の君はぜひその方へ行かねばならなくなった。迎えのためにこの家へ来た人などもある。源氏の君は少し面目ないようにも思った。出て行こうとすると乳母が姫さんを抱いて来た。源氏の君は子の髪を撫《な》でながら、

「遠いからお父様は始終見られないね」

といっていると、

「とてもお目にかかれませんでした時よりも、こちらへ参ってお逢いが出来ませんようではかえって気苦労は多うございましょう」

と乳母は女主人のことをそれとなくいった。

「奥様はなぜここまで出て来ないのだ。別れを惜しんででもくれないと私は人心地もつかない」

こう源氏の君がいったのを、乳母は笑いながら明石の君にいいに行った。勧められて見送りに来た女の品のある美しさは何々内親王といってもいいように見えた。源氏の君の立った後へ太刀を貰《もら》いに来たのは明石へ来ていた前の右近将監《うこんのじょう》である。明石の君がここにいるらしいのを見て、縁側へ手をついて、

「以前御厄介になりました右近将監でございます。こちらへおいでになりましたことは承知しておりましたが、折がございませんでお伺いもいたしませんでした」

といった。

「知った方のあまりない所へ来たのですから前のお馴染《なじ》みの方は頼もしく思います」

「また改めて」

といって立った。心の中では、女はどこまで出世するか知れないものだなどと思っていた。

「皆今朝暗いうちに京を出て参ったのです。草花はちょうど見頃ですが嵐山《あらしやま》の紅葉は少し早いようですな」

「連中の中で鷹狩りを始めた者もあります」

といっしょに車に乗った人達が源氏の君にいっていた。

「一日ゆっくり遊んで行き給え」

その人達にこういって源氏の君はにわかに桂の院で饗応の支度などを家来にさせた。狩好きの若い人達はいい訳ほどの小鳥を萩の枝などに付けて帰って来た。昼の間は詩を作りなどしていたが、夜になってからは多勢で管絃の合奏などをして遊んだ。だいぶ更けてからまた四、五人の若い官吏が来た。源氏の君が桂に行っていることを今夜お聞きになった陛下の、

秋の夜の桂の里をながめつつ心足るべしもち月のごと

羨《うらや》ましともお書きになったお文を持って来たのである。勅使に出す贈物などが用意してなかったので、そんなものがあったらといって大井の家へ取りにやると、あちらからはこの中にお間に合うものがあったらといっていっぱい詰めた衣櫃《ころもびつ》を二掛《かけ》もよこした。

久方《ひさかた》の光に近き名のみして朝夕霧もはれぬ山里

源氏の君のお返しの歌はこんなのである。そのうちここへ行幸を仰ごうと源氏の君は思っていた。翌朝桂の院を立って行く一行の賑やかな笑い声などが風に交って聞こえるのを明石の君は寂しい心持ちで聞いていた。二条院へ帰った源氏の君は別荘のことや寺のことばかりをいろいろと紫の君に話した。

「二日で帰ろうと思ったのが三日にもなったのであなたに済まないとばかり思っていた。大勢そんな人達が来て酒を飲んだり大騒ぎをするものだからよく寝ることも出来なかった」

といって、源氏の君は紫の君の機嫌の悪いのに気がつかないようなふりをして昼寝をしていた。

「あなたはまだ怒っているの、あなたの競争者でも何でもないつまらない女ではありませんか。自分はえらい者だとずっと心を高くお持ちなさいよ」

またこんなことも源氏の君はいっていた。夕方になって参内する前に源氏の君が隠れるようにして手紙を書いて、家来に耳打ちして持たせてやったのを見て、

「気の多い方」

「よっぽどお気に入った方と見えますね」

などと女達はいって憎がっていた。その晩は宮中でお泊まりする方がいいのであるが紫の君の機嫌の直ってなかったのが気になって帰って来た。そこへ使いが明石の君の返事を持って来たので、隠すことも出来ずに紫の君の傍で源氏の君はその文を読んだ。別段見ても腹の立つようなこともないので、

「破ってしまって下さい。女の手紙なんかをそこらへ散らしておくのはもう似合わない年になった」

といってそこへ置いた。心の中では恋しくて恋しくて堪らなく思っている。物もいわないで脇息《きようそく》にもたれたままじっと灯を見ていた。風で広がる文を見ようとも紫の君のしないのを、

「見ないようにして見ているのは人が悪い」

こういって源氏の君は笑ってみせた。そして傍へ寄って、

「ほんとうはね、可愛らしい者を見て来たので、どうしようかと思っているんです。あなたもいっしょに考えて下さい。育ててやる気はありませんか。四つになっているのです。憎いと思わないのならそうなさると一番いいが」

といった。

「人のことを憎むだろうと直ぐあなたはおっしゃるから、私は黙っているのです。私は子供のような人ですから小さい人の相手にはなれるでしょう。ほんとうに可愛くなっていらっしゃるのでしょうね」

紫の君はにこやかな顔をしていった。大の子供好きであるから、ここへそうして引き取ろうかなどと源氏の君は思うのであったが、また明石の君の心持ちも察せられて、そう決めてしまうことも出来なかった。毎月十四と五の日には嵯峨《さが》の寺で念仏があるので、それをかこつけに大井の家へ行くのであるがいつも待ち遠しくてならない。

薄雲

冬になるにしたがって河に近い大井の住居は堪えられないほど寂しくなって来た。立木や建築物にひどく当たる風を聞いて心が始終落ち着かない。

「これでは住んでいられないだろうから、思い切って東の院へ移って来たらいいでしょう」

と源氏の君はいうのであったが、近い所へ行って月に一度二度より訪《と》われぬようなことであったなら、今よりもいっそうみじめなものであろうというような気のする明石《あかし》の君は、

「もう少し辛抱してここにいます」

といっていた。

「あなたが当分ここを動かないというのなら、姫さんだけを二条院へつれて行ったらどうだろう。袴着《はかまぎ》の祝いなんかも京の中で立派にしてやりたいと思うから。それに家のも姫さんのことを聞いているものだから、見たい見たいとばかりいっている

のです。うちのに馴《な》れさせて彼の子にさせてやってもいいだろうと思うのだが」

源氏の君がこういった時、女ははっと胸を騒がせた。源氏の君にその考えのあることは以前から察せられていたのであるが、いよいよいい出されてみると、同情の少ない冷たい心が恨めしい。

「立派なお母様に育てておもらいいましても、ほんとうは誰が生んだのだなどとかえって悪くいわれましょうから」

放そうとは明石の君はいわない。

「継母に掛けるのはどうだろうというような心配は決してしないでもいいのだ。長く添っているのだけれど、一人も子供が生まれないのだからね、寂しがって前斎宮《さいぐう》などという大きい人を子にして、世話などしているくらいだからね。この可愛らしい子を決して疎かにしたりする気づかいはない」

といって源氏の君はそれからいろいろと紫の君のいい性質を話しなどした。昔の源氏の君は誰が妻になって修《おさ》まるのであろうと危ぶまれた人であったのが、紫の君といっしょになってからは生まれ変わったような堅い人になったと聞いたが、やっぱりその人にえらい所があるに違いない。源氏の君がこんなに自身の口からいうのでも知れている。そんな人と愛を争うことも出来る自分ではないのに、表向きの妻の

一人だといってその近傍へ行って憎い女だと思われてもつまらない。自分はどんな目にあってもいいとして、子供までが勢力のある継母に憎まれるようなことになっては、行く末が可哀そうである。そんなことを思うといっそ今のうちにその方へやってしまった方がいいかも知れぬと明石の君は思った。それといっしょに始終気にかかるであろう、寂しい時の慰めものがなくなったらどうであろう、源氏の君がたまにでも出て来るのは子が可愛いからでもあろうからいなくなっては見向かれもしないようになるであろうかなどとも思って、それからは毎日くよくよと考え込んでばかりいた。尼様は賢い女であるから、

「見ることが出来なくおなりなのは、私達には苦しいことだろうけれど、まあ何を考えねばならないかというと、姫さんのためということを考えなければならないのだからね。お父様だってちょっとした根底でそんなことをおっしゃるのじゃないと思う。人というものは母親次第なのだからね。源氏の君のようなあんなえらい方で、お父様の御愛子でいらっしったのでも、更衣腹《こういばら》だというので天皇様にもおなりになれなかったのだからね。まあそのほかの親王様のお子、大臣のお子といっても、兄弟の中で母親の悪いお子は軽蔑《けいべつ》されるのだからね。世間がそうだと父親の心もやっぱりそうなるからね。ことに源氏の君は幾人も立派な御身分の奥様がおありになる

のだから、そのうちにどなたかに女のお子が生まれてごらん、このままだと姫さんはみじめなものになりますよ。袴着の式なんかもいくら立派にしてもこんな片田舎では見てくれる人も何もありはしない。それよりも二条院の奥さんの子にしてもらって、大切にされている話などを聞くのを楽しみにしている方がいいだろう」

と娘を諭すのである。占いをさせても二条院へ行く方がいいというので明石の君は当惑していた。源氏の君もむろんそうしたいと思うのであるが、女の心中が思いやられないこともないからしいて勧めない。袴着の式はどうするかと聞いてやった返事に、

何ごともかいなき母のかげにあることの行く末かけていとおしく候えば、かねて仰せ給いしように御はからい給わり候ことを祈り候。ひなびしさまの子のきらやかなる御所にまじり候わんことにただ心おかれ申し候。

といって来た。この心をしおらしく源氏の君は思った。いい日などを暦で選《よ》って来た時の用意などを二条院ではさせていた。辛いことと悲しいことと思うが、子のためと思って明石の君は忍んでいた。友達のようにしてもらっていた乳母はこの人と別

れて知らぬ人の中へ行くのを歎いていた。十二月になって雪や霰《あられ》が毎日のように降る。沢山に積もった庭の雪景色を見ながらこぼれる涙を拭《ふ》いて、

「ほんとうに手紙を始終ちょうだいよ。いつまで経っても変わらないようにね」

と明石の君がいうと、

「はい」

といって乳母も泣いていた。この雪が少し解けた時分に源氏の君が来た。いつもは待ってばかりいる人なのであるが、姫さんを迎えに来たのかと思うと明石の君は味気ない胸騒ぎがした。自分の心次第なのであるから、厭といえばしいてとも源氏の君のいわないのも知っているが、そんなことをいって気の決まらない女だと思われるのが恥ずかしいと思い返していた。この春から伸ばす髪が肩の辺でゆらゆらと動いて、美しい目をしたこの子を他人の子にしてしまう母親の心の苦しさを思いやって、一晩中いろいろと源氏の君は慰めるのであった。

「私は満足しているのですよ」

といいながら忍び切れずに泣くのが源氏の君には不愍《ふびん》でならなかった。お父様に連れて行ってもらうのだといって、姫さんは大喜びで、

「車に早く乗りましょうよ」

などといっている。車の所まで母親が抱いて出た。

「母様も早くお乗りなさい」

といって姫さんは袖《そで》を引く。

「いつ母さんはまたあなたを見られるだろう」

といって明石の君はわっと泣いた。苦い経験を嘗《な》めると源氏の君は思った。乳母と少将という女が随《つ》いて行った。姫さんは途中で寝てしまった。抱き下ろされても泣きなどはしなかった。小さい手道具などを置いて用意してある西座敷で菓子などを食べているうちに姫さんは母親のいないのが気になりだした。そこらを見廻して終いには恐いものに逢ったような目をして隅の方でじっとしていた。源氏の君は紫の君と思い合った夫婦の中へこんな可愛らしい子もつれて来て、円満な家庭がいよいよ幸福の多いものになったようにも思うのであるが、なぜほんとうにこの人の腹から生まれて来なかったのかと折々は思ってもかいのないことを思うこともあった。当分の間は母とか祖母とかいない人を恋しがって泣くこともあったが、心の穏やかな子であるから案外早く紫の君に馴染《なじ》んだ。紫の君は美しい宝物を手に入れたように思って抱いたり遊んでやったりして嬉しがっている。もう一人乳母も雇い入れた。大井の方では明け暮れ恋しいにつけても、断ることの出来なかった自分の気の弱さを後悔もしていた。尼さまもよく泣いているが姫さんが紫の君に可愛がられていることなどを聞いては喜ばずにはいられなかった。十分にして育てられている姫さんにその上、着物などをこしらえて送るのは失礼だと思って乳母や少将の着物だけを何かと気をつけて送っていた。子がそこにいなくなったから来ないと思われるのが辛さに、忙しい中でも努めて源氏の君は大井を訪ねた。紫の君は今はもうそれほど妬《ねた》ましがりもしない。美しい子に免じたとでもいうのであろう。東の院の花散里《はなちるさと》の君は、自身のことはいうまでもなく女達や童《わらわ》の姿などもいつもきちんとさせて品よく暮らしている。近い徳には暇のある時などはよく源氏の君が来ていた。泊まって行くなどということはほとんどない。自身はこれだけの運の女だと諦《あきら》めて妬んだり恨んだりすることのない人であるから、源氏の君もこの人のために心をつかったりすることのないのを喜んでいた。そして紫の君にあまり落とさない待遇をするから、下の者も侮るようなことはしない。同じように源氏の君の家来達も出入りしている。源氏の君は正月で何かと事の多かった日が少し経ってから、また明石の君に逢いに行こうとした。ことに美しい着物を着重ねて、薫物を袖に薫き籠《こ》めたりして出て行くのを紫の君はじっと見ていた。後を追う姫さんに、

「父様は明日直ぐ帰って来ますからね」

などと源氏の君はいっていた。紫の君は気を変えて、姫さんを呼んで膝《ひざ》の上へ置いて、

「母様のお乳を上げましょうね」

こんなことをいって戯れていた。ほんとうのお母さんはどんなに思っているだろう、自分であったなら恋しくて恋しくてならないだろうなどとも思うのであった。明石の入道もこれから後のことはいっさい知らないというようなこともいったが、そうもならぬか始終人をやって京のたよりを聞いた。一月も源氏の君が見えないと聞いて胆を冷やすこともある。また話を聞いて飛び立つように嬉《うれ》しく思うこともあった。源氏の君の舅《しゅうと》だった関白が死んだ。六十七であった。誰も誰も惜しがって悲しんでいた。今年はこのほかにも死ぬ人が続々あった。彗星《すいせい》が出るなどともいう。女院が春の初めから御病気に罹《かか》っておられたが三月になってどっと重くおなりになったから陛下が三条の宮へ行幸になった。父帝にお別れになった頃はまだ御幼年であったから、それほど悲しいともお思いにならなかったのであるが、母女院に万一のことがあったらと陛下の非常に心配しておられる御様子が誰にも見えるので女院はお可哀そうにお思いになった。

「今年は私の年が悪い年に当たっているのですから、早くからその用心をして祈禱《きとう》

などをさせたらよかったのですけれど、私がそんなことをすると大騒ぎになるものですから捨てておいたのですよ。参内して昔の話などをゆるりと申し上げたいと思っていながらついよくない続きなものでしたから」

と切なそうな息をおしになりながら女院がいわれた。お年は今年三十七におなりになる。けれどその年よりもずっとお若々しいお姿であるのに、もう頼みのないもののように命を思っておられるのが陛下にはお悲しい。この頃は方々で祈禱をさせておいでになるのであるが、悪いお年だと思いながら御病気をいつもあることのように思って早くからその運びをしなかったと陛下は残念にお思いになった。陛下のお身であらせられるから、ゆるりとお枕元《まくらもと》においでになることも出来ないで、直ぐお帰りになるのであったが、お心の中は傷ましい思いで満たされておいでになった。女院は御自身のことを始終満足しておいでにならなかったが、后腹の皇女に生まれて后に立って、陛下の御母になったのであるから自分のような者こそ、人からいうと最上の幸福な人かも知れぬなどとお思いになるようになったが、源氏の君の子であらせられるということを陛下が夢にもお知りにならないのを、そのままにして死ぬということだけが心の結ぼれが残るように思っておいでになった。祈禱などにある限りの手を尽くしている源氏の君の心の悲しさ苦しさはまた一通りのものではない。今一度初恋の昔からいい尽くされなかったことをしみじみと話したいと思っていたが、もう望みのないことになったとも思う。女達に御容体を聞くと、

「お弱い身体で仏様のお勤めを少しもお休みにならずに続けておいであそばしたものですから、だんだんお悪くなってまいって、この頃では果物さえも召し上がりません」

といって、話している者は涙をそっと拭いた。

「陛下のおためになるようにとばかりしていて下さいました何かの御恩返しをしたいと思っていましたが、そんなことも出来ずじまいになってしまいました」

と源氏の君にいえと取り次ぎの者に女院が教えておいでになるのが少しずつ聞こえてくるので、源氏の君は御返事も何も出来ないで泣いてしまった。間もなく女院は灯の消えるような静かな往生をされた。百官が皆喪服を着た悲しい春である。二条院の庭の桜を見ても源氏の君は女院の御全盛時代にあった花の宴のことなどが思い出される。人に見られるのを憚《はばか》って、一日持仏堂を出ないで泣いていることもあった。花やかな夕日が射して、木の枝などがはっきり絵に描いたように見える上に、灰色の雲が漂っているのが、哀れな心によく合っているように思って眺めていた。

いにしえを恋うる心につくるなく湧く思いにも似たる雲かな

源氏の君はこんな歌を口誦《くちずさ》んだ。女院の母后の時代からの祈禱僧であって、社会からも尊敬を受けている人があった。七十ほどの老年であるからもう山の寺に籠って出ないといっていたのが女院が崩御《なく》なったので京へ出て来た。陛下も信仰しておられる人であるから宮中へもお召しになった。そして昔のように陛下の御守護僧になれとの仰せがあった。源氏の君も勧めるのでその人は老体を毎夜宮中へ運んでいた。ある日の暁、御前にはほかの人もいない静かな時である。老僧は陛下にいろいろなことをお話し申し上げていたが、

「誠に申し上げにくいことでかえって陛下が私をお憎みになるような結果を見るかも知れないことでございますが、知っていてお耳に入れないで死にましては仏様も私を腹黒な者だと思し召すかと思うことが一つございまして」

とこんなことをいい出したが、後の言葉が久しく出ない。

「何なのだ。私は小さい時からおまえを心安い者だと思っているのに、そんな隔てがましいことをいわれると嬉しくない。いってごらん」

「しかし一大事なことでございます。お崩《かく》れになった陛下、女院また源氏の大臣の

ためにかえってよろしくないこととも存じますが、思い切って申し上げます。陛下が女院のお腹にお宿りあそばした時から、女院には深い御心痛がお出来になったようで、しきりに御祈禱をおさせになったことがございます。源氏の大臣が冤罪《えんざい》で御処罰をお受けになった時も非常にまたお恐がりあそばして、その時も私に祈禱を仰せ付けになりました。そのことを大臣がお聞きになっていっそう烈しく祈禱をおさせになりまして、陛下がお位におつきになりますまで祈禱をおやめさせにならなかったような事実もございます」

といって、それから老僧は女院と源氏の君との関係について、知っただけのことを陛下に申し上げた。陛下はあまりに意外なことをお聞きになって恐ろしくも悲しくもさまざまにお心をお乱しになった。お返事もあそばさないのを見て、御不興なのかと老僧は恐れて退出しようとすると、

「まあ暫《しばら》く」

と陛下はおいいになった。

「よくいってくれた。今までいってくれなかったのが恨めしいほどだ。おまえに聞くがまだほかにこのことを知った人があるか」

「それは王命婦《おうみょうぶ》と私のほかには指の先ほども知った者はございません。それほど秘

密だったことでございますから、いっそう私が陛下に申し上げる責任があるようにも存じたのでございます。尊貴な方が続いてお崩《かく》れになったり、彗星が出たりいたしますのもこのためではございませんでしょうか。御幼年であらせられた頃はそれでも済んだのでございましょうが、陛下がお一人前にならせられたのに父君を父君とも御存じにならないでおいでになるということが、神のお怒りに触れているかも知れぬと私は存じます」

泣きながらこんなことを申し上げている間に夜がすっかり明けたので老僧は退出して行った。思えば思うほどこのことを夢のように陛下はお思いになるのであった。故上皇のためにも済まないことであるとお思いになり、また源氏の君を父でありながら臣として仕えさせておいたのが済まないともさまざまな御煩悶《ごはんもん》をされた。それから寝所へお入りになったままその日は昼になってもお出ましにならないということを聞いて、源氏の君は玉体にお障りがあるのではあるまいかと驚いて参内した。陛下は源氏の君のお顔を御覧になって涙をおこぼしになった。源氏の君はまた女院のことを思い出しておいでになるのであろうと取っていた。この日は桃園の式部卿《しきぶきょう》の宮がお薨れになったと奏聞された。老僧のいった神の怒りということをつくづくと陛下はお考えになっている。世間の物騒がしい折であるから源氏の君は幾日も自邸へ帰らずに宮中にとどまっていた。

「位を譲って私は気楽な身になりたいとも思う」

こんなことを陛下がおいいになることもあった。そんな時には源氏の君は極力お諫《いさ》めをした。陛下も源氏の君も黒い同じような喪服を着ていられるためにいっそうよくお似になって見える。同じお顔を二つ置いたようでもある。陛下は今までも鏡を御覧になっては源氏の君によく似た顔であるとお思いになることもあったが、老僧の話をお聞きになって以後はそう思って御覧になるせいか、御自身と寸分の違いもないなどとお思いになって源氏の君を見ていられるのであった。老僧に聞いたことをいってみたいとお思いになるのであるが、若い陛下はお恥ずかしくて口へお出しになることが出来なかった。何によらず丁重に物をおいいになる御様子などが以前とは違うので、心の敏《さと》い源氏の君は怪しい現象であると思ったが、そんなにくわしいことまでも陛下がお聞きになったとは想像しなかった。陛下は王命婦にもなおくわしく聞きたいとお思いになったが、女院があくまでも隠しておいでになったことを、知ったとはあの人にも思われまいとお思いになって、そのことは思いとどまっておいでになった。ただ源氏の君にだけはどうかして話したいと思っておいでになる。こんなことが外国の例にあるかと聞いてみたくもお思いになったが、それもいいにくいので、お一人であらゆる書物に目を通すことに努めておいでになった。皇子であって人臣に列して、後に親王になって即位されるようなこともあるのをお知りになった陛下はそうして源氏の君を位につかせようかなどともお思いになった。秋季の官吏の交代期に太政大臣に源氏の君を任命しようと思うという御内意をお伝えになったついでに、陛下はそうして後には位も譲りたく思うというようなことをお漏らしになった。意外なことに源氏の君は暫くはお返事の言葉も出ないほどであったが、

「お崩《かく》れになりました陛下が、大勢の皇子の中で特に私を愛しておいでになりながら思し召しがあって位はお譲りにならなかったのでございますから私は故陛下のお心通りにこうしているのが本意でございます。そのうち少し年をとりましたなら昔からの望み通りに出家したいと存じております」

とやっと申し上げた。陛下はお心がよく源氏の君に通らないのを残念にお思いになった。太政大臣も辞退したので、陛下は位階だけを従一位《じゆいちい》にお進めになった。親王になれとおいいになるが、そうなれば関白をする人がない。権中納言は大納言になって右大将を兼ねているが、この人が大臣になる時が来たなら関白を譲って、親王になることをお受けしてもいいと源氏の君は思っていた。しかし陛下がこんなに立

ち入っていろいろのことで自分のために心を遣われるのは理由がなくてはならないと思って、今は女官の中での隠居役のような閑散な職にいる王命婦を訪ねた。

「昔のことを女院のお口から少しでも陛下にお話しになったようなことがあるでしょうか」

「女院様がお話しになったというようなことは思いもよらぬことでございます。陛下のお心に苦労の種をお蒔《ま》きになるようなことは断じてあそばさないでございましょう」

といって王命婦は首を振っていた。それもそうであると思って源氏の君は帰って来た。梅壺《うめつぼ》の王女御は巨大な後援者のために後宮での勢力は並ぶ者がない。陛下の御《ご》寵愛《ちょうあい》も深厚なものである。王女御はそれに相当した美しい人格を持っていられるから、源氏の君はあらゆるお世話を快くした。秋になってから暫く宮中を出て二条院へ帰っておいでになった。草の花などの乱れて咲いた上に秋の雨がしとしとと降っている景色の哀れなのを見て、死んだ恋人のことなどを思いながら王女御の御殿へ源氏の君は来た。まだ喪服を放さない数珠《じゅず》を片手で持った艶《えん》な姿で簾《すだれ》の中へ入った。王女御は几帳《きちょう》だけを隔ててお逢いになるのであった。

「悲しいことの多い年であるのに、草花などだけはいつもの秋に変わらないで咲いています」

といって柱にもたれておいでになる源氏の君の御様子は絵に描いたようである。昔のことなどをいって、野の宮へ六条の君を訪ねて行った時の悲しかった別れなども語った。恋しい母君のことを源氏の君のおいいになるので、しのびやかに女王の泣いておいでになるのが美しい趣のあることに思われて、身体を少しお動かしになるのがなまめかしい柔らかな響きに聞こえる。まだ若い血の失せない源氏の君は胸騒ぎがしきりにする。

「恋というもののために私はしないでもいい苦労をどれだけしたか知れませんが、その中でも二つの重いものが未だに心から取れません。その一つはあなたのお母様との恋です。私を恨めしい者だと思ったままでお死になったのを始終残念に思って忘れられないのです」

と源氏の君はいった。もう一つのことは何であるとはいわなかった。

「私が一時逆境にいました頃いろいろと苦労をさせた女達にも、それぞれ安心をさせることがこの頃になって出来ました。東の院にいる家内などもずいぶん苦労をした女ですが、この頃では心配は何もなくなったといっています。私は位置や名望をとり返したことよりもこれが一番嬉《うれ》しいのです。まあ恋の奴のようなものですね。

あなたをお世話申しているのも権勢を張るためでも何でもない」

こんなことを源氏の君がいったのであるから返事のしようがなくて王女御が黙っておしまいになったので、源氏の君も気がついてほかのことにいいまぎらせた。柔らかに少しずつ物をおいいになる女王の御様子が身に沁みて、いつまでも源氏の君は傍にいたい気がした。日もとっぷりと暮れた。

「私はこの頃理想を実現した家を建てたいと思っているのです。春の庭、秋の庭というようなものをこしらえるつもりですが、あなたは四季のうちでいつがお好きですか」

と源氏の君はいった。王女御はためらいながら、

「私は何だか秋が好きなのでございますよ」

とおいいになる言葉の調子の愛らしさに、源氏の君は忍び切れずに、

「秋の身にしむような時がお好きなのだったら、私の苦しい心にも同情が出来るでしょう。どんなに長い間の片恋でしたか」

こんなことをいった。王女御がこれにお答えになるはずもない。源氏の君はまだそれから苦悶《くもん》の大きかったことなどを話しするのであった。気の上がったままに几帳の中へ入ることもしかねなかったのであるが、王女御が悲しんでおいでになる様

子を見ると道理であるとも思われ、理性で判断をすればあるまじきことだとも考えられたので、心も姿もしおしおとしていた。少しずつ身体を引いて王女御は奥の方へお入りになった。

「こんなお話をしたのをお憎みにさえならなければいいのです」

といって源氏の君は帰った。西御殿へ来ても紫の君の傍へも行かずに縁に近い所にじっと座って燈籠《とうろう》などを軒に吊《つ》らせて泣きたいような心を紛らしてきた。その翌日はふだんよりもいっそう親らしく王女御の世話などを焼いていた。紫の君に、

「あなたは春が好きであって、王女御が秋をお好きなのも面白いから急に皆の好み通りの家をこしらえようと思う」

などと源氏の君はいっていた。また大井へ行ったが、この頃は暇でもあったので少し長く滞留していた。

槿

朝顔《あさがお》の君は父の式部卿《しきぶきょう》の宮の喪で斎院《さいいん》を辞した。いったん思ったことは忘れてしまうことの出来ない源氏の君であるから、いましめの檻《おり》の中から恋人が出て来たように思ってまた毎日のようにこの人へ手紙を書いた。それは父に別れた当座の寂しい思いに同情してやったり慰めたりするのであったが、恋を訴えた以前のような手紙を送られる導火線になってはならないと思って、朝顔の君の方からあまり返事もしないのである。九月になって桃園の宮へ帰ったと聞いてそこには自身にも叔母《おば》に当たる五の宮もいられるので、その訪問にかこつけて源氏の君は出掛けて行った。五の宮は独身でお通しになった内親王で、甥《おい》の皇子達を子のようにお愛しになるものであるから、源氏の君も懐かしがっていた。一つの御殿の東座敷西座敷に別れて年取った独身の皇女と若い一人身の王女は住んでいられた。式部卿の宮がお薨《かく》れになって何ほども経たないのに、家の中がもう目に立って荒れたようで心細い。源氏の君の来たのをお喜びになって、ごほんごほんと咳《せき》をしながら宮はお話しになる。

姉君ではあるが太政大臣の未亡人の宮は艶《えん》な若い日の面影が残って様子が柔らかで男の心を引く力も失せておありにはならないようであるが、この宮はそんなことは微塵《みじん》もない。ひからびたお声はお年以上などんな老人かと思われるほどである。

「陛下がお崩《かく》れになってからというものは心細くて泣いてばかりいるのに、ここの兄にもまた死なれてな」

と宮はいってお泣きになる。

「長命をするからこんな苦にもあうと思うことが多いがな、あなたのことを思うと位をとられておいでだったあの中途で死ななかったのでよかったと思います」

声を震わしてこういっておいでになったが、直ぐまた、

「美しいなあ、あなたは。小さい時私が初めて見た時な、こんな人が人間界に生まれたのかとびっくりしたものだよ。今の陛下があなたによく似てお綺麗《きれい》じゃという人があるけれど、私はお目にかからんけれど、何といったとてあなたほどお美しいことはないだろう」

こんなことをおいいになった。いう人も滑稽《こっけい》であるが、面と向かって賞められている自分も滑稽であると源氏の君はおかしく思っていた。

「私は田舎へ行ったりしています間に見苦しくなったと自分でも思いますが陛下は

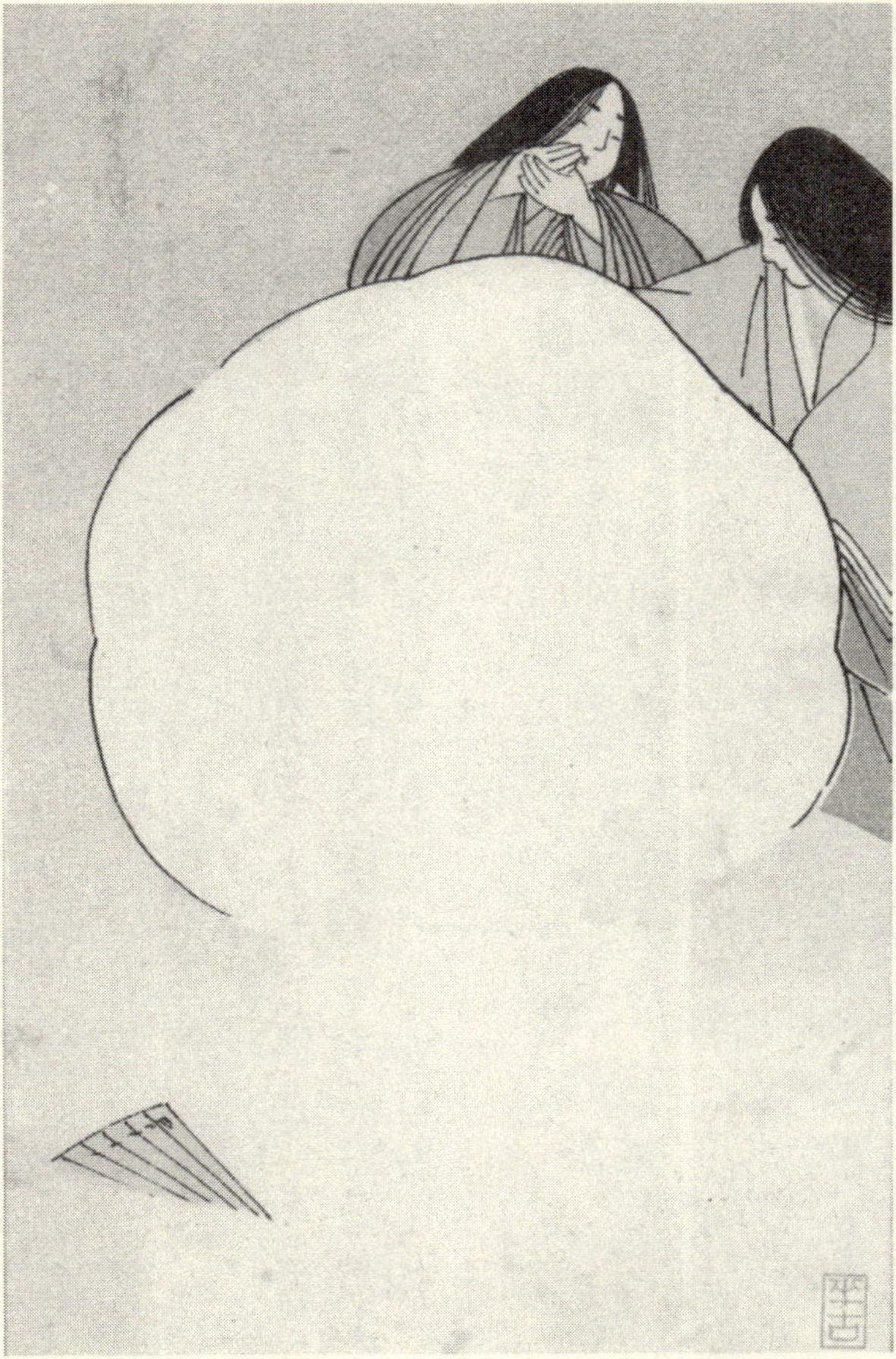

実にお綺麗なものですよ。あんな陛下は過去にも未来にもないでしょう。あなたの推測は間違っていますよ」

と源氏の君はいった。

「そうかえ。そうかえ」

と宮はいっておられた。

「時々お目にかかれたら命も延びるだろうがなあ。まあしかし陛下はしようがない。同じ叔母《おば》でもあなたを婿にしたので今でも家の人のようにしておいでになる姉が羨《うらや》ましい。死んだ兄もあなたを婿にするのだったといってつくづく後悔してました」

こう宮がおいいになったので、源氏の君は胸を騒がせた。

「そうなっていましたら私も嬉しかったでしょう。伯父《おじ》の宮様もあなたもそんなことはちっとも私にいって下さらなかったので」

と恨めしそうにいった。ふとあちらの庭の草花などの枯れ枯れになったのが目に入って静かにそれを見ている美人を想像すると堪《たま》らず恋しくなって、源氏の君は五の宮にそこそこに挨拶《あいさつ》して縁側伝いに西座敷へ行った。黒い縁をとった御簾《みす》に黒い几帳が添えて立ててある間から炷《た》いた香の匂《にお》いが漏れてくるのが一種のなまめかしいなつかしい趣がある。縁側へお座らせするのも失礼だといって源氏の君を外側の座敷へ通した。

「他人の客のようではありませんか、長い間変わらずにお見せしている志のかいもない」

応接に出た女に源氏の君はこういった。

「父が亡くなった家に帰ってみますと、前のことは皆夢だという気ばかりしかいたしません。あなたにお礼を申さねばならないことがありますなら、また気が静かになってから申しましょう」

と朝顔の君はまたその女に言わせた。

「神様を口実になすって私を追い払いになることももう出来ないでしょう。千分の一万分の一でも今まで思っていたことを直接にお話ししたいのです。神様はもうあなたとどんな恋をしてもいいとお許しになったようなものです」

「そうではないでしょう。私が神様にお仕えしている間、普通のお交際《つきあい》をして下さったのですから、私とあなたとはそう決まった男女だと神様が思っていらっしゃるのに、今になってそれ以上な恋のようなことをしたら神様がお怒りになるでしょう」

「神様はそんなに恋がお嫌いでしょうか。恋をやめさせてくれと業平《なりひら》がいったのにお聞きにならなかったのは神様でしょう」

こんなことを女達に取り次がせて双方でいい合った。逢うことを勧める者があっても朝顔の君は聞かなかった。

「もう二十年近くもなるだろうと思うと、そしてまだはかない恋を続けているのだと思うと味気なくなります」

といって帰って行った源氏の君の美しいことを皆が賞めそやした。あの人は昔から浅はかな思いで恋をしていられるのではないといろいろな証拠をあげて女王にいう者もあった。わざわざ行ったかいもなしに帰って来た源氏の君は味気ない思いが胸に満ち満ちて眠ることもその夜は出来なかった。戸を早く開けさせて霧の降る庭を眺めていたが、ほかの草に這《は》って哀れな姿に咲いた朝顔を折らせて、それを文といっしょに朝顔の君に送った。

あるかなきかの朝顔の花を、わが恥ずかしき三十路《みそじ》の姿によそえて給わりしにつけても悲しき心地の多くいたし候。

返事はこんなことでもないようなことを書いたものであったが、源氏の君はいつまでもいつまでもじっと眺めていた。女を動かそうとする手紙を書くのに苦心するようなことも今は不相応な年になっていると思いながら、源氏の君は骨を折って手紙を作っていた。紫の君の傍へも行かずに東御殿にいて前斎院家の宣旨《せんじ》の局《つぼね》を車で迎えにやって、恋の成功を助ける味方にしようとしたりなどしていた。昔でさえもそういう気になろうとしてもなれなかったのであるから、三十になっていまさら恋に酔うのなどということは思っても出来ないことであると朝顔の君は思うのであった。もう手紙の返事もいっさい書かないでいる方が源氏の君の心の熱を冷まさせるのにいいかも知れぬなどとも思っていた。女は誰でも自分には靡《なび》くものと思っていた源氏の君はいよいよ心をいらだたせていた。それがもう世間の評判に上って、前斎院を手に入れようとするために源氏の君は五の宮に親切を尽くしているなどということになった。これが紫の君の耳にも入った。当分のうちはそんなことはあるまい、そうだったなら打ち明けた話を自分は聞くはずであると思っていたが、遂には噂を否定することが紫の君に出来なくなって来た。見ていても魂が身に添っていないようなことがある。話をしていてとんでもない間違った返事などをされて悲しい時がある。同じ女王といっても朝顔の君は斎院にまでなった人で、世間から尊敬されていることは自分の比ではない。その人に源氏の君の心が移ってしまったなら自分は哀れなものであると紫の君は歎いていた。源氏の君の妻として並ぶ人のない愛を負って立っていた人であるから侮りにくい競争者らしい人を見ては地位の動揺するのを憂うるのももっともである。捨ててしまうようなことはなくても、情人の一人として軽んじて見られるに到るであろうと思うと堪えがたい。明石の君のことなどは自身に強みがあるから、かれこれといって男のいい訳を聞くのも慰みの一つになった、そんな場合ではないひしひしと身に迫る悲しい恨めしいことはかえって口へは出ない。黙って知らぬ顔を作って紫の君は苦しい胸を被《おお》っていた。参内して宿直所《とのいどころ》に泊まって二条院に帰らぬことが多くなって、家にいても文ばかり書くのを役目のように源氏の君はしている。紫の君はちょっとでも自分に漏らしてくれたならと思うが、そんなこともしてくれない。冬になっても国母の喪中である今年は行われる神事儀式もない暇さに五の宮の訪問ばかりを源氏の君はした。雪の降る日の夕方、また外出の着物に香を薫きしめている源氏の君を傍に見ている紫の君の心はいい表しようもなく悲しかった。

「五の宮が御病気なのだから、またちょっとお訪ねして来ます」

傍へそういって行った源氏の君を見ようともしないで、紫の君は姫さんを膝《ひざ》の上に置いて遊ばせていた。目にいっぱい涙の溜《た》まっているのを見て、

「なぜあなたはそんなに機嫌を悪くしているのだ、あまり傍にばかりいては珍しくなくなると思って、わざと私はこの頃外へよく行ったりなどするのだのに、それがかえっていけないの」

と源氏の君はいった。

「珍しくなくなられたのはほんとうに悲しいものですね」

といってあちらを向いて紫の君は泣いた。これを見捨てて出る気にはなれないのであるが行くということを宮においいしてやった後であるからやめることも出来ずに源氏の君は出て行った。こんな時が自分に来ようとは夢にも知らずにいたなどと思って紫の君は悲しんでいた。雪の光に美しい後ろ影の見えるのを眺めながら、恋しい人の姿を見ることの出来ない身になったらと、そんなことまでも思って泣いていた。

「参内する以外に出歩くのはおっくうになったのだけれど、自分が死んだら五の宮様のお世話を頼むと式部卿の宮様が私にいっておおきになったものだから」

こんなことをつれて行く家来達にも源氏の君はいった。家来達はそれを拙《まず》いおい訳だとおかしく思っていた。変わったことが起こらなければいいがと、紫の君のために眉《まゆ》を顰《ひそ》める者もないではなかった。いつも変わらない同じような話を、眠い

のを辛抱して、お聞きしていると、五の宮もあくびをおしになって、

「宵惑《よいまど》いでな。話もろくに出来ない」

とおいいになったかと思うと、もう鼾《いびき》をかいておいでになった。内心に喜んで立って行こうとすると、また源氏の君を年寄の女が呼びとめた。

「御存じでございましょう。院の陛下がお祖母《ばば》とおおせになりました私です」

こういうのを思い出してみると、それは源典侍《げんてんじ》であった。この尼宮の弟子尼になっていると聞いたこともあったが、もう死んだのであろうと源氏の君は思っていたのである。

「奇遇ですね」

といって源氏の君はまた座った。

「こんなに年寄になってしまいました」

という。この頃ようやく老人になったような口振りがおかしい。この人がいた頃の宮中の女御《にょうご》や更衣《こうい》はもう大方死んだ。生きていてもどこにいるのか分からなく皆なっている。女院などさえも故人になっておしまいになったのに、この人がこうして不身持ちの報いらしくもない気楽そうな尼生活をして長命をほしいままにしているのが不思議に思われるにつけ、女院の死がまた新たに悲しまれて源氏の君が萎《しお》れて

いるのを見て女は自身のことが悲しまれているのだと得意にも思っていた。まだ若い男と恋の言葉を取り交わす甘い楽しみを夢見ているのである。

「そのうちゆるりと話しましょう」

といって源氏の君は典侍に別れた。時刻は遅いのであるが、おいでを拒んだように思われてもならないと西座敷の方では源氏の君のために少しばかり戸を開けてあった。

「御自身でお逢い下すって話がしていただけたら私はそれを機会に恋を断念してもいいとも思います」

こんなこともいったが朝顔《あさがお》の君は聞かない。自分も源氏の君も若くて恋の過ちがあっても物議にもならない時代でさえも、自分は身を退《ひ》いていたのに、今になって一段親しい交際をしようとも思わないと朝顔の君は思うのである。よほど夜も更けて烈しい風の音が耳の傍で鳴る。心細そうに黙然として源氏の君は座っているのであった。

「昔もそうであった冷淡なお心に懲りているはずであるのに、思い切れない自分というものも恨めしくなります」

こういった源氏の君は涙を袖で拭いていた。

「昔に変わらないのがいいのだと思っています。私は自分のことでなくても、心変わりをする人などは厭だと思っていますから」

六条の君の恋の末路の哀れであったことが朝顔の君は今も忘れられないのであったから、皮肉をいうつもりでもなしについこんなことをいった。

「姫様は何故ああ冷酷にあそばすのでしょう。お気の毒でお気の毒で私がこんな目にあっているということが世間へ知れては恥ずかしいから、黙っていてくれなどと宣旨《せんじ》さんにいっていらっしった」

源氏の君の帰った後で、女達はこんなことをいっていた。朝顔の君は源氏の君をなつかしい人とは思っている。恋しいとも思わぬでもない。そうであるが世間の女みたような身体をその人の物にしてしまうのが恋の終局の望みとは思っていない。しかしこんな淡い清い考えで恋をしあうということは男に出来るべきことでないから、いっそ冷たい態度をとって行くのがいいと思っているのである。尼になろうかとも思うが当てつけがましい仕打ちのように源氏の君が取ってもならないと思って時期を待っていた。兄弟は大勢あるが皆腹違いであるから疎々《うとうと》しくて足らぬがちになった宮家の経済を補おうとする者はない。こんな場合であるから、わが主人と富貴な源氏の君との縁組を女達は皆望んでいた。源氏の君は世間の非難もかまわずに再進してかかった恋を遂げないで終わってはいよいよ物笑いになるとこのことにばかりこがれて紫の君の傍へ寝る夜も少なくなった。忍んでいても紫の君は源氏の君の前で涙をこぼすこともあった。

「何故そんなにしているの」

といって、紫の君の額にかかった髪を手でどけながら、心配そうな顔を源氏の君はその傍へ持って行った。

「女院がお崩《かく》れになってからは陛下が寂しくお思いになっているのがお気の毒でつい御前で夜を明かしたりするようになるのです。今までのように私がいっしょにばかりいないので気が塞《ふさ》ぐのはもっともだけれど、私を疑ったり自身を不安に感じたりすることはいりませんよ。あなたはもう二十五でしょう。それだのに子供みたいな人だね。思いやりがないね」

こういって、涙で癖のついた髪の毛を直してやりなど源氏の君はするのであったが、紫の君は物もいわない。顔を見られないように、見られないようにとあちらに向ける。

「ちょっとしたことをそんなに拗《す》ねてもいいような癖は私があなたにつけたのですね」

味気なさそうにいって源氏の君は溜息《ためいき》をついていた。

「前斎院に私があなたのことを忘れて恋をしているようにあなたは思っているのじゃないの。そんなことで取り越し苦労をしているのじゃないの。あの人は昔から私の女友達のように思っている人なんですよ。私の方でそんな冗談をいっても笑ってしまわれるほどのものですよ。誤解しているのなら思い直して下さい」

こんなことをいって源氏の君は朝はやくから終日紫の君を慰めたり賺《すか》したりしていた。雪が沢山積もった上に清らかな月が美男のような顔を出した。

「私は春や秋よりも冬が一番好きだ」

といって源氏の君は簾を捲《ま》き上げさせて、女《め》の童《わらわ》を庭へ下ろして雪まろげをさせた。黒い髪が目に立って美しい。そのなかでも小さいのは子供らしく騒いで走り歩いて雪の上へ扇を落としたりしている。大きく塊りをこしらえようとして転ばすのであるが、もう力が足りなくなって困った顔をしたのもある。縁側へ出てそれを見て笑っている女の童連中もある。

「昔ね、女院が中宮でいらっしゃった頃、藤壺《ふじつぼ》の庭で雪の山をおこしらえさせになったことがあった。そんな風流な面白いことをさせるのがお好きな方だった。何かにつけていつも私はあの方を思い出す。私などの知っているのはほんの一面だけだろうけれど、柔らかであって気品の高いあんな気性の女の人はまあないね。あなただけは別だ。あの方の姪《めい》なのだからどこからどこまで似ている。けれどものを恨んだり腹を立てたりする女院にない余計な性質もあなたにはあるね」

こう源氏の君にいわれて、紫の君は恥ずかしそうに笑った。

「前斎院という人も変わっている。親しみのある性質だけれど傍へ行ったら私が気遅れをするだろうと思うような人はあの人一人だよ」

「尚侍《ないしのかみ》がちょうどそんな方だというじゃありませんか。それにどうしてあんなことがあったのでしょう」

と紫の君はいった。

「そうだね。そういったよりも美人の例に引く人だよ」

と源氏の君はいいながら、身を過《あやま》たせた尚侍を思って少し涙をこぼした。

「あなたは侮っているけれど、大井にいる人は身分に不相応な性格を持った立派な女ですよ。気のいい女というのは東の院にいる人だ、ああは出来ないものだけど」

などとも源氏の君はいっていた。女院の夢をその夜源氏の君は見た。

「やっぱり浮名が立ったではありませんか」

と恨めしそうにおいいになったので、答えようとしても物がいえない。

「あなた。あなた。魘《うなさ》れてはいけません。夢ですよ。あなた」

と紫の君がいったので目が覚めた。胸の騒ぎが容易に静まらないで涙がこぼれた。

乙女

女院の御喪期が済んで、世の中は夜の明けたように花やかな初夏になった。加茂《かも》祭《まつり》を今年はよそごとに聞いているといって、前斎院《ぜんさいいん》家の女達はつまらながっていた。五の宮は朝顔《あさがお》の宮によく、

「あなた、源氏の内大臣と結婚をなさったらいいだろう。お薨《かく》れになった宮様も前からその気が十分あったのだが、あなたが、承知しないでいるうちに斎院になっておしまいになったといって、いつも残念がっておいでだったのだよ。一つは三の宮様の婿でもあるから、多少御遠慮もあったのだが、その奥様もお死にになったし、今になってまたあんなにあなたに恋をしておいでなのだから」

とこんなことをおいいになった。

「お父様も仕方のない強情者だと思っておいでになった私ですから、いまさら結婚をしようとは思いませんわ」

と朝顔の君はいっていた。葵《あおい》の君の忘れがたみの夕霧《ゆうぎり》の君はもう十三であるから、

二条院で元服の式を上げたいと源氏の君は思ったが、祖母の宮がお見になることの出来ないのを気の毒に思って故関白家でした。源氏の君はこの子のために四位を乞《こ》おうかとも一度は思い世間でもそうあるべきはずだと思っていたが、自身が関白をしている時代で何事も自由になるからといってもこんな幼年者を不相応な四位にするのはよろしくないとまた思った。元服した夕霧の君は六位の制服の浅黄《あさぎ》の袍《ほう》を着せられた。祖母の宮はあさましいことにこれをお思いになって、その後来訪した源氏の君に、

「あの子を六位におしになったのはどういうお考えなのですか」

とおいいになった。

「意外にお思いにもなるでしょうが、私は彼を大学へ入れて勉強させたいと思うのです。ここ二、三年まだ元服しないでいると思っていればいいと私は思っているのです。朝廷の御奉公がほんとうに出来るようになれば自然に位などは上がりましょう。若い身で思い次第の栄職に就《つ》いたりしては学問に身を苦しめたりすることは馬鹿馬鹿しくなるでしょう。遊ぶことばかりが好きな仕方のない人も親や親族の威光で世間からはえらい者のように立てられているでしょうが、盛衰のある世の中でその人達にがたりと死なれてごらんなさい。世間からは手の裏を返したように侮蔑《ぶべつ》さ

れましょう。自身でも恃《たの》む所がない心細い思いをするのも学問のない人に限ることです。学問があってこそ大和魂《やまとだましい》も発揮することが出来るのですから、当分のうちは自身でも身がひけるような思いもするでしょうが、国家の柱石になる基礎を固めておくようなものですから、私が亡くなっても心配することもいらないと思うのです。私が付いていれば大学生の貧乏人とも人はいわないだろうと思いますから」

と源氏の君が答えるのをお聞きになって、

「そう伺うともっともなのですがね、大将などもあまりに異例だといって不愍《ふびん》がるものですから子供心に残念に思っているようで、伯父《おじ》達の子供を今まで自身よりも目下に思っていたのが四位や五位で、その下に自身が付いていなければならなくなったのが堪らないように見えるものですから、ついそんなことをいいました」

と宮はおいいになった。源氏の君は笑いながら傍にいるわが子を見て、

「生意気なことをいう割合に小さい人だね」

といって可愛《かわい》くてならないようにも思った。夕霧の君の儒者号を付ける式は東の院の東御殿で行われた。珍しいことであるから高官達が我も我もと見に来た。今日の上客は大学の教授の博士《はかせ》連であることはいうまでもない。自分の子であるからというような遠慮はいらない、法式通り厳格に行ってもらいたいと、前から源氏の君が

いっておいたので借着で皆身に合っていないような服装をしながらずらりと上座に並んで座った。接待に出た若公達《わかきんだち》はさんざんに叱《しか》り飛ばされる。右大将や民部卿《みんぶきょう》なども叱られた。忍びきれないで笑う者があると、

「鳴りが高い。黙ることが出来なければ席をお引きなさい」

という。皆が面白がっている中でも大学出身の人達は得意に見えた。夕霧の君の勉強所を源氏の君は東の院にこしらえさせて家庭教師を付けておいた。今も赤児のようにしてお可愛がりになる祖母の宮の傍に置いては物が覚えられまいと源氏の君は思ったからである。月に三度宮の所へお伺いしてもいいと源氏の君は許した。こんなに学問に苦しまないでも勝《すぐ》れた人間になれないこともないだろうがと、夕霧の君は思わないこともなかったが、真面目《まじめ》な人であるから、辛抱して早く課程の学問を終わりたいと思って勉強していた。そうであるから四、五か月のうちに『史記』などを読んでしまった。もう試験を受けさせてもいいだろうと思って源氏の君は自身の前で伯父達や家庭教師の大内記《だいないき》といっしょに夕霧の君に『史記』の中の難しい所々を読ませてみた。出来のいいのを見て、

「祖父が生きていましたらどんなに喜ぶことでしょう」

といって右大将は泣いた。大学の予科から本科へと他の学生と同じように夕霧の君

は踏んで行くのが学問の道の奨励にもなった。立后については梅壺《うめつぼ》の王女御、弘徽《こき》殿《でん》の女御、紫の君の妹の元の兵部卿《ひょうぶきょう》今の式部卿《しきぶきょう》の宮の王女御の中に激烈な競争があったが、結局源氏の君を後援に持っている梅壺の王女御が后の宮におなりになった。源氏の君は太政大臣《だいじょう》になって右大将は内大臣になった。源氏の君はこの人に関白も譲った。博学な手腕のある政治家であるからこの職が危なげでもない。腹違いのもまぜて子は十人余りあるが、名門の子として恥ずかしくないよい子ばかりで、もう相当な地位を得ている人もある。娘は女御のほかにもう一人あるだけであった。雲《くも》井《い》の雁《かり》の君はある女王の腹に生まれたのであって、母系の立派なのは本妻腹の子にも劣らないのであるが、某女王は内大臣との間に雲井の雁の君を生んでから按察使《あぜち》大納言《だいなごん》の妻になって、今の良人《おっと》の子を幾人も生んでいるのであるから、そんな所へ置いておくのは可哀《かわい》そうであると思って、内大臣が引き取って母の宮に預けたのであって、内大臣は女御の半分ほども可愛くは思っておらぬ様子であるが、性質も器量も美しい人である。雲井の雁の君と夕霧の君とは同じ祖母の手で大きくなったのであるが、双方とも十を越した頃男の子とあまり馴《な》れ馴《な》れしくしているのはよろしくないと内大臣がいって居間なども別にさせた。しかし幼い二人の恋はもうその時分には芽ぐんでいた。綺《き》麗《れい》な花を持って行って贈ったり、雛遊《ひいなあそ》びの相手になりに行ったり夕霧の君はした。乳母《めのと》なども今までそうして来た間柄であるのをにわかにそれが悪いとも制することが出来なくて捨ててあった。一方は無邪気な少女《おとめ》であったが男の恋はもう大人びていた。東の院へ移されたことはこのことがあるので夕霧の君には苦痛であった。幼い手跡でやりとりしている手紙などを拾ったりすることがあって、二人の関係を知った女達もあったが、内大臣や祖母の宮のお耳に入れることでもないと思って知らぬ顔をしていた。時雨《しぐれ》が降って、荻《おぎ》の上を吹く風が悲しく聞こえる日の夕方に内大臣が来て、宮のお居間へ雲井の雁の君を呼んで琴を弾かせなどした。宮はあらゆる音楽に通じていられるのであるから雲井の雁の君にはよく教えておありになった。

「琵琶《びわ》は女には不似合いなようですが、実際は上品なものですね。あまり上手な人もないようですが、源氏の大臣が明石《あかし》から呼んで嵯峨《さが》辺に置いてある女の人というのはそれの名人だそうです。大臣から聞いたのですからほんとうのことでしょうが、珍しいですね」

などと内大臣はいった。

「幸福者だとよく噂を聞きますがね、よほど利口な人ですね。生んだ子を手許《てもと》へも置いておかずに本妻の方に渡してしまうなどということは出来ることではないがね」

と宮はおいいになった。

「利口ですから幸福者にもなるのでしょう。それにしても私の家の女御などはまあ足らないこともない女だと思ってましたが、意外な人に負けてしまいました」

と内大臣はやるせなさそうにいって、雲井の雁の君を見て、

「これだけでもゆくゆくはお后といわせたい、東宮の御元服も近いうちのことであろうからと私は思ってましたが、後にもうその幸福者の生んだお后の候補者が出来ているのですもの」

またこういって溜息をついた。

「そう気を落とすこともないでしょう。この家はお后が出る家なのだとおいいになって、お父様が先に立って女御をお上げするようにもなすったのだから、もう暫《しばら》く生きていて下すったら女御は負けも取らなかったろうがね」

と宮はおいいになった。このことだけには源氏の君をも恨めしく思っておいでになるのである。内大臣はそれなり黙ってじっと人形のような美しい姿で琴を弾いている雲井の雁の君を見ていた。夕霧《ゆうぎり》の君が東の院から来たので几帳《きちょう》を置いてそこへ通した。

「あまり逢わないねえ。そう勉強をばかりさせるのはよくないということもお父様は知っておいでなのだろうがね。たまには笛なんかも吹いてごらん」

といって内大臣が笛を渡すと夕霧の君は面白く吹いた。暗くなったので灯をつけさせてそれから雲井の雁の君を居間へ帰した。内大臣は母と甥《おい》と三人で夕飯を食べた。雲井の雁の君とはなるべく間を隔てたいと大臣は思って、弾く琴の音さえも夕霧の君には聞かせないようにするのであった。

「若様があまりお可哀そうですね。こんなことで一騒動が起こるかも知れませんよ」

などといっている者もあった。内大臣は帰ったように見せて関係のある女の部屋に入っていて、それからそっと出て行こうとして廊下を通る時、自身が聞くとも知らずに自身の陰口をいっているのが耳に入った。

「抜け目がないように思っていらっしゃるのだろうけれど、私達から見ると親馬鹿ですね。何も御存じなしに姫様を皇太子様の女御に上げるなんかいっていらっしゃるのですもの」

これを聞いた内大臣ははっと胸が轟《とどろ》いた。夕霧の君と雲井の雁の君との関係をおいろいろと語っていた。思わないことでもなかったが、そんなこともあるまいと油断していた自身の過ちが口惜しくてならない。世の中はこんな厭なものかという気もしたがそのままそっと来た。今になって前駆《さき》が人を追う声が聞こえたので、

「誰かの所に今までいらっしったのですね。浮気のやまない殿様」

という者もあった。

「あの話をしていた時ね、誰かが廊下にいたのです。いい香がしましたから若様がお通りになったのだと思ってたのですよ。あれがお耳に入ったのだったら大変ですわね」

「ほんとうにとんでもないことをしたものですね」

さっき陰口をいっていた者は心配そうにこんなことをいっていた。内大臣はみち、それほど悪い縁でもないが、いっしょの所で育った従姉弟《いとこ》同志の結婚は野合で成り立った夫婦だと世間でも認めるに違いない、それに女御を踏みつけたような仕打ちをした源氏の君の子にその妹を娶《めあわ》す気にもならない、東宮の女御にして万一の僥倖《ぎょうこう》でも待とうと思っているのだったになどと思って腹立たしさが静まらなかった。この人と源氏の君との間柄は大抵昔の通りで、決して悪くはなっていないのであるが、ちょっとしたことでは互いの意志の行き違いになることなどもないのではない。内大臣は夜も寝られないほどそのことで煩悶《はんもん》した。

「可愛くて堪《たま》らないお孫さんですから、宮様も知って知らぬ顔をしておいであそばすのでしょう」

などと女達のいっていたことを思い出すと宮様が恨めしくてならない。感情の烈しい人であるから、そう思うとじっとしていることも出来ないで、二日ほどしてまた宮の所へ来た。こんなに近々と内大臣の来る時は宮の御機嫌はいい。いそいそと美しい袿《うちき》などをお着になってお逢いになる。大臣はむずかしい顔をしていた。

「こうして参っていても女達の目からどんなに私が馬鹿に見えているだろうかと思うと気がさします。つまらない人間ですけれど、生きています間は始終お傍へ来て御機嫌も伺っていたいと思ってましたのですが、馬鹿者のために私の心があなたをお恨みするようになりました。こんなことを申し上げないでおこうと思うのですが胸が静まらないのです」

といって大臣は涙を袖で拭いた。驚いて聞いておいでになった宮も涙が出て化粧した顔のお目が大きくなって見える。

「こんな年寄が何をあなたの気に逆らったのだろう」

おろおろ声でこうおいいになるのを聞いては大臣もさすがにお可哀そうに思ったが、

「小さい者のお世話を願って、親でありながら自分が面倒を見ませんで上の女の子のために浮き身をやつしてましたが、それでもあなたに監督していただいていると思うものですから安心をしていたのです。従姉弟同志で勝手な恋をして身を過《あやま》ったりなどしたかと思うと残念でなりません。婿にしても恥ずかしくない立派な身分だといっても、内輪同志のような結婚は世間で何といいますか。あの人のためにだって喜ぶべきことじゃありません。内輪の縁などのないほかの所で婿君だといって珍重される方がどんなにいいか知れません。源氏の大臣も甥に娘を押しつけたように私のことをお思いになるでしょう。たとえまたそういうことにしようとあなたがお思いになっても、私に相談して下すって正式の結婚をなぜさせて下さらなかったのです。勝手なことをさせて見ぬふりなどをしておいでになったのがお恨めしいです」

といった。宮はゆめにもお知りにならなかったことであるから聞くごとに呆《あき》れておいでになった。

「それはあなたの腹を立てるのはもっともだけれど、私は若い人達の心持ちも内緒事も少しも知らなかったのですよ。そんなことは私の方があなたよりも余計残念に思わなければならないことだのに、私までも同罪に思ってくれるのはあんまりです。

手許へ来た時から可愛くてあなたがそれほどにしようと思っていない所まで私が気をつけて、お后になる資格を持たせた女にしたいと思っていたのです。娘の生んだ孫の可愛さに目がくれて、年の行かない者と縁を組ませようなどとそんな没常識なことを考えるものですか。しかしこのことは誰があなたにいったのですか。うっかり人のいうことを信じなどしては自身の子にありもせぬ傷を付けるようなことになりますよ」

「ありもせぬ傷なものですか。女達が陰で笑っていることを思うとたまらない」

半ば独り言のようにいって大臣は座を立った。事情をよく知っている女達は宮をお気の毒に思っていた。前の晩にその話をしていた人達は事の成り行きに恐れて死んだようになっていた。雲井《くもい》の雁《かり》の君は無心な美しい顔をして入って来て、父を見た。

「年が行かないといっても、それほど物事が分からないとも思わないで、あなたを人並みの者だと思っていたかと思うと、あなたより私がすたり者になったように悲しい」

といって、それから大臣は傍にいる乳母なども責めた。

「もう取り返しのつかないことはいくらいっても仕方がない。評判も立つことだろうがおまえ達は罪ほろぼしに極力それをないことだとおいい消しなさい。近いうちに私の家の方へつれて行くつもりだ。おまえ達もしかし喜んでそんなことをさせたのではないだろう。宮様のお心から出たことなんだろうから」

こんなこともいった。宮は可愛い中にも夕霧《ゆうぎり》の君の可愛さの方が強いのであるから、このことをそれほどいけないことともお思いにならない。もとよりそれほど大切に思っていなかった子だったのを、自分が存分に育ててやったればこそ、皇太子にお上げする気にもなったのではないか、そういうことが望み通りに行かないで普通の人と縁組をさせるようなことだったら、これ以上の婿はあるものではないではないかとお思いになって、夕霧の君の仕方が悪いといって腹を立てていた大臣を恨んでおいでになった。自身のためにこんな騒ぎが起こっているとも知らないで夕霧の君が来た。この間の夜は伯父《おじ》がいて雲井の雁の君と思うように話が出来なかったために逢いたくなって来たのであるらしい。ふだん夕霧の君が来ると宮はいいようもない笑顔でお迎えになるのであったが、今日はそうでない。真面目なお顔をしていろいろと話をされた後で、

「あなたのことで内大臣がここへ怒って来たのよ。いいことでないことを始めて、いろんな人に心配をさせて困ったのねえ。あなたにいわないでもいいことなのだけ

れど、そんなことになっているのを知らないでいるといけないと思うから」とおいいになった。自身の罪を知っている夕霧の君にはここで今日起こった出来事が直ぐ想像された。顔をぽっと赤くして、

「何でしょう。勉強ばかりしていて何もほかのことはこの頃しませんのに」

といった。恥じた苦しそうな様子をお見になると宮は可哀そうでならない。

「これからでも気をつければいいのよ」

といって、後をほかのことに紛らしておしまいになった。これからは手紙をやりとりすることもむずかしくなるのであろうと思うと夕霧の君は悲しくてならなかった。食事を勧めても食べない。横になって寝たふりをしていたが、心はどうかして雲井の雁の君に逢いたいということばかりを思っていた。皆が寝静まってから、雲井の雁の君がいる座敷の襖子《ふすま》の所へ来て開けようとしたが錠が下りていた。心細くなって夕霧の君はそのまま襖子にもたれていた。雲井の雁の君も竹に鳴っている秋風の音や遠方で鳴く雁《がん》の声などを聞いていると悲しみが胸いっぱいになって寝られないでいた。

「私のように雁も悲しいのだろうか」

恋しい人のいう独り言が耳に入った夕霧の君は嬉《うれ》しくて、

「小侍従《こじじゅう》はいないのですか」

といった。雲井の雁の君は何とも答えないで顔を蒲団《ふとん》の中に隠してしまった。そして幼い恋人同志は見えぬ所で同じように熱い涙をこぼしていた。夕霧の君は翌朝早く起きて手紙を書いて渡そうと思っていたが小侍従に逢うことも出来なくて胸ばかりわくわくとさせていた。大臣はそれきり来ない。夫人にはそんなことのあったということは少しも話さないのであるが、何ということなしに大臣は毎日機嫌が悪かった。

「中宮《ちゅうぐう》が花々しくしておいでになるのを見ると女御はさぞ味気ないだろう。ゆるりと家で暫く遊ばせてやりたいような気がする」

と大臣はいって陛下が暇を与えにくそうにおしになるのをしいて願って女御を宮中から迎えて帰った。

「寂しいだろうから、妹をつれて来てあなたの遊び相手をさせよう。宮様にお預けしておいて安心なようなものだけれども、もうだいぶ大きくなったのだから、年の行った女達とばかりいさせるのもよくないと思うから」

と内大臣は女御にいって、雲井の雁の君を急にここへ引き取ることにした。行ってそういうと宮は本意なくお思いになったが、こうと思ったことは思い返す人でないのを知っておいでになるから、恨みながら諦《あきら》めておいでになった。また夕霧の君が来た。ちょっとでも逢うことが出来るかと思ってしげしげこの頃は来るのであった。内大臣の車があったので気が咎《とが》めてそっと家の中へ入って自身の居間にしてある所に隠れていた。

「これから参内して、夕方に迎えに寄ります」

といって大臣はこの家を出た。大臣は世間体をいいように繕って、二人を夫婦にさせようかとも思うのであったが、男の官位がもう少し昇進した上、深い愛情のあるなしも見定めて、改めて正式な結婚をさせる方がいいであろうと思ったので、女御の遊び相手にという口実を作って穏やかにつれて行こうとするのであった。

「私は年寄だから、そのうちあなたとは死に別れをせねばならないと思って悲しがっていたのだけれど、こんなに生き別れをせねばならないようになりました。死んだ女の子の代わりだと思って、どんなにあなたを育てて行くことが私には楽しみだったろう。それにしても違ったお母さんの所へお行きなんだから可哀そうだね」

傍へ来た雲井の雁の君に宮はこういってお泣きになった。雲井の雁の君は自身の恋の過ちからこんなことになったことを知っているから、恥ずかしくて顔も上げないで泣いてばかりいた。年齢は十四であった。まだ調わない所もあるが美しい。夕

霧の君の乳母の宰相の君が出て来て、

「私どものためにもあなたは御主人だと思っていましたのに、あちらへおいでになるのでございますか。ねえ姫様、お父様がまたどんな方と御縁組をさせようとおしになるかも知れませんが、そんなことを御承知あそばしてはいけませんよ」

と小声でいった。雲井の雁の君はいよいよ恥ずかしがって物もよくいえない。

「そんなむずかしいことをいうものではないよ。縁ばかりは分からないものだから」

と宮が横からおいいになった。夕霧の君が几帳の後ろに隠れて泣いているのを、乳母は可哀そうでならなく思って、居間へ帰ったように宮をお欺《だま》しして夕方の暗まぎれに雲井の雁の君をつれて来て逢わせた。暫くの間二人は物もいわないで泣いていた。

「伯父様があんなに怒っていらっしゃるから思い切ろうと思うのだけれど、やっぱり恋しい。こんなに逢われなくなってしまうのだったら、もっとよくこれまで逢っておけばよかった」

「私もそう思うの」

「思い出してくれますか」

と男がいうと女はうなずく。灯があちらこちらについて大臣が帰って来た。前駆《さき》の声が騒がしく聞こえてくる。女達がはらはらとして、

「どうしたらいいでしょう」

と小声でいい合っている。雲井《くもい》の雁《かり》の君は慄《ふる》えている。夕霧の君はそれでも恋人をあちらへやろうとはしない。雲井の雁の君の乳母が捜しに来てこの様子を見てびっくりしたのももっともである。やっぱり宮様が知ってさせておきになることだなどとも思った。

「こんなことはお母様の所の大納言様に聞こえても面目ない。いかにいいお家の若様でも六位の婿様は厭なこと」

といっている声が聞こえたので、自分を嗜《たしな》めるつもりでいうのであろうと思って夕霧の君はあさましくなって厭な気持ちがした。

「あんなことをあなたの乳母がいってます」

と女にいった。間もなく雲井の雁の君や付いている女達を乗せた三つの車がこの家から出た。新嘗会《しんじようえ》の五節《ごせち》の舞姫の一人を今年は源氏の君が奉ることになった。按察使大納言の妾腹《しようふく》の子、左衛門督《さえもんのかみ》の子、近江守《おうみのかみ》の良清《よしきよ》の子などが出るのであって、今年の舞姫は直ぐに女官に採用されるというのである。源氏の君は摂津守《せつつのかみ》惟光《これみつ》の美し

いという評判のある娘をそれに選んだ。舞いは自宅でよく習わせて前日の夕方に二条院へつれて来た。夕霧《ゆうぎり》の君は雲井の雁の君と別れてからは書物も読む気にならないで塞《ふさ》いでばかりいるのであったが、慰みにもなるかと思って二条院へ舞姫を見に来た。美しくて様子のしずかな若殿を若い女達はなつかしがっていたが、源氏の君は紫の君のいる所では簾《すだれ》の前へも夕霧の君を座らせない。藤壺《ふじつぼ》の宮を自身が恋した初めの心などから、美しい継母《ままはは》の傍ほど危ないものはないと思われもするのであろう。女達などとも親しくないのであるが、今日は騒がしいのに紛れて御殿の中をあちらこちらと夕霧の君は歩いていた。屏風《びょうぶ》で囲ってこしらえた舞姫の仮の部屋の傍へ寄って、そっと覗《のぞ》くと舞姫は横になって苦しそうにしている。ちょうど雲井の雁の君と同じほどの年齢である。背丈はこの人の方が少し高いようで、姿や顔などはその人よりも美しい。暗いのでよくは見えないのであるが、恋しい人に似たような気がするので、心が移るというほどでもないがこの人もなつかしい。傍へ寄って着物の端を手で引いた。驚いている舞姫に、

「私は久しい前からあなたのことを思っているのです」

と夕霧の君はこんなことをいった。若い美しそうな男の声ではあるが誰とも分からないから舞姫は恐いような気がして身体を後ろの方へ引いていた。そこへ世話役の

女が化粧を直すとかいってどやどやと入って来たので、夕霧の君は心を残しながら出て行った。今年の五節の舞姫はみな少し大きく、そして美しかった。源氏の君は庭で舞うのを陛下の御前にいて見ながら、昔この舞姫の一人を恋しく思ったことなどを思い出していた。それから、

なつかしきかな　いにしえの
とよわかひめの宮少女《みやおとめ》
神さびぬるや　老いぬるや
羽衣つけて舞いし日は
われの心に今もうつれど

こう書いて大弐《だいに》の娘の五節の君に送った。夕霧の君は舞姫が恋しくてまた逢えるかと思って、いる所の近くへ行こうとしたが、人が寄せつけなかった。美しい顔が目に残って恋人と別れた心の慰みにこの人を自身のものにしたいと思った。舞姫はそのまま宮中に残って女官になるはずであったが、口実をこしらえて皆ひとまず自宅へ帰った。典侍の職に空きがあるので、惟光は娘をそれに任官させたいと思った。

源氏の君もそうしてやりたいと思っているということを夕霧の君は聞いて残念に思っても、少し年でも行っていたなら自分が所望してみるのであるがと思って歎息していた。その人の弟はまだ童《わらわ》であるが宮中へ上がったり二条院へ来たりなどしていて、夕霧の君とも親しい。

「姉さんはいつ御所へ行くの」

「今年のうちだということです」

「顔が一番よかったからあの人が私は恋しい。おまえなどはいつも見られるからいいねえ。私にもう一度見せてくれないか」

と夕霧の君はその子にいった。

「私だって男の兄弟だといってあまり近くへやってくれないくらいですもの。あなたにお見せすることなんかとても出来ません」

「そうかねえ。それでは手紙だけでも持って行っておくれ」

といって夕霧の君はその子に手紙をことづけた。こんな使いをすると父がやかましくいうのであるがと思いながら、主人の家の若様を気の毒に思って姉の所へそれを持って来た。女は年よりもませた心があって、手紙を貰《もら》ったことを嬉しく思った。緑色の紙に書いた手紙を弟と二人で読んでいる所へ父が来た。びっくりしたが、二人とも隠すことが出来なかった。

「何の手紙だ」

といって、父はそれを取って読んだ。

「馬鹿な使いをしたのはおまえだろう」

といわれて男の子が逃げて行くのを呼んで、

「誰の手紙を持って来たのだ」

と惟光はいった。

「殿様の所の若様のです」

といって、それからその子は手紙を持って来るまでの順序を話した。惟光は急に嬉しそうな顔になって、

「おまえと同年でも若様はもうこんな大人らしいことをなさるじゃないか」

といった。惟光はその手紙を妻にも見せた。

「この方々の思われ者になるのだったら、私は喜んで差し上げるよ。殿様は沢山の女に関係をおしになったが、御自分の方から誰だってお捨てになったことはないのだ。若様もそういう質《たち》の人だ。私も幸福者の明石《あかし》の入道になろうかな」

などと惟光がいっているうちに姉も弟もそこにはいなくなってしまった。夕霧の君

は手紙もやることの出来なくなった雲井の雁の君が恋しくて月日が経つにしたがってどうかしてもう一度逢いたいと思うよりほかのことは思わないようになった。源氏の君は夕霧の君を同じ東の院にいる花散里《はなちるさと》の君の子にさせた。気だての柔らかい人で子のないのを寂しく思っているのであるから、喜んで花散里の君はその世話をしていた。夕霧の君は美しくない第二の母を見て、心の持ちようでこんな人でも捨てずにいられるのに、たった一人の人に恋いこがれているというのはいいがいのない自分だなどとも思った。顔はどうでもこの母のような気だての優しい人を自分も妻にすればいいだろうとも思うのであったが、しかしあまり醜い妻は顔を見るのが気の毒になって間が悪いだろうなどとも思っていた。年の暮になったが、今年は夕霧の君の春着ばかりをいろいろと宮はこしらえておいでになった。幾重ねも幾重ねも出来上がっているのを見ても夕霧の君は嬉《うれ》しいとも何とも思わない。

「正月にだって参内しようとも思っていないのに、何故こんなにおこしらえになるのです」

「馬鹿な。年寄じみた死ぬのに間のない人のようなことをいう」

「年は取らないけれど、死ぬのに間のない人のような心持ちがする」

と独り言のようにいって夕霧の君は涙ぐんでいた。雲井の雁の君のことを思っているのであろうとお思いになって可哀そうで宮も泣きたいような気持ちにおなりになった。

「男という者はつまらない人でも気位を高く持っていなければならないものだのに、一人の女のことでくよくよと思っていてはいけない」

「そんなことを思っているのじゃありません。六位だといって皆が侮りますもの、参内するのも厭になるのです。お祖父《じい》さんがおいでだったら、冗談にだって私を侮る人なんかはないだろうと思います。ほんとうの親ですけれどお父さんは私に隔てがあるような気がする。二条院へ行っても直ぐ帰すようにおしになる。東の院でだけは傍へも寄れますけれど、それに西御殿のお母さんは優しくして下さいますけれど」

と夕霧の君はいって、また、

「親がもう一人生きていて下すったならと私はそればかり思います」

といって涙のこぼれるのを紛らしている孫が可哀そうで、宮は声を上げてお泣きになった。二月の二十日に陛下は上皇のおいでになる朱雀院《すざくいん》へ行幸になった。父帝の時の花の宴のことをお思い出しになって院の陛下は源氏の君と昔のことをお話ししておいでになった。今日は名の聞こえた詩人などはお呼びにならないで、大学の学生の勝れた人を十人お招きになった。そして式部省でする試験問題のような詩文の答文を作らせた。夕霧《ゆうぎり》の君のためにそうはからわれたことであったらしい。陛下は皇太后がおいでになるのを訪《と》わないのも悪いとお思いになって夜が更けたが帰りがけにその御殿へお寄りになった。皇太后は嬉しくて堪らない御様子であった。

「昔のことは忘れているのでしたが、こうしておいで下さいましたにつけてもいろいろのことが思い出されます」

とおいいになった宮は泣いておいでになった。

「私も父や母に別れましてからは春といっても面白く暮らすことが出来なかったのですが、今日は誠に愉快でした。またそのうち参りましょう」

と陛下はおいいになってお立ちになった。源氏の君も挨拶《あいさつ》した。皇太后はこの陛下や源氏の君を呪《のろ》って思った昔の自身のお心をあさましく思っておいでになった。尚侍《ないしのかみ》と源氏の君との間には今も文の行きかいがあるようである。夕霧の君は行幸の日の詩文の成績がよくて進士になった。及第した三人の中の一人なのである。そして秋の叙任期に侍従になった。源氏の君は住居《すまい》を広く造って大井の人などもいっしょに住まわせたいと思って中宮の元の家も交ぜて四町四方の邸宅を造らせていた。式《しき》部卿《ぶきょう》の宮が来年五十におなりになるから、その賀宴をしたいと紫の君が用意しているのを、同じことならば新しい家でさせたいと思って源氏の君は普請を急がせていた。春になってからは賀宴に付帯した法事の日の僧達の装束、来客に出す贈物などの支度で紫の君はいっそう忙しくなって東の院の花散里の君にも仕事を分けて頼みなどしていた。紫の君とこの人とは前から気持ちよく付き合っているのである。式部卿の宮の賀の祝いの用意に一般の世間までが騒いでいるようなのを宮は過分なことのように思って喜んでおいでになった。気の寛《ひろ》い人であるがある一時の宮のお仕向けが悪かったために、一時は復讐的《ふくしゅうてき》の態度を源氏の君は取っていたのであるが、天にも地にもない最愛の妻の実父でおありになるのであるから、そんなことをいつまでも続けるものでもないのである。八月に六条院が出来上がった。西南の一郭は中宮《ちゅうぐう》のお家の跡であるから、そこは中宮のお住居、東南は源氏の君が紫の君といっしょにいる所、東北は花散里の君、西北は明石の君の住む所と決めてあった。元あった池や山も悪い所は崩してそこに住む人のそれぞれの好みに任せて庭を造った。東南の庭は山を高くして春咲く花の大木をいろいろと交ぜて植えた。池もここのは勝れて広い。座敷に近い所には紅梅、藤、山吹、躑躅《つつじ》などに秋草や紅葉が交ぜて植えてある。中宮のおいでになる所の庭は、元の山にいい色をする紅葉をまた沢山植え、泉を深く掘らせて、水の瀬の音をよくするような石を組ませなどした。滝もある。そして秋草の原を広々作ってある。ちょうど時節に逢って盛りに咲いている。花散里の君の庭は見るから涼しそうな水が湧《わ》いていて、ここは夏を主として造ってあるのである。近い庭には竹が沢山植えてある。大きい森もあって山家《やまが》のような卯《う》木垣《つぎがき》なども、わざとこしらえてある。撫子《なでしこ》や薔薇《しょうび》の間には春の花草や秋草もないではない。そこの東は馬場にしてあって矢来で広く囲って池の傍には菖蒲《あやめ》が茂らせてあって、突き当たりは廏《うまや》である。もう一つの庭の北の端には蔵が建てつらねてあって、そこと庭との隔てには大きい松が並べて植わっている。雪の眺めにいいようにとである。冬のはじめの霜の朝に優しい趣を見ようとする菊の垣根、柞原《ははそはら》などもあってあまり名も知れない高山の木が沢山植わっている。彼岸の頃に引っ越しがあった。一度にとも源氏の君は思ったがあまりたいそうになるので中宮は少しお延ばしさせた。紫の君の車には四位や五位の人が大勢供して行った。花散里の君の列もそれにあまり劣らせてはない。夕霧の君の母になっている人であるからこうもあるべきことだと人も思った。女達の部屋部屋などの行き届いた建てぶりはほかに見られないものであった。五、六日して中宮は宮中から出ておいでになった。これは私人の儀式とは何といってもまた違った光彩のあるものであった。運のいい方といらばかりではなく、人品の清い尊い方で非常な声望を持っておいでになる。九月になって中宮のお庭の紅葉が美しくなった。中宮は箱の蓋《ふた》にいろいろの秋の花紅葉を入れて紫の君にお贈りになった。

心から春待つ園はわが宿の紅葉を風のすさびにも見よ

こんなお歌が付けてあった。明石の君は十月になって移って来た。

玉鬘

夕顔《ゆうがお》の君が死んでからもう十七、八年になるのであるが、源氏の君は少しもその人のことが忘れられなかった。何ほどの女でもないが死んだ恋人にゆかりのある者だと思って不愍《ふびん》をかけて使っていたから、右近《うこん》はこの家の女達の中では古参の一人に思われて重んぜられていた。須磨《すま》へ源氏の君の行った時に東御殿付きの者も皆西御殿の方へ引き渡されたので、それからずっと右近は紫の君に付いていた。紫の君にも愛されていたが、心の中では夕顔の君が生きていたなら、六条院へ移転《わたまし》してくる中の一方の主人であって、明石の君ほどの威勢は持っているであろうと思って始終悲しがっていた。西の街にいた姫君の瑠璃《るり》様もどうなったか右近は知らなんだ。夕顔の君を五条の家からつれ出して行ったのは自分だったということは秘密にしておいて欲しいと源氏の君にいわれたので、憚《はばか》って右近が音信《たより》をしないでいるうちに、瑠璃様の保護者になっていた夕顔の君の乳母《めのと》の良人が大宰府《だざいふ》の少弐《しょうに》になったのでちょうど瑠璃様の四つの年にその一家は九州へ行くことになった。その頃の頭中将《とうのちゅうじょう》

玉鬘

だった父君に瑠璃様のことを仄《ほの》めかしておこうかとも思ったが、夕顔の君のことを問われたらどう答えてよいかという心配もあったし、知って瑠璃様の田舎へ行くのを止めずにおかれることもないであろうから、せめて夕顔の君のかたみと思って明け暮れ顔を見ていたいと思っている瑠璃様にまで別れなければならないことになるのも悲しいことであったから付いていた人達が相談して身分の高い人の旅らしくもない小役人の家族同様にして粗末な船などに乗せてつれて行くのを悲しみながらそのまま京を立った。瑠璃様は母君を忘れないで、

「母様の所へ行くの」

などと途中途中でいうのが堪えられないほど可哀そうで、乳母の娘達は泣いてばかりいた。行ってからも母君の在所《ありか》が知りたいと誰も同じような願《がん》を神仏に立てていた。たまにその人らは夕顔の君の夢を見るようなこともあったが、何だかもう死んだ人のようであったと覚めてから誰もいって心細がっていた。少弐は五年の任期の満ちた時、京へ帰ろうと思ったが誰の引きもない老いた小官吏が競争者の多い京で生活することの困難なのを思って、多少勢力を扶植した地方にとどまっている方が安楽で、つい一年二年と上京を延ばしているうちに少弐は大病になった。危篤になってからも病人は十ぐらいになっていた美しい瑠璃様を見ては、

「俺が亡くなったら姫様はどうおなりじゃろう。こんな田舎にお置き申したことももったいないことじゃが、そのうちに京へお供してお父様にお手渡ししようと俺は心で毎日その用意をしていたのじゃったに、死病にとり憑《つ》かれたとは情けない」といって泣いていた。三人ある息子には、

「姫様を京へおつれ申して世の中へお出し申そうということを考えてくれるのが、大孝行じゃよ、俺のために法事などはいっさいいらん」

とくれぐれも遺言したのであった。瑠璃様の父親は誰であるということは官舎の者にも知らせず、娘が生んだ高貴な人の種の孫であるからというようにいって、出来る限り大切に瑠璃様をしていた少弐がにわかに死んだのであるから、妻や娘は自身らのことよりも瑠璃様の身がどうなるかと心細くなって、急に京へ帰ろうと思うのであったが、硬骨な死んだ少弐は政敵も沢山持っていたから、どんな復讐《ふくしゅう》に途中であうかも知れぬという恐れがあったので、一家はそのまま心ならない日を西の肥前《ひぜん》の国で送っていた。瑠璃様は年が行くにしたがって死んだ母君よりも数層美しい人になって行く。父親の血統だと思われる品の高い所もあった。性質の上などにも欠点はない。こんなことを誰から聞くともなしに聞いて恋しがって妻に欲しいという人が大勢あった。むろんそういう人は地方の豪士小役人などであったから、少弐の

未亡人や娘は口惜しがって、そんな穢《けが》らわしい話は聞くのも厭だといっていた。そして、顔はよくても不具な女であるから、尼にしようと思っているということをわざといい触らした。そうすると、

「少弐の孫は不具だそうだ。可哀そうなものだ」

と世間では噂《うわさ》した。こちらからいったことでも他の者がこんなことをいっているのを聞くといい気持ちはしない、厭な肥前を捨てて一日も早く上京したいと何につけても一家の者は思っていた。そうしてそのうちに息子も娘も土地の者と縁組をした。心は京へ京へと思うがこうなってみると京はますます遠い所になって行く。二十ほどにもなった瑠璃様は自身の運を悲しんで仏の経文にばかり親しんでいた。隣国の肥後に強大な豪族があって、当主は大夫《たいふ》の監《げん》といって三十ぐらいの人だった。武張った中に好色な心もあって、美しい女を多く集めたいという望みがあったから瑠璃様のことを聞いて、どんな不具な所があってもいいから自分にくれと申し込んで来た。この女は結婚などということを嫌ってどうしても尼になるというからお断わりするという返事を聞いた大夫の監はそうこうしているうちに尼になってしまわれてはならないと思ったか家来を大勢つれて国から出て来た。そして旅館へ少弐の息子達を呼んで、

「あんた方の尽力でお姫様を俺が貰《もら》えたら、俺は嬉しいけに、あんた方にどんなことでもして報いるがねえ、三千四千の奴《やつ》らもお貸しするけに、あんた方はこの国でどんなわがままでも出来ようがねえ。同盟を作るんじゃねえ、大夫の監と同盟したら九州の中を肩振って歩けるじゃけに」

こんなことをいって誘った。暫くの間こそはそんなことは出来るものでないと息子達は思っていたが、どんな後援でもしようという都合のいいことに動かされて二郎と三郎はその味方になった。

「あの人に悪く廻られては自分達は実際立つ瀬がなくなる。いくら貴族の姫様でもお父様に捨てて置かれるような方はやっぱりこれだけの運よりないと諦めなきゃなりません。あんなにいって大夫の監に懇望されるのはむしろ幸福だと思わなければいけませんよ。逃げ隠れしたって駄目です。そんなことをしたらそれこそどんな目にあうか知れませんよ」

などと二郎は憎いことを母親にいうようにもなった。一番兄の豊後介《ぶんごのすけ》だけは亡父にも劣らないほど瑠璃様に対して忠実な心を持っていた。

「私はどんなにしても姫様を保護しますよ。ともかくも至急に京へお供することにしましょう」

といっていた。女の同胞《はらから》や母親は豊後介一人を力にしているのである。大夫の監は瑠璃様の所へ手紙を書いて持たせて来させなどもするのであったが、ある日二郎とつれ立ってこの家へ来た。肥った背の高い男で、それほど醜くもないが不作法で、二郎を相手にしわがれた声で盛んに話していた。機嫌を損なわせまいと思って未亡人は逢《あ》った。

「少弐はえらい方だったそうじゃけに、お付き合いを願おうと思うとるうちに、お死になすって残念でした。それじゃけにせめてこれからは特別な懇親におなり申したいと思って来ました。ここにおいでになる姫様はいい血統の人じゃと聞いたけに、俺に頂いて御主人とも思って大切に致そうと思っているのですわ。あんたもあまり気乗りがしなさらんようじゃが、妾《めかけ》が幾人かいるというのでもお聞きになったけに、そう思われるのか知れんがここの姫様をそいつらといっしょに俺はしやせん。姫様は一人よりないお后《きさき》のようなものにしておくつもりじゃけ」

と大夫の監はいった。

「そういっていただくのは願ってもない幸せだと私は思うのですがね、どうしても結婚の出来る身体ではないと悲しがっているのを見ますと、運の拙《つたな》い者だと私も諦めなければならんのですよ」

「たとえ目が潰《つぶ》れていても足が折れていても大夫の監が癒《なお》しておみせしよう、肥後一国の神仏は俺のいいつけに背きますまいよ。は、は、は」

と得意になっていっている。今日にでも瑠璃《るり》様をつれて行きたいようにいうのを、

「三月に婚礼してはいけないとこの土地ではいいますから」

などと一寸逃れのようなことを未亡人はいっていた。

「こんな和歌が出来ました。君にもし心たがわば松浦《まつら》なる鏡の神をかけて誓わん。どんなものでしょうかな」

と大夫の監は鼻うごめかしていった。

「そんなことをおっしゃっても年が経ってお心持ちが変わった時、お誓いなすった松浦の神様がお恨めしくおなりになりませんかしら」

「何ですと」

といって大夫の監は刀に手を掛けてじりじりと寄って来た。ちょっと口愛想でいったことで腹を立てられて、未亡人は真っ青な顔になっていた。娘達が出て来て大夫の監をやっと宥《なだ》めて帰した。四月二十日頃の日取りで瑠璃様を迎えに来るといって大夫の監がひとまず帰った間に瑠璃様は豊後介に助けられて船で逃げることになった。未亡人も妹も来たが姉だけは子供も大勢になっているのであるから捨てて出る

ことも出来ない、残っていなければならぬと悲しんでいた。長い間いた所といっても立って行くのに惜しい気もしないのであったが、ただ松浦の宮の前の浜の景色と姉娘に別れるのだけが誰も辛かった。大夫の監が追っかけて来まいものでもないからと思って豊後介は船を早船仕立てにさせた。それにちょうど追い手の風が吹いたので危ういほど早く船は進んで行った。

「海賊の船らしい小さいのが飛ぶようにして漕《こ》いでくる」

などといっていた者もあったが、一行の者は海賊よりも大夫の監を恐ろしく思っていた。摂津《せっつ》の川尻《かわじり》まで来た時誰もほっと息をした。妻も子も置いて来た豊後介は船子の歌を聞いて涙をこぼしていた。大夫の監が後の者にどんな復讐《ふくしゅう》をするかも知れないのに、力になりそうな家来も皆つれて来たのを無分別だったと後悔もしていた。良人《おっと》に別れて来た妹の兵部の君も泣いていた。京へは入ったが行く所がないので昔知った人の家族のいる所を訪ねて当分そこにいることにした。京の中といっても九条であるから人らしい人も住んでいない、商人や出稼ぎ人などばかりのいる所である。そうして秋になった。心細いことはいうまでもない。豊後介もここへ来ては水鳥が陸へ上がったようなもので手の出しようがない。家来なども見込みがないと思ったのか、一人行き二人行きして皆本国へ帰ってしまった。豊後介は気の毒がって

いる母親に、

「私のことなんかはどうでもよろしい。家来なんかはなくなっても構いません。私らがどんな羽振りのいい者になっても姫様を大夫の監に取られては生きている気もしないでしょうからね。まあいいのです」

といって慰めていた。この人らは神仏に頼みをかけて瑠璃様をつれて八幡詣りをして、それから大和《やまと》の長谷寺《はせでら》へも廻った。四日目の昼頃に長谷寺の下の椿市《つばいち》の街に着いた。瑠璃様と豊後介とそれから武具を持った家来が二人、下人や童《わらわ》が四、五人、女達はあるだけの者三人、下女が二人、こんな手軽な旅人であるから宿をとった山坊の主人の僧もいい顔はしない。

「ほかに待っている客があるのだが」

こんなことを聞こえよがしにいうのを、辛く思って聞いている。間もなくそれらしい一行が家の前を通るとその上にも泊まらせようと思うのか主人の僧は道で頭掻《か》き掻き宿を勧めている。また宿を替えるのも大層に思って、幕のようなものを張って、奥の方へ瑠璃様を置いて、下の男女は表の方へやって座敷を半分空けてやった。後から来た一行は主人らしい女が一人で、ほかの大勢の男女は皆付き人であった。どちらでも遠慮をしているので静かである。この後から来た女というのは、瑠璃様

のことを毎日思っている右近《うこん》である。この寺へはたびたび詣るのであるが徒歩《かち》で来たので疲れて横になっていると、幕の向こうで、

「これを姫様に差し上げて下さい。膳《ぜん》などが誠に不都合で」

といっている者がある。右近は聞いて隣にいるのは自分ら並みの人ではないらしいと思って、幕の下から覗くとそういっている男の顔に見覚えがある。子供の時に見たのであるが、それがいい加減な年になって、色も黒く身体も大きくなっているから誰とは分からない。

「三条さん、姫様がお召しになります」

といわれて出て来た女も知った顔である。夕顔の君に長く使われていた者で、隠れ家の時にも付いていた者だということが分かると夢のような気持ちを右近はした。それではあの男が兵藤太《ひようとうた》といった人かという気もつく。瑠璃様がおいでになるのではないかと思うと、少しも早く聞いてみたい気になって、召使いにいいつけて三条を呼びにやったが三条は食事をしていて急には来ない。右近をいらいらとさせてやっと三条は出て来た。肥った身体に田舎者らしい赤い着物を着ている。

「どなたでございますか。九州に二十年も行っていました私を知ったようにおっしゃるのは人違いではございませんか」

「もっと近くへ来て私の顔をよく見てごらん」

「まあ右近さんでしたわ」

といって三条は手を打った。

「何という嬉《うれ》しいことでしょう。どちらからここへお越しになったのですか、奥様はどうあそばしていらっしゃいます」

と畳みかけて聞く。

「乳母様《ばあや》もおいでなの、姫様は」

とこちらでもいう。

「姫様も御成人なさいましたよ。まあちょっと」

といって三条はあちらへ行った。

「恨んでばかりいた方にお目にかかります」

といって未亡人は出て来た。幕もとられ屛風《びょうぶ》も畳まれた。

「奥様はまあどうあそばしたのですか。夢にでもおいでになる所を見せていただきたいといって願《がん》を立てていたのですけれど」

「奥様はとうにお亡《かく》れになったのですよ」

仕方なしに右近は辛い思いをしながらこういった。未亡人も三条もそのまま長い間泣いていた。

「もう御参詣になってよろしゅうございます」

と宿の主人がいうので両方の客は別れて別々に暗い道をお堂へ行った。参籠《さんろう》の場所もよくない所に取られてあった九州の一行を、男だけは残して右近が本尊に近い自身の間《ま》へ移らせた。

「源氏の太政大臣様にお使われしているお陰で、私のような者でもはばが利くのですよ」

と右近はいっていた。自身の子にしたいと始終源氏の君のいっておいでになる瑠璃様が、そういうことにおなりになって幸運の向くようにといって右近は祈っていた。田舎の人が大勢参詣する。大和守《やまとのかみ》の細君も来た。すばらしい勢いを見せているのを見て、三条が、

「大慈大悲の観世音《かんぜおん》様、姫様を大弐様の奥様か、当国の大和守様の奥様におさせ申して下さいまし。私どもも出世いたしたならお礼事を十分いたします」

といって拝んでいるのが右近の耳に入った。

「あられもないことをいう人。あなたは田舎者になったね。あの頃の中将様でも大した お勢いだったじゃありませんか。それに今では大臣にもなっておいでになるそ

の方の姫様を、地方官の人の奥様にしたいなんかって」

「そんなことをおっしゃるけれど右近さん、大弐様の奥様があちらの清水《きよみず》の観音様へ参詣なすった時の騒ぎといったら、お后様のお幸福にも劣らんようでしたもの」

といって三条は口の中でやっぱり以前の願いを繰り返していっていた。九州の一行は三日籠《こも》るというので、それほどのつもりでなかった右近もいっしょにいることになった。願文《がんもん》書きの僧が来た。

「いつもの通り、藤原瑠璃《るり》様のためにと書いて下さい。その人にこの頃逢うことが出来ましたから、そのお礼も仏様に申し上げるつもりでいます」

と右近がいっているのを、瑠璃様は身に沁《し》みて聞いていた。

「それは結構でしたな。まったく御祈禱の効ですよ」

と僧はいっていた。昼の間は右近の知ったほかの寺の座敷へ行っていた。やつれた姿を見られるのを恥じるようにしている瑠璃様の美しいのに右近はしばし見蕩《みと》れていた。

「私は思いも寄らない高い所で御奉公することになって、ずいぶん美しい人をいろいろと見ますがね、殿様の奥様はこんな方はないと思うくらいお美しいのですよ。それに殿様の姫様のお美しいことといったらありません。それはしかし何も十分にされておいでになる上のことですが、この姫様がこんなにしておいでになるのに、そのお二方に劣っておいでになるようにはお見えあそばしませんよ。殿様は私らとまた違って昔からお后様や女御様やそのほかの美しい人を数限りもなく御覧になったのですが、それでもただいまの陛下のお母様のお后様と御自身の姫様とがほんとうの美人というものだと思うとおっしゃいましたよ。私はお后様は知りませんし、姫様はお美しくおありになってもまだほんのお小さいのですし、奥様に誰か並ぶ者があるかと思っていますの、殿様だってそう思っていらっしゃるのでしょうけれど、まさか御自身のお口からそうはおっしゃれないのでしょう。あなたは私のようなものと添って幸福者だなどと御冗談をおっしゃいますよ。ほんとうにあんなによく揃《そろ》っていらっしゃる御夫婦ってものはありませんでしょう。その奥様とこの姫様が同じほどお美しくいらっしゃいます」

と右近のいうのを聞いて、末亡人は嬉《うれ》しそうに、

「そうですかねえ」

を繰り返していっていた。瑠璃様は恥ずかしがって後ろの方を向いてしまった。

「あなたの手からお父様の大臣様にお知らせすることが出来ましたら結構なんですがね」

と末亡人はいった。

「それもそうですけれど、私は源氏の殿様の方へ姫様がおいでになる方がよくはないかと思いますの」

右近がこういうと、末亡人は腑《ふ》に落ちないような顔をして、

「太政大臣様は結構な殿様でしょうけれど、そんな御立派な奥様が幾人もおありになるのですから、そんなことよりも先にお父様のお子にしておもらいしなければならないのですよ」

といった。

「そうですね、まだくわしいお話をしませんでしたね」

といってそれから右近は、昔のことになった源氏の君と夕顔の君との関係を末亡人に話して聞かせた。

「私からお話を申したので最初から、姫様のことは御存じで、奥様のかたみだと思って世話がしたい、子が少ないのだから実子を引き取ったのだといって披露しようと、それは親切にいっていらっしゃるのですよ」

といって、また、

「ほんとうに私が智慧《ちえ》が足りないで姫様におさせしないでもいい苦労をおさせ致し

ましたねえ。あなたの旦那《だんな》様が少弐におなりになったことは官報で知ったのですがね、姫様もごいっしょに九州へおいでになったとは気がつかないでしょう。お暇《いとま》乞《ご》いに殿様の所へおいでになったお姿もちょっと拝見したのですけれど、何ともその時は言葉もようかけませんでした」

と歎息をするようにいうのであった。ここは街の方へ向かった所であるから参詣人が山を登って来るのがよく見える。直ぐ前を流れているのが初瀬川である。

「しかしよくお詣りいたしましたこと、そうでないといつお目にかかれるか分からなかったのでございますねえ」

と右近は瑠璃様にいった。

「そうね、私もよく来たことね」

と瑠璃様はしとやかな大様な調子でいって涙をこぼしていた。どんなに顔が綺麗《きれい》でも、田舎者らしくぎごちなくなっていたら玉の疵《きず》であろうが、そうでないのが右近《うこん》には嬉しかった。夕顔の君はただたよとした柔らかさ一方の美人であったが、この人は上品な気高い所が目に見えてあった。右近は六条院へ帰って来た。

「長く家へ帰っていたじゃないか、独身者も当てにならないねえ。面白いことがあったろう」

と源氏の君はからかった。

「七日行っておりましたけれど面白いことは何もございませんでした。旅をいたしまして妙な人に逢って参りました」

「誰」

右近は一刻も早く源氏の君に知らせたいと思う瑠璃様のことを話そうとしたが、紫の君の前でいっていいかどうかと躊躇《ちゅうちょ》した。後で耳に入ることであればかえってここでいわないのは悪いであろうとも思うのであった。

「後ほど申し上げます」

といって人が来たのを機会に右近は口を噤《つぐ》んだ。紫の君に劣っていないように瑠璃様を思ったが、やっぱりそうでもないと右近は思った。二十七、八なのであろうが真っ盛りの花のような人はほんの暫く見ないでいるうちにまた幾段の美が加わったようにも見えるのである。やはり順境にいる人と逆境の人とは違った所があるなどとも思っていた。源氏の君は横になって右近に足を撫《な》でさせながら、

「どんな人に逢ったのだ。えらい坊様でも引っ張って来たかね」

といった。

「夕顔の君様の姫様でございます」

「そう、今までどこにいたの」

と源氏の君は真顔になっていった。ありのままにいうのはあまりみっともなく思って、

「田舎においでになったのだそうでございます。お付きの者などがやっぱし前の人達でございましたから分かりましたのでございます。お亡《かく》れになったお母様の話が出ましたのでお気の毒に存じました」

「奥様の前でそんな話をしては少し困るね」

と源氏の君がいうと、

「私は眠くて何も聞こえませんよ」

といって紫の君は袖《そで》で耳を押さえた。

「美しい人なの、母様とはどうかね」

「それはお綺麗でいらっしゃいます」

「誰ほど、この人ほど」

紫の君をそっと見て源氏の君はこういった。

「奥様のような、そんなことはございません」

「馬鹿な男だと思うだろう。自分の家内自慢なのだから」

といって源氏の君はおかしそうに笑った。そして、

「まあ私にさえ似ていれば安心だ」

とこんなことをいった。それからは暇があると源氏の君は右近を呼んでそのことについて話すのであった。

「この家へつれて来よう、内大臣に知らせる必要もないだろう。沢山子はあるのだからね、そこへ行ったってあまり引き取られ栄えもしないだろうじゃないか、私の所ではほかに置いてあった子が帰って来たとさえいっておけばいいのさ、私の子だというと恋しがる男が沢山出来るだろうと思って面白くてならない」

と源氏の君はいった。右近は願い事がかなったように嬉しく思うのであった。

「夕顔の君様があんなことでお亡くなりになりました代わりと思し召して、あなた様が助けておあげあそばせば罪滅ぼしにもおなりあそばすでございましょう」

「罪を沢山にきせているね」

と笑って源氏の君はいうのであったが、目には涙がいっぱい溜《た》まっていた。

「悲しい夢のようだった恋だと思ってね、右近、こうしていろいろの人を集めているようだけれど、私はあの時ほど夢中になって恋しいと思った人は一人もあるのじゃないのだよ。大して私に思われていなかった人がまあ生きているおかげで私の家

の人になっているような者もあるのだよ。それだのにあの人のかたみに右近だけを見ているのは実際あまり物足りなかったのだ、立派なかたみをよく見つけて来てくれたね、私は大満足だ」

こんなこともいった。それから源氏の君は瑠璃《るり》様に手紙をやった。衣類も数多く女達のものまで添えて送った。瑠璃様は目の覚めるような贈物を見ながら、これがほんとうの親から来たものであったならなどと思って吐息をそっとついていた。右近が来て勧めるが知らない人の中へ行くのが厭でもあった。

「そうして御立派にさえなっておいでになれば、お父様はいざこざなしに御自身のお子様だとおいいなさいますよ。親子の縁は深いのですもの、私のような者でもお目にかかりたいと思った一心が通ったのですから双方御無事でさえおありになれば、もういつでもお逢いになれますのですよ」

右近は宥《なだ》めるようにこういった。源氏の君は見苦しくない瑠璃様の返事の手紙を見て何となく気が落ち着いた。六条院の中の東の家の西御殿が源氏の君の大書斎になっているのを、それを外へ移して瑠璃様をそこにおらせようと源氏の君は思った。花散里の君は気のいい人であるから、そうして仲よく暮らすのもいいであろうなどとも思うのであった。源氏の君は瑠璃様を子だといって引き取ることの決まった後で紫の君に瑠璃様は実は内大臣の子であることを話した。昔の夕顔の君の話もした。

「あなたは今まで隠していらっしったのですわね」

と紫の君は恨めしそうにいった。

「生きていて今も恋が続いている人のことなどなら、あなたに隠しておくのは悪いけれど、死んだ人のことだもの、こんな機会でもなければ話が出来ないじゃありませんか」

と源氏の君は湿っぽい調子でいった。そしてまた、

「私は何も恋を漁《あさ》って歩こうと思った男でもないのだけれど、運命が妙に私を大勢の女の所へ引き廻したものだから、恋しいともそれほど恋しくないとも、女の人についていろんな感情の経験をしたけれど、あの人ほど夢中になって可愛《かわい》いと思った人はありませんよ、美人でしたよ。趣味などはそれほど高い人でもなかったけれど、生きていたら私は北の家にいる人くらいには今でもするでしょう」

「あら、そうじゃないでしょう。いくら何でもそうじゃないわ」

と紫の君はいった。明石の君を過分な愛を得ている妬《ねた》ましい人だとやっぱり思っているのである。前に座って無邪気にこの話を聞いている姫様を見ると、こんなに可愛く思う子を生んだ人であるから、紫の君がそう思うのももっともである、あるい

はそうであるかも知れぬと源氏の君は思った。これは九月のことである。瑠璃様はひとまず右近《うこん》の家へ移ってそこで女達の人数などを揃《そろ》えて十月に六条院へ来ることになった。源氏の君はこれから相住みする花散里の君に、

「ずっと以前関係のあった女がね、私に知らせないで田舎へ行って暮らしていたのですが、女の子が一人あったもんだから、捜させたのですが知れなかったのがこの頃になって居所が分かったので引き取ることにしました。もう母親も死んでいないのです。中将もあなたの子にしてもらったのだから、こんどもまたあなたの世話になろうと思っているのです。田舎で大きくなったのですから、何も知らないでしょうが、よく教えてやって下さい」

こういった。

「そんなことがおありになったのをちっとも知りませんでしたわね、姫様がお一人きりで寂しいことと思ってましたのですわね、いいことですわね」

と例の大様な人はいっている。

「母親だった人は誠に気のいい人だったのです。あなたも優しい人だからいいと思う」

「一人だけの世話ではほんとうにまだ暇過ぎるのですもの、賑《にぎ》やかになって結構で

すわ」

　花散里の君は嬉しそうにこういっていた。しかしまだ女達は源氏の君と瑠璃様とは親子であるという仮の事実も、ほんとうのことも何も知らないのであるから、源氏の君の一人の愛人が来るのだと思っている。

「こちらの西御殿へどなたかお置きになるのですって、こちらの奥様を古物あつかいになさるのですわね、口惜《つ》しいこと」

などと語っていた。右近が随いているのであるから恥ずかしくない用意を調えて瑠璃様は移って来た。夜になってから源氏の君は出て来た。光源氏などという噂《うわさ》は古くから聞いていたのであるが目のあたりに見た少弐の未亡人や娘の兵部《ひょうぶ》の君は美しさに怯《おび》えたように身体を慄わせていた。

「恋人の所へ来たような暗い灯じゃないか」

と源氏の君は右近にいって、そして、

「親の顔は見たいものでしょう。そうじゃないの」

といって瑠璃様の傍に立てた几帳を手で除《の》けた。恥ずかしいので下を向いた瑠璃様の姿は悪くなかった。

「もう少し灯を明るくした方がいい」

と源氏の君がいうので、右近は少し大きくした灯を近い所へ持って来た。

「恥ずかしがる人だね」

と源氏の君はいった。実子を見る心持ちでいるのである。

「どうなったかと思って、長い間私は気にかけていたのです。夢のような気持ちがする」

といって、源氏の君は涙をそっと袖で拭いた。これは古い古い涙である。十七年前某院の暗い夜に流れた涙である。幾歳《いくつ》になるなどと年を数えて、

「こんなに長い間逢わないでいた親子というものはあるものではない」

などともいった。

「もう子供じゃないではありませんか。別れていた間の話でもしたらいいでしょう」

こういわれて、

「お話の出来るようなこともございませんもの、あるかないかに生きていたのですから」

と瑠璃様はいった。夕顔の君にそっくりな声であった。源氏の君は右近にいろいろなことを注意して帰って来た。

「田舎者になっていて気の毒なような思いをしなければならないのかと心配もしたけれど、そうじゃなくてこちらがかえって恥ずかしくなるくらいの人だから嬉しかった。私にそんな美しい娘があると若い人達に早く知らせたいものだ、兵部卿の宮さんなどという風流男《みやびお》が私の所へ来ると真面目一方な顔をするより仕方がなかったのが、変わると思うと楽しみでしようがない」

と源氏の君は紫の君にいった。

「おかしいことを楽しみにあそばすのね。妙な親ね。怪《け》しからんことですよ」

と紫の君はいった。

「私はそんなことがしてみたくてしようがなかったのだもの、今だったらあなたをそうしますよ」

といって源氏の君は笑った。紫の君は顔を赤くして黙ってしまった。暫くしてから源氏の君は硯《すずり》を引き寄せて、紙に、

忘れえぬ昔の恋の
美しき筋にこそあれ
ゆくりなく今日見る君よ

玉かずら絶えぬゆかりの
なつかしく身にも沁《し》むかな

こんなことを書いていた。いっておく、源氏の君はまだ三十五である。

源氏の君は夕霧《ゆうぎり》の君にも、

「おまえの姉様が一人あったのだが、帰って来ているから仲よくおつきあい」

といっていた。夕霧の君は玉鬘《たまかずら》の君の方へ来て、

「役にも立たないでしょうが、御用があったらいいつけて下さい。おいでになる時もよく知らなかったものですから、お迎えにも上がりませんでした」

といった。真相を知っている女達はこんな挨拶《あいさつ》をしているのが気の毒でならなかった。世界の善美を尽くしたような家に住んで、絵に描いたような美しい人らが瑠璃様の親や同胞《きょうだい》なのであるから、三条も大弐などは何でもないとようよう気がつくようになった。忠義者だといって右近の賞めそやす豊後介も姫様付きのこの家の家来の一人になった。近よることなどは思いもかけなかった源氏の君の家に毎日出仕して下役の指図などをする身になったことを喜んでいる。歳暮の春こしらえでいろいろの着物が出来上がって裁縫係りから紫の君の前へ持って来る。好みが上手である

からどれもこれも美事なものである。縫ってない反物の沢山添えられて、それが皆源氏の君の思い人達に分かたれるのである。

「よくお顔にお似合いになりそうなのを、あなたが選《え》っておあげなさいな」

と紫の君はいった。源氏の君は笑いながら、

「あなたは人が悪いから、私にそんなことをさせておいて、皆の顔を想像してみようと思っているのだろう。肝心の奥様はどれにするのです」

というのであった。

「一番悪い女の着て似合いそうなもの」

「それではこれがいいだろう」

といって源氏の君の選んだのは、紅梅色の浮き模様のある薄紫地の勝れて華美《はで》な小袿《うちき》である。薄色に緋《ひ》を重ねたのが小さい姫様の春着、お納戸色《なんどいろ》の凝った織物の小袿に紫を帯びた赤を重ねたのが花散里の君。燃えるような色の赤に鬱金《うこん》の上着を添えた一揃いは玉鬘の君にといって源氏の君の選ったものである。紫の君はそれを見て、内大臣が花やかな美しさに満ち満ちたような顔で艶《えん》なところのないそれに似た人なのであろうと瑠璃様のことを押し量《はか》って思っていた。そしてその美が源氏の君の心に深く映っているということも考えられた。源氏の君は紫の君の心の中の穏やかで

ないことを知って、

「こんないたずらはもうよした方がいいね、貰《もら》った人が腹を立てるだろう。どんなに着物に種類《いろかず》があっても人の顔ほどの変わりようはないのだから、やっぱり選るのが嘘《うそ》になるから」

こういってわざと美しい人に似合いそうな緑地に唐草を織った艶なのを末摘花《すえつむはな》の君のにするといった。そうして自身でもおかしいと見えて笑っていた。梅の枝に蝶《ちょう》と鳥の飛んでいる地模様のある気高い白地の小袿に赤を重ねたのが明石《あかし》の君に選ばれた。紫の君は妬《ねた》ましい心持ちがした。空蟬《うつせみ》の尼君には青黒い地の織物の小袿に、源氏の君自身のに仕立てられて来ていた黄の着物、それから桃色の着物などを添えて贈った。元日に皆着るようにといってやったのである。見に廻ろうと思う源氏の君の心であるらしい。

初音

今年は正月の元日が子《ね》の日である。夕方源氏の君が行くと小さい姫様付きの女の子供や下女は面白がって前の山で小松を抜いている。姫様の傍にいる若い女達も嬉《うれ》しくて堪《たま》らないような晴れ晴れしい顔を並べていた。明石の君から美しく造って籠《かご》に入れた菓子や料理が贈って来てあった。鶯《うぐいす》をとまらせてある五葉《ごよう》の松の美しい作り物の枝に、

年月を松に引かれてふる人に今日うぐいすの初音きかせよ

こんな歌を書いて付けた物も来てあった。その人の心を思って源氏の君は賑《にぎ》やかな祝日の家の中にいるようでもなく湿っぽいしんみりとした悲しみを感じるのであった。

「返事を書いたらいいでしょう。どんなに拙《まず》くてもあなたの遠慮する人じゃないのだから」

といって、源氏の君は硯《すずり》を引き寄せて筆を選《え》ったりなどして姫様に手紙を書かせていた。この愛らしい子と引き分けてもう足掛け六年ほども逢《あ》わせないでいる罪作りなことを、何故せねばならないのだろうなどと思って心で泣いていた。源氏の君はそれから花散里の君の住んでいる所へ行った。庭も座敷も夏を主にしてこしらえた所であるから、期には合わないがそれがかえって静かな趣を作って、いかにも上品な人の住んでいる所らしい。年が経つにしたがって、二人の間に心の隔てがなくなり睦《むつ》まじさが加わって行くのであるが、一方では夫婦の情から兄弟の清い愛に移って来たようでもある。お納戸色の織物の袿はいっそうこの人を寂しい姿に見せる好みであったと源氏の君は思った。髪なども近頃は目に立って薄くなった。

「いいものでもないが髪に髢《かもじ》を入れてみたらどうです。私じゃない外の人だったらこの頃のあなたを見たら厭になるほど毛が薄いよ。それでも私は何とも思わないし、あなたもまた頓着《とんちゃく》していない」

などと源氏の君はいっていた。去年中のことを思い出していろいろと話し合った後で、そこの西御殿の玉鬘の君の所へ行った。まだ小道具などが間に合わないであったりして、整い切ってはないが座敷廻りが清らかに体裁よく飾ってあった。若い綺《き》麗《れい》な女達も沢山いた。瑠璃様は何という美しさかと見た時の人の心を強く引く顔付

きであって華美な山吹色の上着がよく似合って見えるのである。苦労した間に少し少なくなった髪が、上着の裾《すそ》にはらはらと幾筋かに分かれてかかっていた。影という暗いものが全体にないような、若い女神のような威厳と花やかさを感ぜしめるのであった。この家へこの人を迎えた喜びがいまさらのように溢《あふ》れるほど源氏の君の心に湧《わ》いた。こんなことから恋の芽が生えないものでもない。肉親の仲のようにこうして源氏の君に対しているものの、思ってみれば自分は何なのであろう、お伽話《とぎばなし》のようにこの知らぬ富貴の家へ来て娘だと大切がられていると思って、玉鬘の君が恥じて顔を下向けているのが誠に美しい風情である。

「私のいる方へも遊びに来てあちらの女王にも逢ったらいいでしょう。琴なんかをこの頃習い始めた子供もいますから、あなたもいっしょに教えてやったりなどすると慰みになるでしょう。心の置けるような人では女王はないから」

と源氏の君はいった。

「何でもお指図していただく通りにいたします」

とおとなしい声で瑠璃様はいっていた。源氏の君は暗くなりかかってから北の明石の君の所へ行った。廊下の戸を開けると清い薫物《たきもの》の香が漂うていてどこよりも一番気高い心地を起こさせる住居《すまい》である。居間へ入ったが明石の君は見えない。品のいい小説が五、六冊出してあって、支那錦《にしき》の縁をした座蒲団《ざぶとん》の横に一絃琴《いちげんきん》を置いて、面白い形の火鉢にくべた香が紫色の細い煙を立てていた。机の上の紙には手習いのように書き散らした墨の跡がある。誰にも違った流の手で美しくもあった。姫様から返事が来たのが嬉《うれ》しかったと見えて、

珍しく花のねぐらに木伝《こづた》いて谷の古巣をとえる鶯

という歌が書いてある。

梅の花咲ける岡辺に家しあれば貧しくもなし鶯の声

こんな古歌も書いて自身の心を慰めようとしているのが源氏の君は可哀そうでならなかった。筆をとってその横へ何ということなしに歌や字を書いていると、そこへ明石の君が出て来た。良人というよりも主人に対するような礼儀をとってつつましやかに座っている。白い袿にかかった艶《つや》のいい髪が少しこの頃薄くなったのもかえってなまめかしく見えるのであった。正月早々紫の君に恨まれると思いながら源氏の君はここで泊まった。宵のうちにそのことがもう噂《うわさ》になって六条院の隅々まで聞こえたから、花散里の君の方でも女達が妬ましがっていろんなことをいっていた。

紫の君付きの者はいいようもない大侮辱を頭上に加えられたようにいって口惜しがっていた。源氏の君が夜の明けるか明けぬくらいの時に帰ったのを、こんなにしなければならないのかと明石の君は後でやっぱり味気ない思いをしていた。泊めた女を生意気な失敬な者と思い、自身を恨んでいる紫の君の心は源氏の君によく分かっているから、

「昨日は方々廻り歩いて疲れて、終いに行った所でちょっと横になったまま眠ってしまった。迎えの者でもよこしてくれたら起きて帰ってくるのだったのに」

などといい訳をした。

「そうですか」

といったきり紫の君は黙っていた。二日は客を招待してあったので朝から立ち歩いて支度を家来にいいつけなどして、きまりの悪さを源氏の君はまぎらしていた。東の院に別れている人らは繁々源氏の君に逢うことは出来ないが、そのほかには何の不足も不満もない安らかな日をそれぞれ送っていた。仏信心を専念にする者、文学に身を入れている者もあった。少し暇になった八日頃に源氏の君が来た。末摘花の君は身柄が身柄であるから、立派な正妻の一人と世間で認めるような体裁だけはいつも源氏の君は繕っていた。昔長くて沢山あって美事だった髪も年々少なくなって、

その上白い筋も交って見えるようになってきた。じっと見るのが気の毒で源氏の君は目をなるべく逸らすようにしていた。緑色は厭なものであるという気がむらむらと源氏の君の心に湧いた。柳色が悪いのではなくて着ている人が相応せぬ人であるからそんな気のしたのであることはいうまでもない。艶《えん》のない黒み勝ちな練りの赤を二枚着た上にその織物の袿を掛けているだけの姿は寒そうでならない。下へ重ねる袿はどうしたのであろうと源氏の君は思っていた。鼻の赤さが際立って悪寒《おかん》を起こさせるのも今始まったことではないと源氏の君は歎息していた。礼儀を立てるように見せて几帳《きちょう》の布《きれ》をわざと真っ直ぐに直したりなどして見ない工夫をするのであったが、女は自身そのものをそれほど恥じて隠そうともしない。良人とも親とも思っているように馴《な》れ馴《な》れしく慕わしがるのが可哀そうで、この人を親切に世話してやることが何にも勝った善事であるという観念も起こるのであった。末摘花の君は話しする声なども寒そうに慄《ふる》えていた。見かねて、

「あなたの着物のことなんかをお世話する女はいないのですか。客が来るというのでもないこんなのんきな家は様子なんかはどうでもいいからいくつでも着物を重ねて着るにかぎりますよ」

と源氏の君はいった。そうすると気がついたようにおかしそうに笑って、

「醍醐《だいご》の兄様の方から春着の支度を頼まれたものですから、暮のうちに私の着物なんか縫われずじまいになりましたの。皮の下着も兄様に持って行かれたので寒くって寒くって」

といった。

「皮の着物なんか着ないでも、白い絹の着物は下へ何枚重ねても差し支えないものだからお着なさい。私はいろんなことがあるものだから忘れていることもあるんですから、いくらでも入り用のものは持って来いといってよこして下さらないと困る」

などと源氏の君はいった。ここでは生真面目過ぎた人のように源氏の君はなっているのであった。それから空蟬《うつせみ》の尼君を訪ねに行った。遠慮深く一つの御殿の主人らしくも見せないで、あらかたを仏様をまつる用に使って、小さい座敷に自身は住んでいる。青みを帯びた黒の几帳の傍に座っていた。袿も同じ青鈍《あおにび》であるが、下へは薄紅《うすべに》などを重ねて着ているのが艶に見えるのであった。源氏の君は涙ぐんで、

「私とあなたの恋は終始悲しい運命に支配されていますね。けれどこれだけの縁はわずかにあるのですね」

「わずかこれだけだとこうしていることをそう軽々しく私は思いませんの。深い因

縁だと思うくらいでございます」

「私はあなたを罪に落とした昔の報いが恐ろしくて、仏にいつもお詫《わ》びしているのですよ、今ではあなたも私の本心が分かったでしょう。どちらかというと私の恋などは清いものでしょう。もっと穢《きたな》い恋を持った男もあったでしょう」

継子《ままこ》の河内守《かわちのかみ》に横恋慕された当時の苦しみを知っているように源氏の君にいわれて尼君は恥ずかしく思った。そして、

「こんな姿になってあなたにお逢いしているのがひどい報いですわ」

と発作的にいって、わっと泣いた。

胡蝶

三月の二十日過ぎである。六条院では新造船の船下ろしの宴が張られた。帰って来ておられる中宮《ちゅうぐう》の若い女達を満載して龍頭鷁首《りゅうとうげきしゅ》の船は西の方から山を廻って、遠近《おちこち》に桜や藤や山吹の盛りに咲いた南の庭の大池に浮かんだ。紫の君付きの女達はその池へ突き出た離れ座敷に集まっていた。水の上を終日あちこちと漕ぎ廻って遊覧した船の女達は管絃楽の始まりかかった日暮れ方に、その座敷の下で船を止めて上がって来た。庭には篝《かがり》が多く点《とも》されて青い苔《こけ》の上で幾十番の舞いを夜の明けるまで、引き代わり引き代わり貴公子が舞った。驕楽《きょうらく》の家の六条院も若い人達の恋の対象にはならなかったのであるが今ではそうではない。娘盛りの姫様が降ったように出来たのであるから、婿になりたい、恋人にしたいと心をときめかす者が来賓の中に幾人もあるのであった。いい地位にいる人、資格のあるのを自信にしている人などは、中に人を立てて公然と申し込んだりもするのであったが、まだ若輩だと誰にも思われるような人は、はかない片恋をつくって独りで胸をこがしていた。真相を知らぬ

内大臣の子息の中将などもその仲間の一人であった。兵部卿《ひょうぶきょう》の宮は源氏の君の弟で先帝の皇子であるが、夫人を亡くされて三年ほど独居しておられるのであるから、むきになって瑠璃《るり》様を御自身のものにしようとしておられるのであった。今日は中宮の御殿でお催しの仏事の初めの日であるから、徹夜した人達は正装に仕替えて昼過ぎに皆その方へ行った。源氏の君も行って聴講の座に着いていた。紫の君から仏前へ捧げる花を持って、蝶と鳥の姿をした童　侍《わらわざむらい》が八人船に乗って行った。鳥は銀の花瓶に桜を差して持ち、蝶は金の花瓶に山吹を入れて持っている。風が吹いてその桜が船の上で白い花を散らしている。広い池の霞《かす》んだ中からその船が出て来た風情は誠になまめかしいものであった。

花園の胡蝶《こちよう》をさえも下草に秋まつ虫はうとく見るべし

という紫の君の歌を夕霧《ゆうぎり》の君が持って来た。これは去年の秋の紅葉の返報であろうと中宮は微笑して見ておられた。玉鬘《たまかずら》の君は正月に紫の君と逢った後は、双方親密に付き合っていた。縁組の相談を源氏の君はいくつも聞くのであったが、こんなことは瑠璃様次第で自分の決めるべきものでないと思っていた。実父の内大臣に知らせて自分もいっそ瑠璃様を得ようとする男の位置に立とうかなどと、こんなことを思うこともあった。夢にもそんなことを知らないで姉だとばかり思っている夕霧の君は、よく瑠璃様の所へ来て簾《すだれ》ぐらいを隔てて話をして行く。そしてほんとうの弟である内大臣の息子達は夕霧の君の手蔓《てづる》で恋の近道を歩こうと思って、いっしょに出て来ることなどもままあった。瑠璃様は早く父に逢いたい兄弟に名乗り合いたいと始終思うのであるが色にも出さないでいた。瑠璃様の所へ来る男の手紙が次第に殖《ふ》えて来たのを、予期していたことであると源氏の君はおかしくて、間があると来てそれを読むのであった。返事していいようなのには返事を書くようにといって源氏の君が勧めるので玉鬘の君は困ることもあった。いらいらした恋の心がよく現れている兵部卿の宮の手紙を見て源氏の君は面白そうに笑っていた。

「この宮さんとは兄弟の中で今日まで一番仲よくして来たのだけれど、恋の方の打ち解け話などを若い時からどういうものか聞く機会がなかったが、今日になってこんなものを私に見られるとは妙なものだ。同情すべき文じゃありませんか、返事をぜひお書きなさい。今の世の中で気の利いた女の文のやりとりをする相手はあの宮さん以外にはないと私は認める」

といいながらまた右大将が心を籠《こ》めて書いた文を見ては、

「真率な人はやっぱり真率な恋をするものだ」

などといって賞めもした。薄藍色《うすあいいろ》の紙に書いて小さく折って結んだまま解かれない手紙がある。開けてみると字も綺麗《きれい》で文章も美しい。

思うとも　愁《うれ》うとも
君は知らじな
病むことももとより知らじ
死なんともようやく書けど
なお君は知らじ心を

こんな詩も書いてある。

「これは誰のですか」

と源氏の君が問うたが瑠璃様ははっきりとも答えない。右近《うこん》を呼んで、

「手紙が来たらね、おまえ達も拝見して、返事をした方がいいと思う人だったら、お書きになるようにお勧めするのだよ。男に操を蹂躙《じゅうりん》されたために、やむを得ないで起こる醜い結婚は、あれは男ばかりが悪いのでもないのだ。どんなに情を尽くして手紙をやっても、返事一つ貰《もら》えないというそんな場合になってすることなんだ。

別に差し支えのない自然界のものについてのその時々の感情などを書いてやるのは、貰って嬉《うれ》しいものであるし、その人が他人の妻になったからといって恨みの起こるものでもない。いわないでもいいのに男の心が解《わか》ったようなことをいっておくのは、後で考えて翻弄《ほんろう》されたと思われても仕方がない。冷静を欠いた女は後悔が多いというのはほんとうだ。しかし宮さんや右大将は軽率な考えでこんな手紙をお送りになるのじゃないのだから、ともかくも穏やかな返事をする方がいいだろうと私は思う。そのほかの若い人達のはおまえ達の考えで真心からの恋の多い少ない、熱心の度の強い弱いによって相当な返事をお書かせしたらいい」

などと源氏の君はいって聞かせていた。石竹色《せきちくいろ》の着物に薄色の袿を着た瑠璃様は、去年の秋初めて見た時のただ大様なだけのとりなしではなく、気の利いた凜々《りり》しい様子が少なからず加わっていっそう花やかに美しい人になったように見えるのであった。この人がいよいよ人の妻になったら残念な気がするであろうと源氏の君は思っていた。右近は親とするのにはあまりに若い美しい源氏の君を眺めて夫婦であったらちょうど似合ってお見えになろうなどとそんなさかしらなことを心で思っていた。そしてさっきの文を、

「それは内大臣様の中将様のでございます」

と右近はいった。

「しっかりとして情のある文を書くと思ったらあの人なのか、まだ若い人だけれど落ち着いた静かな人で、もっと上の官吏の中にでもあの人と並ぶ人物はちょっと少ないようだ」

といって源氏の君はまたその手紙を取ってよく見ていた。

「内大臣に知らせるのは瑠璃様が何々夫人となってからの方がいいと私は思っている。そこでいよいよ人選だがね、瑠璃様はどう思いますか、宮さんは独身者のようでも、通ってお行きになる所がずいぶんおありになるようだし、妾《めかけ》という厭な名のものがお邸《やしき》にいるのも一人や二人ではないということだから、その中へ入って行くのにはよほど覚悟がいりますよ。見て見ぬ風をする心持ちになればいいが、そうでなくて嫉妬《しっと》が起こって来れば男の愛情を自分に繋《つな》ぐこともまたむつかしくなるからね、右大将は長くいっしょにいる細君が自身より年の上の人であるから、それがもうこの頃では厭でならなくて別の細君を捜しているのだが、これもうるさいことの付きまとうのはいうまでもないことだから、私もこの二人の中で、決めなければならないということだったら裁決に困る。こんなことは親にでも思うことがよく話せないというが、瑠璃様はもうそんなに若い人でもなし、自身で決めて私にいってくれたらいい。私をお母様だと仮に思ったらいいでしょう」

「母というものはどんな心持ちになって話の出来るものか私にはそれも分からないのですわ」

と瑠璃様はいっていた。もっともなことだと可哀そうに思って源氏の君は帰った。ほんとうの親であっても小さい時からいっしょにいなかったりしてはこれほどの親切を子に見せてはくれないであろうと、小説を読んで細かい人情がいくぶん合点出来るようになった瑠璃様は、源氏の君の情け深い心に報いたい、その人にだけは隠した心などは持ちたくないなどと思うのであった。源氏の君は可愛くてならないで、紫の君にも、

「どうしてこんな人が出来たかと思われるくらい瑠璃様は円満な女らしい人だ。母親だった人は気だてが柔らかい一方ではがゆいような所もあったが、あの人はそうでもない」

こんな風に賞めて話していた。

「あなたにあまり賞めて思われるのはかえって危険なんだけれど、何にもお知りにならないであなたを信じていらっしゃると思うと、お気の毒なような気もしますわ」

ですもの」

「危険って何が危険なんだろう」

「危険ですとも。私もあなたに上手に騙《だま》されたと思って口惜しかったことがあるのですもの」

と紫の君は笑いながらいっていた。疚《やま》しい所のないでもない源氏の君は、心を見透かされるように思ってほかの話に紛らしてしまうのであった。間違った物思いをしている自身の心を憎みながら、気になるものであるから玉鬘の君の御殿へばかり源氏の君の足は向くのであった。初夏の雨の上がった後で、楓《かえで》や柏《かしわ》が若葉を繁らせた枝を心地よく伸ばしている庭を見て、ふとまた瑠璃《るり》様が恋しくなってそっと行った。横になって手習いなどをしていた瑠璃様は起き上がって恥ずかしそうに頬《ほお》を染めた。その顔は夕顔の君そのままのように今日は見えた。

「あなたのようにお母さんによく似た人もあるのだね。中将などは死んだ母親にどこ一つ似ている所というものがないのだから、皆そんなものかとも私は思っていたけれど」

となつかしそうに源氏の君はいうのであった。暫くして、

「恋しい恋しいと忘れたことのない人と同じ人を見るんだから、私はもう自身の心を制することも何も出来ない」

といって源氏の君は瑠璃様の手を取った。こんなことに初めてあって驚きながら、何も解することが出来ないでいるように、

「母によく似ていますから、また私も短命で死ぬのでしょう」

と大様に答えていた。それでも顔を膝《ひざ》に付けて身を守る用意はしていた。いいほどに肥えた柔らかな瑠璃様の手を放さないで源氏の君は今まで隠していた恋を少しずつ身に沁《し》むような声で話し出した。女はあさましくも恐ろしくも思って慄えていた。

「そんなに疎ましがらないでもいいではありませんか、私はこんなに思っている心を上手に隠すのも苦心の多いものだったのですよ。あなたに恋をしている誰の熱情にも私は負けない」

ともいった。遠慮して女達が少し遠い所へ行ったのを見て源氏の君は上着をそっと脱いで瑠璃様の横へ寝た。愛されないであっても実の親の傍へ行っていたなら、こんな憂き目にはあわないで済んだものをと思うと隠そうとしても涙が流れて出るのを見て、

「私はこの上、何も無法なことをしようと思っているのじゃない。忍び余った心だけをあなたに話しただけだ。そしてあなたといると昔の恋の心持ちになれるのです。私の心はただ昔の人だと思って恋をするのだから、あなたもその時だけは昔の人に

なって私を慰めるようなことをいっていてくれればいいのです」
思い返してこんなことを宥《なだ》めるように源氏の君はいうのであった。翌日源氏の君から来た手紙の返事に、
承り候、ここちあしく候えば御返事もいたしがたく候。
とこれだけを瑠璃様の書いてよこしたのを見て、腹を立てたようなこんなことを書く人であるから、恋をしてもしがいがあると源氏の君は例の悪い癖でそう思っていた。

蛍

大夫《たいふ》の監《げん》に恋をされた時の疎ましさ恐ろしさとは同じものではないが、玉鬘《たまかずら》の君は源氏の君に思いもよらないことを聞いてからまた新しい苦労が殖えた。誰も想像の出来ることでもなく、話すべきことでもないから一人で悲しんで溜息《ためいき》をばかりついていた。母がいたらこんなことはないはずであると思って、それにつけても自身の薄命がつくづく歎かれるのであった。源氏の君もさすがに人目を憚《はばか》って瑠璃様にそのことをまたいい出す機会が当分なかった。参ってお話をすることを許して欲しいと兵部卿《ひょうぶきょう》の宮のいっておよこしになった手紙を源氏の君は見て瑠璃様の返事を自身が口授して宰相《さいしょう》の君という人に書かせた。瑠璃様は宮様などの哀れなことの書いた手紙を少し身に沁《し》みて読むようになった。動機は何であるかというと、ほかへ心が走っている風を見せたなら源氏の君の恋を押さえることが出来もするであろうかとそんな考えの起こったからであった。おいでになってもいいという返事をお見になった日の夕方に兵部卿の宮は心をときめかして美しい装束をしておいでになった。

妻戸の傍に設けられた座に宮様はお座りになった。瑠璃様のいる所とは幾側かの几《き》帳《ちょう》だけが隔てになっているのである。そこには源氏の君も来ているのであった。自身で薫物《たきもの》などをしたりなどして親らしい世話をしているのであるが、恋を忘れようとするためにこうもするという哀れな心が見えぬでもなかった。静かな調子で諄《じゅん》諄《じゅん》と恋を宮様のお語りになるのを源氏の君は微笑《ほほえ》んで聞いていた。宰相の君が瑠璃様にこれを取り次いでいるのである。

「声はお聞かせしないで、もう少し近い所まで出たらいいでしょう」

と源氏の君は瑠璃様にいった。瑠璃様は次の敷居の所の几帳の傍に座を変えて座っていた。源氏の君が来て瑠璃様の顔の前の几帳の布《きれ》を一枚だけ上へ上げたと思うといっしょに、さっと明るい光が起こった。紙燭《しそく》を横から差し出した者があるかと瑠璃様は驚いたが、これは源氏の君が薄い上着の袖《そで》に蛍を沢山包んであったのであって、今まで隠されていたのであった。そう気がついてから瑠璃様は扇を広げて顔に当てたが、その様子が誠に艶《なま》めかしいものであった。にわかに間《ま》の中が明るくなったら宮様もお覗《のぞ》きになるであろう、ただ自分の娘だというだけで恋をしておいでになって、これほどの美しい人であるということを知らないでおいでになるのが残念であるからと、そう源氏の君が思って巧《たく》んだことであった。そして直ぐ外の方の出

口から出て源氏の君は自身の御殿へ帰ってしまった。宮様は少し近い所へ瑠璃様の出て来られたようなのに胸を轟《とどろ》かせて、前の羅《うすもの》の几帳の間から中を覗いておいでになった時、この蛍の光をお見になったのであって、一間《けん》隔てて正面に見える所にいた瑠璃様を美しいと眺める間もなく顔は扇の陰になってしまったのであった。

「虫の蛍の火でも人の力で消せるものではないのですから、私は自分の心の恋の火をとても自分の力で消すことは出来ません」

こんなことも宮様はおいいになって、あまり更けないうちにお帰りになった。源氏の君が予期していたように宮様は玉鬘の君の恋しさがいっそうお心に沁みた。宮様のお姿の艶《えん》な所がよく源氏の君に似ておいでになるなどと女達はお賞《ほ》めしていた。

五月五日には花散里《はなちるさと》の君のいる御殿の横の馬場で騎射の催しがあるので、そのほうへ行くついでにまた源氏の君は瑠璃様の所へ来た。

「この間宮様は遅くまでおいでになったのですか。あまり近しくはおさせしない方がいいね、若い女が安心して傍へお置きすることの出来るお方でも実はないからね。そんな懸念のない人はもっと堅い人なはずですからね」

源氏の君はこんなように、宮様のことを活《い》けず殺さずにいっているのであった。

今日も宮様からは、菖蒲《あやめ》の長い根に白い薄葉《うすよう》に書いた手紙を付けてお送りになった。

源氏の君は花散里の君に、

「騎射の始まる前に中将がここへ友人をつれて来るだろうから、そんな用意をさせておいて下さい。昼からはまた瑠璃様がここの西御殿にいるから騎射をかこつけに宮様達までもお見えになるかも知れない」

といっていた。玉鬘の君の方からも女の童《めわらわ》などが見物に来ていた。水色と青とを重ねて着て、藍色の羅の上着を着たのがそれであって、ここの童は緋を重ねた上に薄紅の上着を着ていた。源氏の君は二時頃から馬場の傍の座敷へ出た。噂していたように来賓の中には宮様方も大勢着ておられた。左近衛右近衛《さこんえうこんえ》の中少将が皆来て部下を指図するのであったから、ちょっと見ることの出来ない花やかな面白い遊びであった。舞楽などもあって夜に入って果てた。

「誰よりもやっぱり兵部卿の宮様が勝《すぐ》れてお見えになった。顔などはそれほど美しい方でもないが、姿やとりなしの実にいい方だ。見ましたか」

と源氏の君は花散里の君にいった。

「弟様でもあなたよりは老けてお見えになりますのね。あちらへ来ていらっしゃることは聞きましても私などはお逢いすることがありませんでしたから、昔御所で時々お顔を見た時と比べてお変わりになったことと思いました。けれど御立派ですわね。それから見ますと帥《そち》の宮様はお美しいことはお美しいけれどお品が少し落ちますのね、親王様というより何々王様というようですわね」

などと花散里の君はいう。当たった所があるとも源氏の君は思うのであったが、何ともいわずになお来賓の誰彼を花散里の君の批評するのを聞いていた。とかくに誰のことも賞めがちになって、婿にするのには不足があると思っている右大将のことなども、奥床しく見える人などというので、源氏の君はそうでもないとおかしく思っていた。花散里の君は今まで同じ家の中でそんなことがあっても、よそごとのように聞いていた華美《はで》な催し事が今日初めてここで開かれたことを嬉しくてならなく思ったようである。それから二人は几帳を中に立てて別々に寝た。こんな習慣はもうよほど前からのことであった。今年は空の晴れる日が一日もないような陰気な梅雨であったからすることとなしに誰も誰も小説をばかり読むのであった。明石《あかし》の君は創作の才も豊かで自作をよく小さい姫様の所へ持たせてくるのであった。瑠璃様は熱心な読者であるがまた書くこともしていた。

「小説の中にも私のような誠実な恋をしている男がないでしょう。またあなたのような人情の分からないお姫様もないだろう。それを小説に作らせましょうか」

と源氏の君はある時小説を読んでいる瑠璃様の傍へ寄っていったことがある。

「小説に作らせて広めないでも、親が子に恋をするというようなことは、世間が珍しいことにいって広めるでしょう」

瑠璃様はこういったのであった。小さい姫様のために紫の君は小説を女達に写させたり人に頼んで絵を描かせたりしていた。源氏の君は夕霧の君を紫の君のいる間《ま》の中はもとより女達の集まっている所へも出入りさせないでいるのであったが、小さい姫様の所だけは自由に行くことを許してあった。優しい若い兄は愛らしい妹のために雛遊《ひいなあそ》びの相手などをするのであったが、雲井《くもい》の雁《かり》の君とこうしていっしょに遊んだことなどの思い出される時があって折々萎《しお》れることがあった。婿にしたいという人も沢山あったが、夕霧の君はそれに耳を傾けようともしなかった。その中には恋しい気のする人もないではなかったようであるが、雲井の雁の君の乳母《めのと》に六位などの者がといわれたことが心に残って、立身してその人を妻にしないでは恥辱が濯《すす》がれないようにも思っているらしかった。雲井の雁の君には今も心を籠《こ》めて書いた手紙はつねに送っているのであるが、初恋を裂いた恨めしい伯父《おじ》の方から進んで結婚を望むまでは、こちらから頼むようなことはしたくないという意気もあった。

内大臣の大勢の息子達は皆出来のよい者揃《ぞろ》いで、内大臣はその方では満足しているのであるが、二人の女の子は后《きさき》の競争に敗けを取ったり、皇太子の女御《にょうご》にと思った雲井の雁の君がそんな疵物《きずもの》になったりしたのであるから物足りない。小さい時に行方知らずになった瑠璃様がいたならと思い出して悲しむことが多かった。息子達にもそのことを話して聞かせた。

「放縦なことをやっていた時だったから、その母親だった女は俺を信頼しなくなってその子をつれてどこへか行ってしまったのだ。可愛らしい子だったから俺は惜しくてならない。俺の娘だといっている女がひょっとないか気をつけていてくれ」

こんなことをよくいっていた。源氏の君が美しい娘を呼び迎えて、それが花やかな社会の話題になっていることなどが羨《うらや》ましいのでもあった。内大臣は瑠璃様の夢を見て上手な夢占いに問うたことがあった。

「あなたのお子様が他人の子になっておいでになるのであって、それが近いうちに分かるというような、そんなことのように心得ます」

と夢占いの者はいっていた。

常　夏

暑い日に源氏の君は池の上に造られた座敷に出て涼んでいた。夕霧《ゆうぎり》の君も傍にいた。源氏の君の秘書官のようにしている人達も来ていて、桂川《かつらがわ》の鮎《あゆ》や加茂川《かもがわ》の鰍《かじか》が鱠《なます》にされて銘々《めいめい》の前に並べられてあった。内大臣の息子達は夕霧の君の所へ遊びに来たのであるが、こちらにいると聞いて揃《そろ》うて出て来た。

「眠くて仕方がない所だったのだ。よくいらっしったね」

と源氏の君はいって、その人らに酒を勧めて、氷を持たせて来させたり、いっしょになって水飯《すいはん》を食べたりなどしていた。風はよく吹くが夕日が遠慮なく射して蟬の声も暑苦しく聞こえる。

「水の上のようでもない暑さじゃないか。失敬しますよ」

といって源氏の君は横になった。

「こんな時は楽器などに触ってみる気にはならないし、そうかといって退屈もするのだね。君達は毎日役所へ出るのがえらいだろう。まあこの家ででもゆるりと遊び給え。面白い話があれば聞かせてくれ給え」

と源氏の君はいうが、若い人らは格別そんな話もないから畏《かしこ》まっていた。

「誰かのいっていたことだがね、内大臣がほかで生ませた娘さんを家へお呼びになったって」

と源氏の君はその人の次男の弁の少将に聞いた。

「はい。この春父がそんな娘が一人あるはずだ、名乗ってくればいいというようなことを申しましたのが耳に入って、自分がそういう縁のある者だとこの兄にいって来たのがそれなんですが、父の子なのかなんだか分かりません。それはもう大変な女で、笑い話の材料にされるようですから、家の名折れになると思って面目なくて仕方がありません」

と少将はいった。嘘《うそ》ではなかったのだと源氏の君は思って、

「大勢ある上にまだまだと欲を出して寄せ集めたお父様の失敗なんだね。私の家なんぞはまったく心細いぐらい子供が少ないのだから、そんなことを名乗って来る人でもあるといいのだが名乗って来栄えもしないと見えて、来てくれる者もないよ。しかしほんとうの娘さんには違いなかろうよ。つまりお父様のありのすさびに出来ないでもいい女にそんな人が出来たのであろうよ」

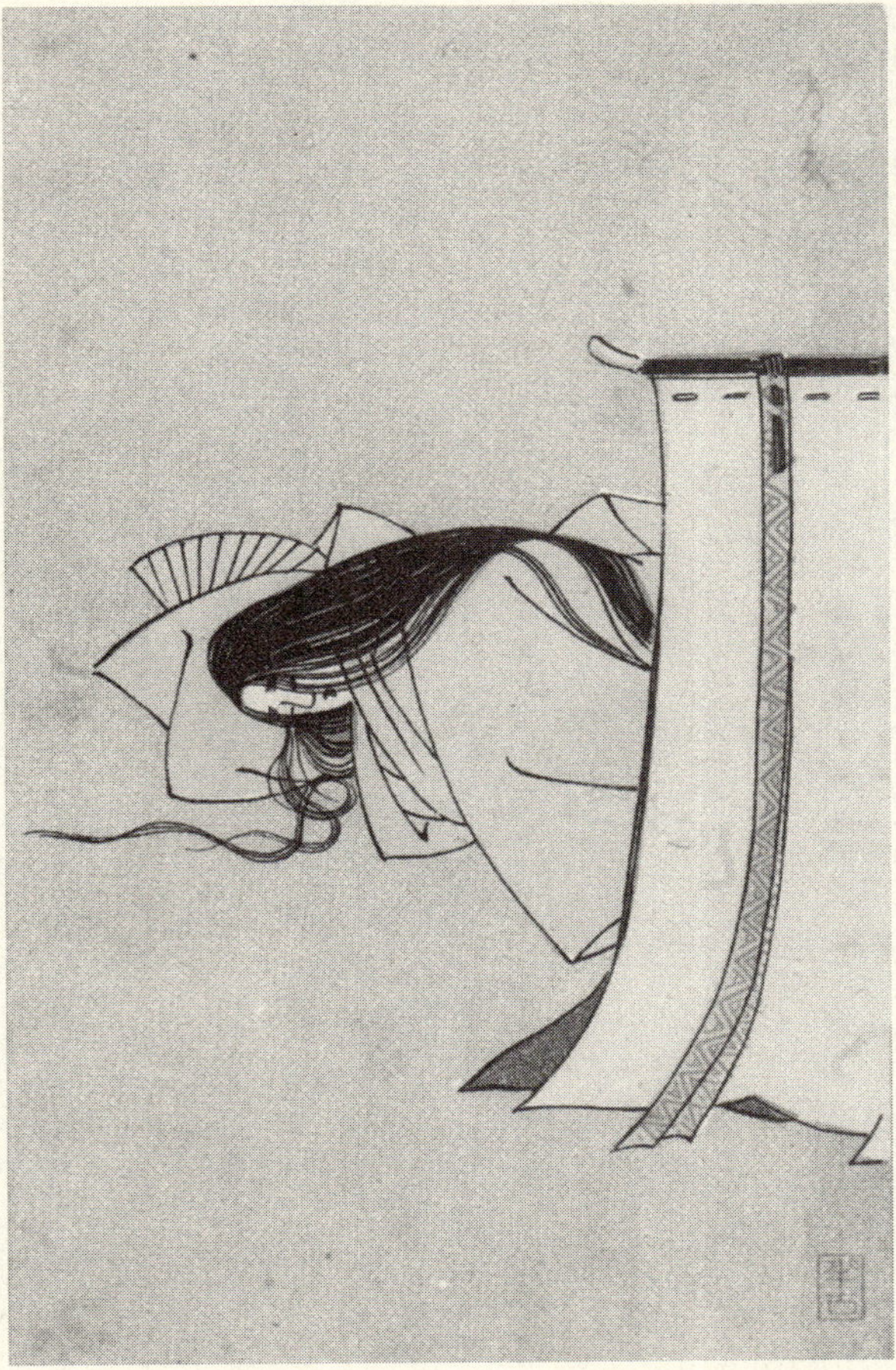

といった。柏木《かしわぎ》の君は若い時の父の身持ちを知っているから弁護のしようもないと思っている。弟の少将と侍従とは今日に限って源氏の君が父の攻撃をあまりに手厳しくすると思っていた。

「おまえはそんな余り物の娘さんでも貰《もら》ったらいいだろう。失恋のあげく生涯独身者でいるより、その姉妹でも貰って発展してはどうだ」

源氏の君はわが子を弄《ろう》するような調子でこうもいった。夕霧の君と雲井《くもい》の雁《かり》の君との恋について内大臣の取った処置を、好意的でないと思っているから、それでもって争おうとも思わないが、こんな当てつけぐらいは人伝てに聞くが好かろうとも思うのであった。こんどの娘に失望している内大臣の様子を聞くと、不足のない瑠《る》璃《り》様を見せた時あの人はどう思うであろう。善《よ》い悪いの差別を目立ってつける人であるから、これにはどんなに大騒ぎな待遇をするだろう、などとも思うのであった。

源氏の君はそこから玉鬘《たまかずら》の君の所へ来た。夕霧の君もその従兄《いと》弟《こ》達も随《つ》いて行って庭の撫子《なでしこ》の花の間を逍遥《しょうよう》していた。源氏の君は瑠璃様を縁側に近い所へつれて来て御簾《みす》越しに花の中の優男《やさおとこ》らを眺めていた。

「皆立派な男だ。右中将がその中でも落ち着いた所が違っている。あの人からも手紙をよこすだろう。あんまり冷淡にしないでおくといい」

と源氏の君は柏木の君のことを瑠璃様にいっていた。しかし何といっても夕霧の君の美しさは誰にも勝《すぐ》れていた。

「ここの中将を内大臣が嫌うのは理由が分からない。現在の甥《おい》なんだのに」

「あの方に娶《めあわ》す人があると申すことではございませんか」

「なあに、別に婿に取られたりされないでもいいが幼馴染《おさななじ》みの恋なんだから、位が低くて表向きにするのは恥だと思えば、今の所は見て見ぬふりをして私に任しておくくらいのことにしておいてくれるといいのだがね」

と源氏の君はいった。実父とこの人の中にはそうした感情の行き違いがあるのかと瑠璃様は知るにつけてわが身を歎かずにはいられなかった。月のない頃であるから燈籠《とうろう》に灯を入れたのを、近すぎて暑苦しいと源氏の君はそれをよさせて、庭の中で篝《かがり》を一つ焚《た》かせた。

七絃琴《しちげんきん》が傍にあったので引き寄せて鳴らしてみるとよく調子が合っていた。

「あなたはあまりこんなことに趣味を持たないのだろうと今までは思っていた。七絃琴はいい物だから努めてお習いなさい。それほどむつかしい物のようでもないが、上手に弾くことがなかなか出来ないのはこの琴ですよ。今の所これの名人といっては内大臣より外にない。あの人は実際うまい」

といって、自身も少しばかり弾くのであった。これ以上上手な人というのがほんとうにあるであろうかと思いながら、瑠璃様は片心で父の大臣がこうして打ち解けて琴などを弾いて聞かしてくれる日が、いつになったらあるであろうなどと思っていた。若い人達はもう庭にはいなかった。

「あなたの母様が撫子《なでしこ》の花を手紙の中に入れて、この花のような子を忘れないでくれといったことがあると内大臣が私に話したのを今のように思うがね」

源氏の君はその話の続きに、その人と自身が恋をしてしまったために、あなたのことも実父の大臣に知らせにくいのであるということもいった。瑠璃様は泣いていた。その様子が若々しくてなつかしいものであった。源氏の君はこの人と清い交わりでいつまでもいられようとは自身ながらも思うことが出来ないのであった。あまりたびたび行ってはと心が咎《とが》める折は文を多く書いた。自分の思い通りのことになってしまったなら世間は何というであろう、自分は自業自得としても女が可哀そうである。自分がどれだけ深くあの人を愛するといっても、紫の君と同じほどまでとは思わないのであるから、第一位の愛を占めることも出来ないで、自分の妻の一人としているのはあの人のために不名誉なことであるのはいうまでもない。大納言ぐらいの男にでも二心なく思われる妻とされた方が勝っているではないかと、理非が分かれば分かるほど煩悩《ぼんのう》も募るのが恋である。兵部卿《ひょうぶきょう》の宮か右大将かの妻にすることを許そうかとも思い、そうした後で自分がこの恋を断念することが出来るであろうかとまた思っては、気の毒でも自分の物にしなくてはならないという気にもなるのであった。弁の少将はある時父に源氏の君が近江《おうみ》の君のことをこういって聞いたとその時のことをくわしく話した。

「あすこでも外にいた子を呼んでけばけばしい姫様あつかいをしているというじゃないか。あまり人の悪口をいわぬ人が俺のことになると難癖をつけたがる」

と内大臣は笑いながらいった。

「でもあすこのその姫様というのは実際勝れた人らしいですよ。兵部卿の宮様などが大変欲しがっていらっしゃるのですもの」

「それはあの人の子だからこうもあろうかという恋する者の空想なんだよ。母親が誰という名も聞こえないような人だからいいとは決まっていないだろうよ。明石《あかし》の女が生んだ姫様は劣り腹といってもさしずめお后《きさき》になる運を持っている人のように俺らからでも見えるがね、こんどの姫様はどうかするとほんとうの子じゃないかも知れないよ。分かっていてもあの人のことだからそうしておいてあるのかも知れはしない。しかし誰が貰《もら》うのだろう。大臣は兵部卿の宮様とは特別な間柄だから、あの方の物かな」

と内大臣はいいながら、そうして世間にもてはやされて、どう縁が決まるのかが問題になるような花やかな娘であらしたかった雲井の雁の君が、従姉弟同志の恋で身を誤ったことが残念でならないのであった。位がせめても少し上がった上でなければ許して夫婦にさせようとは思わないなどと夕霧《ゆうぎり》の君のことを思っていた。父の源氏の君から頼むのであったら仕方がないふりをしてそうもさせようと内大臣は思いもした。男の方も負けて行こうとはしなかった。親心でいろいろと案じながら内大臣がその居間へ行くと姫様はうたた寝をしていた。羅《うすもの》の着物を一つ着て、扇を持った手を曲げて枕《まくら》にしたわが子の姿は美しくも可愛くも思われた。女達なども皆几帳《きちょう》の陰などで昼寝をしているらしい。内大臣が手に持った扇をはたはたと音をさせたのが耳に入って、雲井の雁の君は寝起きの少し赤くなった顔を上げた。

「うたた寝はしない方がいいね」

と大臣は優しい声でいった。そしてまた、

「女という者はいつでも自身を守ることを忘れたような風でいる者ではないよ。そうかといって座禅の形で身を固めているのもよくない。源氏の大臣が未来のお后《きさき》だと思って育てている姫様の教育の仕方は万事に通じさせておいて皆特別に勝れたことが出来ないでも、何をさせても知らないということのないようにというのだそうだ。そういっても人間には特種の才があるからね、やっぱりその中では何か出抜けて出来るものがあるようになって来るだろうよ。しかし何といってもその人が宮中へ出るようになったら大したものだろう」

父がこんなことをいうのを聞いても、永遠に宮仕えなどの出来ぬ過ちをした自分を、他の人に比べて父はどんなに遺憾《いかん》に思っているのであろうと、雲井の雁の君は幼心に何とも感じなかった昔のことがしみじみと恥ずかしく思われるのであった。祖母の宮様が始終逢いたいという手紙をお送りになるが、父の思惑を憚って雲井の雁の君は行くこともなかった。内大臣は北御殿にいる近江の君はどうしたらいいものだろうとしばしばそれにも頭を悩ました。軽率に邸《やしき》へ入れて、人が誹《そし》るからといって帰すようなことは没常識のことであるし、こうしておけば自分が真実この娘を大切に思っているらしく人から見られるのも心外である。いっそ姉娘の女御の手許で使わせた方がいいかも知れぬと、こう思って、

「近江の君をあなたの傍へこれからは来るようにさせるから、見苦しいことは女達から注意させて直すようにしてやって下さい。兄さん達は笑いものにするが、まあ可哀そうだと思ってやってね」

と女御にいった。

「皆さんがひどく悪くいうような、そんなことはないのでございましょう。兄さんなどが何もかも整った妹を一人欲しいと思っていらっしったその空想とつまり違った人だっただけなのでしょうね。そんな標準で見られたら私などはどんなに恥ずかしい者かも知れません」

と女御はつつましやかにいっていた。女御は目立った美しい所はない顔であるが、奥行きのある上品なちょうど梅の花が連想される人である。微笑《ほほえ》んだ顔を見て内大臣はやっぱり自分の子の中では一番可愛く思うこの人に誰も勝った器量の者はないなどと思っていた。

「そうはいうもののつれて来たのは中将の軽はずみに違いないよ」

と内大臣はいっていた。そのついでに大臣は近江の君のいる所へも行った。座敷の中の御簾《みす》を高く巻いて、五節《ごせち》という若い女と近江の君は双六《すごろく》をしていた。両手を擦り合わせて、

「いい目が出ませんように、いい目が出ませんように」

と口早に相手のことをいっている。随《つ》いている者が道ばらいの声を立てようとするのを、大臣は手を振ってとめて、立ち止まって障子《しょうじ》の開いた所から中を覗いていた。

五節も主人を主人とも思っていない風で、

「こんどはお返し、お返し」

といって、中腰になって賽《さい》を持った手を上げて急に打とうとはしない。近江の君は顔もちょっと愛嬌《あいきょう》のある顔で、髪も綺麗《きれい》であるが、額の狭いのと卑しい声とで何もかもめちゃめちゃに思われるものであるらしい。大臣は自分の顔のどこかにこの顔と似た所のあるのを思って、苦笑をしないではいられなかった。

「忙しいのであまりよう訪ねない」

と大臣がいうと、

「どういたしまして、私はこうして家へ置いていただくだけで大満足をしているのですよ。長くお慕い申していたお父様のお顔が毎日見られないだけが何ですけれど」

と息もつかずに近江の君はいう。

「あなたが来たら手近に置いて、小間使いの用をしてもらったら私も気楽でいいと前には思っていたがね、実際そんなことはさせられるものではなし」

という大臣の言葉の中途で、

「へい、へい、何でも私いたしますよ、はばかりのお掃除でも何でも」

と近江の君は急《せ》き込んでいった。

「それは少し姫様に似合わん役だね。まあ何よりも親に孝行をしようと思う気があるのなら、少し物いいを静かにしてくれないか」

大臣は笑い顔をしてこういった。

「生まれつきなんでございますね。死んだ母もいつもこれを苦にしておりましたけれど、直らないんでございますよ。妙法寺の和尚《おしょう》さんが私の生まれる時産屋《うぶや》へ来たので、あの人にあやかったのだろうなんか申しましたよ」

こういう近江の君は心からそれがやめたそうである中に、死んだ母を思っている情が見えるのを大臣もさすがに哀れに思うのであった。

「とんだあやかりを受けたものだね」

と大臣はいっていた。こんな不覚な娘を女御の所などへやって、大勢の目についていっそう悪い評判が広まる結果になるであろうとも思いながら、

「女御が帰っておいでになるから、時々行っていろんなことを見覚えたらいいだろう。人に笑われないように気をつけてね」

といった。

「何というまあ嬉《うれ》しいことなんでしょう。私は姉様方に交際《つきあ》っていただくことを寝

ても醒《さ》めても長い間願っていたのでございますからね、女御様が私を妹だと思って下さるのでしたら、私は水を汲《く》んだり木を拾ったりすることも女御様のためにいたすつもりでございます」

終《しま》いには聞き取れぬ早口でいろんなことをいっているのを、大臣は情けなく思って聞いていた。

「今日でも行くがいいよ」

といって大臣は逃げるように帰って行った。

四位や五位の者が何人も随《つ》いているのを見送りながら、

「ずいぶん立派な親だねえ。そんな人の子だのにつまらない家で大きくなったんだわ私は」

と独り言をいっていた。

「そんなに卑下をすることはありませんよ」

と五節がいう。

「もっとおまえは言葉に気をおつけよ、朋輩かなんかにいうようじゃないか。私を誰だと思っているのだ」

と近江の君は腹を立てていた。女御の所へ行くのは早くでないと厭がっているようで悪い。今晩にも行こうかと近江の君は思った。その前に手紙をやった方がいいだろうと考えて、わけのわからぬ雅言交りの長いのに、怪しげな歌なども書いてやった。

篝火

この頃世間では内大臣の新令嬢といって、誰も彼も面白がってその噂《うわさ》をした。源氏の君はそんなことを聞いて、ともかくも娘は人の見ることの出来ない所にいる者であるのに、その人の一挙一動が世間へ伝わるというのは、内輪からいい出すことに違いない。好悪の隔てを目立ってして見せるのが好きな大臣であるから、そういう娘を自身から笑い者にしようとするのであろうが、不具の娘でも世間体はいいようにも作れるものでもあるのに、可哀そうであると思っていた。そんな評判を聞くにつけても瑠璃《るり》様は自分を擁護していてくれる仮の親の源氏の君の情がしみじみ感じられるのであった。恋らしいことを時々いわれるのが苦しかったが、それといっても無理わざをして意を遂げようともするのではないと合点が行ってからは、打ち解けて話をよくするようになった。初秋になった。うら寂しい気分に包まれてこの頃源氏の君はいっそう足繁く瑠璃様の所へ来た。終日いて琴を教えたりなどもしていた。五日月《いつかづき》は早く入ってしまって、涼しく曇っている夜の庭に風が立って荻の葉などが悲しい音を立てる。琴を枕《まくら》にして二人は並んでうたた寝をしていたが、こんなにまで恋しい人に接近していながら、この上どうすることも自分の力ではかなわないのかとこんなことを源氏の君は思っていた。あまり夜更かしをしては人が怪しむだろうから帰ろうとして、庭の篝が消えそうになっているのに気がついて、もう一つ新しく焚くようにと家来に命じた。小さい流れの作ってある水の上に枝を広げた梅檀《せんだん》の木の下で、新しい篝は樺色《かばいろ》の光を見せて燃えていた。見ても見ても見飽かない女の美しさを思っては、源氏の君は溜息《ためいき》をつかないではいられないのであった。

「篝を見てごらんなさい。煙が恋のようじゃないか。綿々としてちょうど私の心のようだ」

とこんなことをいった。玉鬘の君は返事をしにくく思ったが、

「そんな煙は早く消えるとようございますがね」

といった。東御殿の方では夕霧《ゆうぎり》の君の所へまた従弟《いとこ》が来て笛を吹いたりなどしている。

野分

六条院の中宮《ちゅうぐう》のお住居《すまい》の庭の秋草の花は、今年はことに手入れが行き届いたせいで美事な盛りを見せたのであった。その草の間々には黒い木や赤い木で趣のある垣がこしらえられてある。ずっと先の方は野のように造ってあるのであるから、朝夕の眺めはいいようもなく美しい。これを見棄てて行くのは残り多いように宮はお思いになって、なお続いて実家《さと》においでになった。管絃会などもしてみたいともお思いになるのであったが、八月は父君の故太子の忌月《きづき》であるから九月になったならなどと思っておいでになった。初秋の野分《のわき》の風が今年は実に実にきびしく吹く。咲いた花がそのために萎《しお》れるのを御覧になりなどして宮は心が掻《か》き乱されるように思っておいでになった。南御殿の庭も植え込みをこの頃繕わせた所へこの風が吹いて来たのであるから、気をもんで紫の君は縁に近い座敷へ出て見ていた。源氏の君が小さい姫様の所へ行っていた時に夕霧の君がここへ来た。廊下付きの細座敷の半障子の上から本殿の立て戸の開いてあるのが見え、そこから大勢の女の姿が見えるので

夕霧の君は立ち止まって見ていた。屏風《びょうぶ》も風で危ないから皆畳まれたものらしい。見通しに見える端の座敷にいる人はほかの人と紛れようもない綺麗《きれい》な人である。気品が高くて、そして見た瞬間にさっと匂《にお》いが立つような愛嬌がある。春の朝の霞《かすみ》の中から盛りの桜が花ばかりを現したような、そういう人である。夕霧の君は思わず歎息をするような息をついて見ている自身の顔へまでその美しさは照って映るような気持ちがするのであった。御簾《みす》の裾《すそ》の跳ね上がるのを女達は押さえ歩いている。どうしたのかその人は少し笑った。時間の経つにしたがってますます美しさの加わって行く人だと夕霧の君は思っている。女達も皆相応に美しい人らのようであるが、そんな人の顔を見る気にもならない。父の源氏の君が自分をこの人に遠ざけてあらせようあらせようとするのは、このように一目でも見た者がただの思いでやむことが出来ない綺麗な人なのであるから、父の用意深い心にそれがよく分かっているのだと思うと、非常な悪事をしたように気が咎《とが》めて夕霧の君は障子の所をそっと退いた。その時にちょうど源氏の君が帰ってきたらしい。

「厭な風だねえ。戸を閉めさせないか、男が覗《のぞ》くといけないよ」

といっているのを聞いて、またこわごわ夕霧の君は前の場所へ寄ってみた。女も何か話している。源氏の君は満足な心の影を現して微笑《ほほえ》みながら妻を見守っていた。

親などとも思われないように若く見えて美しい源氏の君と、何もかも整った女の盛りと見える継母との二人の様子を見ていて、夕霧の君は何とも知れず身に沁《し》む思いがした。身を慄《ふる》わせてそこを出て、今来たようにして縁側を歩いて行く足音を聞いて、やっぱり隠れて見ていた者があるに違いないと、源氏の君はそこらを見廻して開いた立て戸に気がついたのであった。こんなことが今まで夢にもなかったのに、風というものは神秘な力を持っているものであるなどと夕霧の君は嬉《うれ》しく思っていた。

「北から吹いている風でございますから、こちらはまだそれほどではないのでございます。馬場の御殿、お池座敷などがもっとも危険に思われます」

などと告げに来ている家来もあった。

「中将はどこにいたのだ」

「三条の宮様の所におりましたのですが、だんだん烈しい風になりそうだと人が申しますから、心配に思いましてここへ参りました。お年のせいで宮様は子供のように恐がっておいでになりますから、これからまたあちらへ参ります」

「早く行ってあげるといいね」

と源氏の君はいって、早速御機嫌を伺いに出るはずであるが、この者にわが責めも譲って失礼致すというような手紙を書いて渡した。忠実な中将はどんな日でも六条院と三条の宮の間を往復せぬことはないのである。この風の中をその若々しい姿を運んで行くのが淡い悲哀を感ぜしめるのであった。宮はいいようもなく喜んで夕霧の君をお迎えになるのであった。

「私のような年寄でもこんな大風は知らないねえ」

とおいいになる声が慄えていた。めざましい栄華も昔のことになって、この孫一人を力にしておいでになるのも常ない世の中である。大きな木の枝が折れる音などが凄《すさ》まじい。夕霧の君は寝入ろうとしても眠れない。雲井《くもい》の雁《かり》の君のことは忘れて、隙見《すきみ》して見た継母の顔ばかりが幻のように目に見える。自分は何故こんなことに胸を波立たせているのか、あるまじいことである、恐ろしい考えであると思って、外の思いに紛らそうとする横から横からそのことを思わなければならないように心をするものがあった。あんな人も父の妻であるのに、花散里《はなちるさと》の君が醜い器量で同じように父に添っているのかと思うとその人も気の毒でならなくなったり、父の心に敬服してみたりなどしていた。暁方に風が少し緩くなってばらばら雨が降り出した。六条院の離れ座敷が倒れたといっている者がある。広い所であるからそんな所も出来たであろう、それに父の源氏の君のいる所には人も大勢集まっていて不安な怖れもなかったであろうが、花散里の君の方などは心細く思ったであろうと思って夕霧の君は直ぐ六条院へ出掛けた。横雨が簾《すだれ》から冷たく吹き込んで来る、空も灰色の悲しい色をしているから、夕霧の君は何だかこのまま魂が身を離れて遠い所へ行ってしまうのではないかなどという気がした。自分の心に新しい物思いが加わったことは事実であると思うにつけて、これは正気の沙汰《さた》ではないなどとも思うのであった。花散里の君が怯《おび》えているのを宥《なだ》めて、家来達に東御殿の荒れた所々を繕うように命じたり夕霧の君はしていた。南御殿へ行くとまだ戸も開いてない。高欄《こうらん》に寄りかかって庭を見ると、築山《つきやま》の木などが横ざまに歪《ゆが》んだり枝を折ったりしていた。植え草などはいうまでもない。屋根の檜皮《ひわだ》や所々の目隠し垣の板などがしどろになって散らばっている。少し出た日が照って露がきらきらと光る。空はまだ灰色で霧も濃く降っている。何ともなしに涙のこぼれるのを紛らして夕霧の君は咳《せき》ばらいをした。

「中将が来ているらしい。まだ早いのだろうに」

という声がして源氏の君は起きたようである。紫の君が何かいった声は聞こえないが、源氏の君が笑いながら、

「若い時にあなたに経験をさせずにしまった朝の別れを、今初めて覚えるのだね」

といっているのが聞こえる。女はまた何かいったようであるが分からない。この父

母の恋は何物にも比べようもない濃いものであるらしいと思って夕霧《ゆうぎり》の君は耳を澄ませていた。源氏の君は自身で戸を開けようとしているので、あまり近くにいたのを悪いと思って夕霧の君は身体を少し遠い所へ持って行った。

「昨夜宮様はおまえが行ったのでお喜びになったろう」

「嬉しくても何でもお泣きになるのですから気の毒でなりません」

と夕霧の君はいった。源氏の君はこの人を使いにして中宮をお見舞いさせることにした。夕霧の君はいったん庭へ下りて中宮のお住居の廊下門からまた上がって行った。戸を二間ほどだけ上げて女達が出ていた。欄干の所にも若い女が大勢もたれていた。銘々の違った装いがどれということなしにいい感じをさせる。女の童《めわらわ》を庭へ下ろして虫の籠《かご》に露を入れさせているのであった。薄紫や緋《ひ》の上着を着て四、五人ずつほどが一団になって籠を草の間などに持ち歩いている。折れた撫子《なでしこ》の哀れな花を持って来る者もある。紫苑《しおん》の花の匂《にお》いといっしょに御簾の中の薫物《たきもの》の香もそこらに広がっているようである。夕霧の君の来たのを見て、際立てずに皆さっと人魚が水に隠れるように御簾の中へ入って行った。中宮が入内《じゅだい》された頃この人は童男《わらわおとこ》の一人として随《つ》いて行ったりしたのであるから、女達とも親しい交わりがあるのであった。源氏の君の口上をいった後で内侍《ないし》や宰相《さいしょう》の君と内緒事《ないしょごと》も語るのであった。この

御殿の様子を見ると、気高さは違ったものであるとこう思って、また胸苦しい息を若い公子はついていた。南御殿へ帰って、

「心細うございましたが、お見舞いを頂きましたので蘇《よみがえ》った気がいたします」

という宮のお返事を夕霧の君は述べた。

「そうでおありになったろう。今まで自身で顔を出さないのを行き届かないようにお思いになるかも知れない」

といって、これから源氏の君は宮の御殿へ行くことになった。着更えをするといって中へ入る時に、簾の間から袖口《そでぐち》の見えた人を紫の君であろうと思うと、胸が鳴るように夕霧の君は思うのであった。源氏の君は鏡台で姿を見ながら、

「中将を見ましたか、まだ子供のような男だけれど優しい姿に見えるのは親の目だからかも知れない」

と小声で紫の君にいっていた。自身の顔はそれに幾倍した美しいものであるとむろん源氏の君は思っているのであった。源氏の君が縁側へ出たのに気がつかぬほど夕霧の君が紫の君のいる所を眺め入っているのを、敏《さと》い源氏の君の目は直ぐそれをそうと読んで引き返して中へ入って紫の君に、

「昨日風の騒ぎに中将はあなたを見たのじゃないか、あの時廊下へ出る戸が一つ開

いていたもの」

といった。紫の君は顔をさっと赤くして、

「そんなことはありませんわ、あちらの方であの時は何も音がしませんでしたもの」

といっていた。

「どうだか」

と源氏の君はいっていた。夕霧の君は細座敷の方に女達が集まっているらしいのでそこへ行って冗談などをいっていたが、紫の君、幼い日に見た中宮《ちゅうぐう》のことなどが胸に悲しく入り混じってふだんよりも湿った風であった。夕霧の君を随えた源氏の君は、中宮の御殿をずっと抜けて明石《あかし》の君の御殿へ行った。ここにはかいがいしい家来なども見えないようで、下男などが草の間を歩いて何かと後始末をしていた。秋というものの悲しさに誘われたような気になって、明石の君は琴を弾いていたのである。源氏の君が来たので几帳《きちょう》に掛けた小袿《こうちき》を下ろして上に羽織って迎えた。源氏の君はちょっと座って見舞いだけをいって帰った。女は恨めしそうであった。瑠璃《るり》様は夜通し眠られなくて明け方になってようやく寝入ったので寝過ぐしてちょうど源氏の君が行った時分に鏡などを見ていた。話のはずみに瑠璃様は、

「そんなことをばかりおっしゃるのですから、私は昨晩もこの大風に吹かれてどこかへ身体をやってしまいたいと思いましたわ」

といった。源氏の君は笑いながら、

「どこへ風に吹かれて行きたいという目的があったでしょう。そんな目標があなたに出来て来たのですね」

といった。瑠璃様はそうも取られるようなことを自分ながらもいったと思って笑っていた。夕霧の君は瑠璃様をどうかして見たいと思っていたから、今朝の座敷の几帳は皆風の後で一所へ寄って皺《しわ》を作っていたり間が透いていたりするので、それをそっと手で開けて覗《のぞ》いた。よく見える。父の源氏の君が恋人に戯れるような様子で物をいったりなどしているのが分かるものであるから、何という怪しいことであろう、親子といってももうその間に礼儀が出来ておらねばならぬ妙齢の娘ではないかと驚いて思った。なおじっと見ていると、瑠璃様が身体を少し後ろへ引いているのを、源氏の君が手を伸ばして自身の傍へ引き寄せた。髪がはらはらと着物の上に乱れて、女は困ったような表情を見せながらも柔らかみのある態度で源氏の君の膝に寄りかかっていた。夕霧の君は自身の手で育てなかった娘には父の感情もそういう風に動くのであろうかなどと思って、あさましくてならない。昨日見た人には劣っているが、見る人の顔に照って来るような美しさはこの人も持っている。盛りの八重の山吹の咲き乱れた花が露を帯びた夕方のような風情である。女達は誰一人傍へ出て来ない。低い声で話していると思っているうちに源氏の君がすっと立ち上がった。夕霧の君は急いでその几帳の所を退いたのであった。源氏の君はそれから花散里の君の所へ行った。急に寒くなった気候にうながされたように女達が大勢裁ち物をしていた、薄焦茶色の羅の布地《きれじ》、桜鼠のような糊《のり》で張った布などが花散里の君の前にもあった。源氏の君の直衣《のうし》にするのだといって見せたのは紋綾《もんあや》を露草の花の汁で薄く染めた物であった。

「私よりは中将のにする方が似合いそうだね」

などと源氏の君はいって帰って行った。夕霧の君は方々へ随いて歩いていたために、雲井の雁の君へ今朝早く書こうと思った手紙の後れてしまったことを歎息しながら姫様の居間へ行った。

「お雛様《ひなさま》の御殿はどうだったか」

というと女達は笑って、

「扇の風でもお驚きになるお雛様でございますから、昨晩はまあどんなに怖ろしく思し召したか知れません」

などと語った。夕霧の君は硯《すずり》を借りて手紙をここで書いた。

風騒ぎむら雲まよう朝《あした》にも忘るる間なくわが思う君

こんな歌も書いた。姫様が寝所から出て来た。薄紫の着物を着て、髪はまだ身丈《みたけ》に少し足らないでぱっと下の方で広がっている幼い人の美しさは、大きな木にかかっている藤の花が風に靡《なび》いているのを思わせた。紫の君、玉鬘の君、この姫様、こういう人らと自分とは他人でないはずであるが、それを朝晩に気の済むほど顔を見て暮らすことが出来ないのは因果なことであるなどとも夕霧の君は思った。それからまた三条の宮へ行った。ここへは夕方に内大臣が来た。雲井の雁の君の顔を見たいとばかり思うと宮がおいいになった時、

「そのうちにこちらへ伺わせましょう。自身の心からしてしまったことで気苦労をしますが、見る影もない顔をしています。女の子というものは持ちたくないものです」

とこんなことを内大臣はいった。

行幸

瑠璃《るり》様を高等女官にして宮中へ入れようかというようなことも、兵部卿《ひょうぶきょう》の宮の妃にするか、右大将の夫人に与えようかとする一方で、源氏の君は考えた。けれどどれもこれも源氏の君の内心からの要求で心配しているのでないことはいうまでもない。源氏の君が瑠璃様を思う恋は日一日と深くなって行く。紫の君が初めから思っていたようなことに結局はなるのではないかと思われた。しかし内大臣の子として自身の妻とすれば、華美《はで》好きな、格式ぶりの父親は自身を婿としてきっと世間を驚かすような待遇をするであろうと思うと、人の思惑も恥ずかしい花婿にいまさらなれるものでもないと源氏の君は思っていた。十二月に陛下が郊外へお野遊びの行幸があった。家に残っている者がないほど、女という女が大方それの行列を拝観に出掛けた。六条院からも見物車が幾台も出た。陛下の御出門は朝の六時で朱雀大路《すざくおおじ》を五条で曲がって西へお通りになるのであったが、その辺りから桂川《かつらがわ》の傍まで見物車がぎっしりと詰まっていた。行幸といってもこれほどの盛儀は前代にないことであ

ろうと思われるほど、親王達も、大官達も挙《こぞ》って陪従《ばいじゅう》した。四位以下六位までの人は青色の袍《ほう》の下に皆赤味紫の下着を着ていた。瑠璃様も拝観に出たのであった。綺麗《きれい》に装ったあらゆる上流の男の中に、一人として緋《ひ》のお上着を召した陛下のお美しさの幾分の一にも当たる人はなかった。瑠璃様は実父の内大臣を気をつけて見ていた。立派な男盛りの人であるとそれも見えるだけで、君王と人臣のけじめがきわやかに感ぜられるのであった。まして美男とか風流男とか若い女達がふだん大騒ぎをしているような、中将とか少将とかいう人は人のようにも瑠璃様の目には見られなかった。源氏の君の顔によく似ていらせられるが、思いなしか一段陛下は気高《けだか》い所がおありになるなどとも瑠璃様は思った。兵部卿の宮もおいでになる。右大将もいた。武官の纓《えい》を巻いた冠は顔うつりが優しく見えるものであるが、右大将の顔は髭《ひげ》が多くて女の心を引く力は弱かった。源氏の君にたびたび勧められる宮仕えのことも、後宮《こうきゅう》に入るというのではなしに、尚侍《ないしのかみ》という公式の最高の女官になって、この陛下に奉仕することが出来るのは悪いことではないと、こんな考えがふと瑠璃様の胸にひらめいた。お供をするはずであったのが急に故障が出来て不参をした源氏の君から御休憩所へ多くの酒や菓子が奉られた。翌日源氏の君は玉鬘《たまかずら》の君の所へ、昨日は陛下をよくお拝みすることが出来ましたか。宮仕えに出ることは悪くないとお思いになったでしょう。

こんなことを書いてよこした。瑠璃様は心を見透かされたように思って恥ずかしかった。

陛下はもったいなくて、とても私どもはお顔をよくお見上げすることが出来ませんようでした。

と瑠璃様は返事を書いて来た。

「私はこの間から瑠璃様に宮仕えを勧めているのだよ。けれど中宮《ちゅうぐう》が私の子になっておいでなのだから、表立った後援者に私がなることも出来なかろうという瑠璃様の懸念もあるだろうし、内大臣の子としては女御《にょうご》が一人いるのだから、自分はどうしても遠慮をしなければならないとそう思っているらしいがね、しかし若い女であって、相当な自信がある者なら、陛下のお顔を一度拝んだら、どうしても宮仕えがしたいということになるよ」

と源氏の君は紫の君にいっていた。

「そんなもったいないことをおっしゃるものではありませんよ、陛下に恋をして宮仕えに出るなどとは失礼だわ、いくら何でもねえ」

と紫の君は笑っていた。

「あなただってそういうけれど、陛下を拝んだら、失礼も何もなく陛下が恋しくてならなくなるに決まっている」

こんな冗談を終いに源氏の君はいっていた。瑠璃様をどうするにしても、男の元服と同じような女を一人並みにする裳着《もぎ》の式をせねばなるまいと源氏の君は用意していた。ほんの質素にと思っても、六条院で行われる式であっては、つい傍《はた》から大層なことにさせてしまいそうである。源氏の君はこれを機会に内大臣に知らせてもいいと思うようになってからは華美にする気にもなっていた。年が変わったこの二月にしようと源氏の君は思っているのである。宮仕えに出るとすればどうしても源氏の子か藤原の子かを明らかにせねばならない必要もあるのであった。式日の瑠璃様の裳を着けさす長者役を源氏の君は内大臣へ頼んだ。内大臣は母の宮様が去年の冬からお悪いので気を緩めている間がないというのを口実に断ってきた。宮のお悪いのは事実で、夕霧《ゆうぎり》の君も夜昼三条の御殿で看護に付き通している折であるから、時が悪いとも源氏の君は思うのであったが、もし万一のことが宮におありになった時、玉鬘の君は祖母の喪に服することも今のままでは出来ない、内大臣に事実を話すとも裳着も早くしてしまわなければならないと、そう思って源氏の君は三条の宮様の所へ行った。宮はお喜びになって起き上がって脇息《きょうそく》にもたれてお話をおしになった。そう大儀そうにはお見えにならない。

「そんなにお悪いのではないのですね。中将があまり心配をしすぎるものですから、つい私までが釣り込まれて余計にお案じしていました」

「いいえ、もう今度は駄目なんですよ。誰にも彼にも先立たれた私なんだから、命が惜しいわけではありませんがね、中将があんまりよく介抱してくれるものですから、それに気が引かれるようでこうしてまだいますがね」

とおいいになって宮は涙を拭《ふ》いておいでになった。

「内大臣は始終おいでになるのでしょうが、こうして私の参った時においでになってちょうどお目にかかれたら嬉しいだろうと思って来ましたのです。ぜひお話ししなければならないこともあるのですが、お目にかかる機会がないものですから」

と源氏の君のいうのを、宮は夕霧の君と雲井《くもい》の雁《かり》の君との問題であるとお取りになった。

「お上《かみ》の御用が多いのか、親切が少ないのか、あまり内大臣は来てくれないのですよ。あなたの御用はどういう御用なんですか、中将が煩悶《はんもん》しておいでることもあってね、初めの起こりは中将が悪いにしてもね、何故あんなにするのか気が知れませんでね、困ったものですよ。女はそういうことがいったんあったとすればいくらうしたって取り返しがつくものじゃない。かえって今のようにしておくと他人の口に余計かかるのですがね、昔からこうと思うとどうしても意を曲げないのが癖なんですから、私なんかいろいろと気をもみますよ」

とおいいになる。

「さあそのことは私も聞きましたけれど、内大臣もつまり仕方なしにでも結婚をお許しになることかと思って、それとなく間接に私がいってみたこともありましたがね、どうしてもいけないというふうですから、とんだ口を出したと後悔をしているのです」

といって、それからまた源氏の君は、

「私のお話ししたいというのは私の所へ引き取った女の子が、実は内大臣のお子さんであるらしいという、そんな筋道のことなんです。初めはそんなにくわしく私も調べないでつれて来て、子が少ないものですからともかくも私の子にしておきました所が、尚侍が辞職した後が空いているのでお宮仕えをさせてみようかと思いまして、年のことなどをいろいろとその時初めて聞きますと、内大臣のお子さんであるらしいものですから、よく確かなことも直接お話を伺っておきたいと思うのです。裳着の式においでを願ったのも、それをお明かししようためなんですが、内大臣はあなたが御病気でおありになるからといってお断りがあったのです。それもそうであるからと思って延ばしておくつもりでしたが、案外あなたのおよろしいのを見て、今日ここでお目にかかってそのお話もし、裳着のこともう一度お願いしたいと私は思うようになったのです。そうお手紙をあなたからあげて下さいませんか」

といった。

「まあそれはどうしたことなんでしょう。あの人の所ではそんなことを名乗って来る人を皆拾い集めているようですのに、どうしてまたそれがあなたを親だと申して行ったのでしょう」

「それには混み入ったわけがあるのです。少しさかのぼって大臣にお話しすればよくお分かりになるだろうと思います。お互いにあまり高くもいえない放縦生活をしていた名残のようなものですから、世間の人の中にそんな恥ずかしいことが広まると悪いと思いまして、実はまだ中将にもいってないことなんですから、あなたもまあ当分ここだけの話だと思し召して下さい」
と源氏の君は頼んだ。内大臣は三条へ源氏の君が来たと聞いて、お供して来た人も多いだろうが饗応《きょうおう》をするにも人手が少なくて困るであろうと思って、息子達や秘書官連をやることにして、持たせてやる酒や菓子のことを指図している時に宮様からの手紙が来た。

六条の大臣が来ておいでになるのですが、私はこんなのだし、お相手をする人がないので失礼を心配しています。私からいうてあげたようにしないであなたが来て下すったらどうですか。何かあなたにお話ししたいということもおありになるそうです。

話とは夕霧の君と雲井の雁の君とのことであろうと内大臣は思った。もう長くおいでにならない宮様がぜひ二人の孫を娶《めあわ》したいとおいいになり、源氏の君から頼むと一言いわれたなら、自分はそれに不同意を称《とな》えるわけには行かないことであると内大臣は思った。内心は大臣もそうなるのを今の心では待っているのである。その一件の結末のまずくなりそうなので少なからず焦慮もしているのである。それでもこの人のことであるからむらむらと反抗心も起こる。自分が必ず承諾するものとして宮様と源氏の君に巧《たく》んでかかられたようなのが不愉快にも思われる。きっぱりと断ってみせようなどという気にもちょっとはなった。内大臣はともかくもと思って三条の御殿へ来た。珍しく顔を合わしてみると、二人は仲よしであった青年時代の情緒の火のようであったのを思ってなつかしさに堪えない気がした。昔を恋しいと同じように思った。話しながら内大臣は源氏の君に酒を勧めているうちに日が暮れて来た。

「伺いたいと思っているのですが、いつも折がない折がないと勝手ないい訳を自分でしてそのままになって行くのですから、御機嫌を悪くしておいでにならないかと始終心配しておったのです」

と内大臣がいった。

「どうしまして、私こそあなたに済まないことをしている事実があるのですよ」

源氏の君は瑠璃《るり》様の話をする糸口にしようとしてこういった。内大臣は夕霧の君のことであると思って恐縮したようであった。自分の今日の地位はあなたの好意で作られたものであるのを忘れてはいないなどと、内大臣は真心から恩を謝したりした。源氏の君は瑠璃様のことをくわしく話した。

「昔からその子を私はどんなに苦心して捜していたか知れなかったのです。これも古いことですがあなたにもお話ししたことがあると思っています」

内大臣は涙をほろほろとこぼしてこういっていた。昔源氏の君の宿直所《とのいどころ》の桐壺《きりつぼ》で した女の品評《しなさだめ》のことなどがそのついでに語られて、泣くかと思えば笑うようなことも二人はした。こんな折であったが夕霧《ゆうぎり》の君のことを源氏の君はいわないでしまった。内大臣はそれを物足りなく思わずにいられなかった。

「ぜひ裳着《もぎ》の日は御都合なすって来て下さい」

「必ず参ります」

こんな言葉を交わして二人は別れた。どんなことがあったのであろう、非常に大臣は嬉しそうであったが、前には関白をお譲りになったがこんどは六条の大臣からわが主人は何を得たのであろうなどと、内大臣の家来達は噂《うわさ》していた。子だと明かされたからといって、親がって自分の家へ急に引き取るようなことは出来まいと内大臣は思った。源氏の君が初めにつれて行った動機なども思うと源氏の君は瑠璃様を愛人にする心もありそうである。立派な夫人の何人もある人が、また妻にするのが表面の体裁のよくないので、尚侍などにさせて、つまりはそうしようと思っている源氏の君の心であるらしい、とそう思うと内大臣はいささか残念でないこともない。けれども源氏の君を婿だと思うのも決して悪い気持ちのしないことであるとまた思い返していた。宮中へ出るということだけはどうかすると女御の方にさし響くことになるからやめて欲しいことではあるとは思ったが、これも源氏の君の決めたことなら仕方がないなと思っていた。二月の十六日は彼岸の入りで暦の上でもいい日であったから瑠璃様の裳着はその日に行われることになった。源氏の君は瑠璃様に、内大臣に一切を話してしまったこと、十六日に裳を着けさす役をしに大臣が来ること、その時に心得ていねばならぬことなどを話して聞かせた。こんな親切さは親といっても持ってくれるかどうか知れないことだと思って、瑠璃様は源氏の君の情けを嬉しく思っていた。源氏の君はこうなってから初めて夕霧の君に玉鬘《たまかずら》の君の素性をいって聞かせた。なるほどそうであろうと夕霧の君は思って去年の秋の野分《のわけ》の朝の不思議な気持ちが初めて解けたが、何だかものにつままれたような思いもせぬではない。自分が妻にしたいと思うのにその親の許さない雲井《くもい》の雁《かり》の君と同じ内大臣の子であって、それよりも幾段の美しさのあるのを知っている瑠璃様と、一つ家にいながら恋をすることもしなかったということが若い心にそう思われるのであった。十六日の日の朝、三条の宮様から祝儀品が贈られた。中宮《ちゅうぐう》からも装束の外に薫物《たきもの》の壺《つぼ》などを沢山贈られた。花散里《はなちるさと》の君、明石《あかし》の君もいろいろな気の利いた品を玉鬘の君に贈るのであったが、源氏の君の妻の中にその人の一人混じっていることが傷ましい滑稽《こっけい》であるように、末摘花《すえつむはな》の君のその鈍い頭で考え出した五、六十年も前の流行《はやり》の栗色の袷《あわせ》の袴《はかま》や、霰《あられ》模様の袿《うちき》もこの御殿へ舞い込んで来ていて源氏の君にきまりの悪い思いをさせた。内大臣は見たいのを今日まで堪《こら》えていたように定めの時刻よりも早く来た。式場の灯を普通のこういう時のよりも明るくさせておいたのは源氏の君の計らいであった。裳《も》の紐《ひも》を結びながら忍び切れずに泣き出したい気分に内大臣はなった。

「今晩はまだ誰にも知らせてないのですから普通の儀式に」

と源氏の君は小声でいった。杯をさした時に、

「あなたが育ててこんなにして下すったことはお礼の申しようもありませんが、今まで隠しておおきになったことをお恨みする気にもなりました」

と内大臣はいった。随《つ》いて来た内大臣の息子達は儀式の時間のあまりかかり過ぎるのを不思議に思っていた。右中将と弁の少将だけは父から話されたので事実を知っていた。深入りをした恋をしなかったのを喜んだのもこの二人であった。今までは裳着もまだしないというのをこだわっていたが、済んだからは早く話を決めて欲しいと兵部卿《ひょうぶきょう》の宮はしきりにおいいになるのであったが、陛下から仕官の御沙汰《ごさた》があ

るからともかくもひとまずそうしたいとこんな返事を源氏の君の方ではしていた。内大臣は裳着の夜に見ただけでは満足が出来なかった。どんな顔をしているのかと、皆無知れなかった前よりもいっそう瑠璃様のことが気にかかるのであった。醜い女であるなら源氏の君は断じてああまではすまいと思うと一種の安心も得ることが出来るのであった。大臣は女御にはくわしく玉鬘の君のこと、その生んだ母親のことなどを話したが、当分なるべくは大勢に知らしたくないと思うのであったが、しかしいつの間にかもう近江《おうみ》の君までが知っていた。中将や少将が女御の傍に来ていた時、近江の君は出て来て、

「お父様はまた姫様が一人お見つかりになったのですって、めでたいわねえ、どんな人でまあその人は大切がられるのでしょうね。やっぱりお母様がよくない人だそうだけれど」

こんなことをいった。女御は顔を赤くして下を向いてしまった。

「大切にされるわけがある人なんだからさ、お母様がどうだのこうだのと誰からそんなことを聞いたのだ。ぼかぼかとつまらないことをいうと女達が聞いておしゃべりをするじゃないか」

と中将はいった。

「私は皆知っていますのよ。尚侍《ないしのかみ》になるのですってね。うまいわね。私が女御様の召使い同然に働いているのも尚侍がいれば私をはめてやろうというように女御様がして下さると思ってですわ。女御様もずいぶんねえ」

「そんな望みがあるということをちっとも知らなかった」

と少将が笑いながらいうと、

「私を嘲弄《ちょうろう》なさるんだわ、賢い御兄弟と私のような馬鹿者とはいっしょにいられません。中将の兄様が一番おひどい、御自分で呼び寄せなすってそして恥をかかせて喜んでいらっしゃるのですよ」

近江の君は身体を後ろの方へ引いて目を釣り上げて兄を見てこういうのであった。兄達の帰った後で近江の君は、

「皆すげない人ばかりだけれど、あなただけはお優しいのだから、あなたのためならなんでもしますよ」

とこんなことを女御にいった。そして下女もするのを厭がるようなことまでを自身がして働きぶりを見せるのであった。

「あなたのお骨折りで私を尚侍にして下さいよ」

こういっては明け暮れ女御を苦しめるのであった。内大臣も近江の君の望みを聞

いて大笑いをした。

「近江の君はどこにいる」

と呼ぶと、

「はあい」

と大きい声でいって、近江の君は父の前へ出て来た。

「尚侍になりたかったということだが、何故俺に早くいわなかった」

「そう存じたのですが、女御様から申し上げて下さるだろうと自惚《うぬぼ》れていたんですよ。ほかになる人が出来たと聞いたのでがっかりしています」

と近江の君は残念そうにいった。内大臣は笑いたいのを辛抱して、

「今だってもそのために上奏文でも差し上げたら、陛下はお情け深いから許して下さるかも知れないよ。長い長い長歌《ちょうか》などがいいだろう」

こんなことをいった。

「歌ならどうなりこうなり私どもでも出来ますけれど、上奏文はお父様から漢文で書いて上げて下さる方が結構でしょうね」

と手を前で擦り合わせながら近江の君はいっていた。笑うことの出来ないのを死ぬほど苦しく女達は思っていた。内大臣は気分の悪い時は近江の君の所へ来るといい

などといっていた。恥ずかしいものだから、人といっしょに自分の子を笑おうとするのだと陰口をいう者もあった。

＊本書は平成13年11月、角川書店発行の単行本を文庫化したものです。（編集部）

与謝野晶子《よさのあきこ》の源氏物語《げんじものがたり》

上

光源氏《ひかるげんじ》の栄華《えいが》

与謝野晶子《よさのあきこ》

角川文庫 15118

平成二十年四月二十五日　初版発行

発行者―青木誠一郎
発行所―株式会社角川学芸出版
東京都文京区本郷五―二十四―五
電話・編集（〇三）三八一七―八五三五
〒一一三―〇〇三三
発売元―株式会社角川グループパブリッシング
東京都千代田区富士見二―十三―三
電話・営業（〇三）三二三八―八五二一
〒一〇二―八一七七
http://www.kadokawa.co.jp
印刷所―旭印刷　製本所―BBC
装幀者―杉浦康平

Printed in Japan

定価はカバーに明記してあります。

角川ソフィア文庫 368　ISBN978-4-04-408401-1　C0193

角川文庫発刊に際して

角川源義

第二次世界大戦の敗北は、軍事力の敗北であった以上に、私たちの若い文化力の敗退であった。私たちの文化が戦争に対して如何に無力であり、単なるあだ花に過ぎなかったかを、私たちは身を以て体験し痛感した。西洋近代文化の摂取にとって、明治以後八十年の歳月は決して短かすぎたとは言えない。にもかかわらず、近代文化の伝統を確立し、自由な批判と柔軟な良識に富む文化層として自らを形成することに私たちは失敗して来た。そしてこれは、各層への文化の普及滲透を任務とする出版人の責任でもあった。

一九四五年以来、私たちは再び振出しに戻り、第一歩から踏み出すことを余儀なくされた。これは大きな不幸ではあるが、反面、これまでの混沌・未熟・歪曲の中にあった我が国の文化に秩序と確たる基礎を齎らすためには絶好の機会でもある。角川書店は、このような祖国の文化的危機にあたり、微力をも顧みず再建の礎石たるべき抱負と決意とをもって出発したが、ここに創立以来の念願を果すべく角川文庫を発刊する。これまで刊行されたあらゆる全集叢書文庫類の長所と短所とを検討し、古今東西の不朽の典籍を、良心的編集のもとに、廉価に、そして書架にふさわしい美本として、多くのひとびとに提供しようとする。しかし私たちは徒らに百科全書的な知識のジレッタントを作ることを目的とせず、あくまで祖国の文化に秩序と再建への道を示し、この文庫を角川書店の栄ある事業として、今後永久に継続発展せしめ、学芸と教養との殿堂として大成せんことを期したい。多くの読書子の愛情ある忠言と支持とによって、この希望と抱負とを完遂せしめられんことを願う。

一九四九年五月三日